物・語りの『ユリシーズ』

ナラトロジカル・アプローチ

道木一弘

南雲堂

原田純先生に

物・語りの『ユリシーズ』

ナラトロジカル・アプローチ

目次

物・語りの『ユリシーズ』

ナラトロジカル・アプローチ

序章

物語から物・語りへ

一九一九年夏、チューリッヒで『ユリシーズ』（*Ulysses*）の完成を急いでいたジェイムズ・ジョイス（James Joyce, 1882-1941）は、パトロンであったハリエット・ショー・ウィーヴァー（Harriet Shaw Weaver, 1876-1961）に次のような手紙を送った。

挿話によって文体が様々に変化することに、恐らくあなたは困惑され、イタケの岩に恋いこがれたオデュッセウスのように、初期スタイルの方がよいと考えたとしても無理からぬことです。しかし、一日の枠の中にこれら全ての放浪を詰め込み、それを現代のフォルムによって表現することは、私には文体の変化によってのみ可能であり、それが気まぐれによるものではないことを、どうか信じて頂きたいのです。（*LI*, 129）[1]

作品の文体あるいはフォルムへのこだわりと、それが読者に理解されないのではないかという不安。ここに述べられた作者の率直な言葉は、一九二二年に『ユリシーズ』が世に出て以来、それを手にした読者に常に投げかけられてきた問いでもある。

小説の文体の問題は、語彙や語法また語りの形態（一人称か三人称か等）といった作品の構造の問題であると同時に、作中人物と彼らが置かれた歴史的・社会的コンテクストを、言葉によってどのように表現するかという問題である。なぜなら如何なる文体を採用するかは、文体を採用した作者および文体によって造形される作中人物が特定のコンテクストに対してとる姿勢や政治的立場を反映するからである。ジョイスが文体にこだわったのは、単に形式上の実験のためだけではなく、二十世紀以降の新しい時代の歴史的・社会的コンテクストを眺望し、それを小説という文学ジャンルによって如何に表現するかを問い続けたためであろう。

様々に変化する文体と並んで、『ユリシーズ』の読者を当惑させるもう一つの問題は、そこに一般的な小説に期待される話の筋の展開すなわち物語が見当たらないことである。古くはエドマンド・ウィルソン（Edmund Wilson, 1895–1972）がこの点をジョイスの欠点として指摘したが、[2]『ユリシーズ』における物語の不在は文体の変化と並んで文学研究者にとって大きな関心事であり続けた。フランコ・モレッティ（Franco Moretti, 1950– ）は次のように述べている。

端的に言えば、この作品では、ほとんど何も起こらないということである。いやそれ以上に、

『ユリシーズ』の様々な文体は、我々読者の注意を作品の中で起こる出来事から強引に引き離し出来事を表す多様な方法に集中させてしまう。ナラトロジーの標準的な言葉を使えば、ジョイスは「ストーリー」を犠牲にして「ディスコース」のレベルを極端に発達させるような語りを過激に追求したのである。(1988, 247)[3]

ここで問題とされるのは、小説の語りの形式とその内容の関係であるが、モレッティが指摘するように、物語を「ストーリー」と「ディスコース」の二つのレベルに分ける手法は構造主義ナラトロジーにおいて広く用いられる手法である。[4]「ストーリー」とは物語の深層構造あるいは原材料とされ、しばしば時間軸に沿った出来事の配列と同一視される。一方、「ディスコース」とは物語の表層構造あるいは組み替えられた原材料とされ、提示されたテクストそのもののことである。構造主義ナラトロジーを代表する研究者の一人セイモア・チャットマン(Seymour Chatman, 1928-)は、前者においては「何を語るか」が問題となり、後者においては「如何に語るか」が問題となると言う。[5]

もちろん、モレッティが、ジョイスは「ディスコース」のために「ストーリー」を犠牲にしたと言うとき、彼はそこにモダニスト＝ジョイスの作品が持つ真価を見ているのであって、ウィルソンのようにそれを嘆いているのではない。「ストーリー」すなわち「何を語るか」は、作品に歴史的・社会的コンテクストと作中人物の人生を呼び込むが、モレッティによれば、『ユリシーズ』においてはこうしたことが全く積極的な意味を持たないからだ。彼は言う。「『ユリシーズ』において不倫は無害な暇つぶしであり、モダニストの想像力による不倫についての非常に大胆な実験でさえ、麻痺を生み出しはしても、もはや全く脅威を喚起しない」(1988, 246)と。だが、まさにそのことによって、この小説の主人公ブルームは、二十世紀半ばから本格化する大衆消費社会において、歴史との係わりを喪失した個人の有り様を先取りすると見なされるのである。

結論から言えば、私は、ジョイスの本質が歴史と社会に対する無関心を体現するモダニストであるとする立場にくみしない。確かに、『ユリシーズ』に一般的な小説に期待されるような物語(narrative)あるいは物語性(narrativity)を見つけることは簡単ではない。[6] だが、それは語るべきことがないからでも、また語ることに意味がないからでもなく、むしろ語るべきことが出口を見つけられずに作中人物の内部で蓄積され、増殖し、その圧力のようなものが既存の物語の枠組みを変容させるからなのだ。なぜなら、言葉は表現の手段であると同時に抑圧と隠蔽の手段でもあり、言葉によって構築された物語においてこの二重性が受け継がれているからである。換言すれば、『ユリシーズ』というテクストは、歴史的・社会的コンテクストの中で流通し価値を認められた言語や物語によって自らを語ることができない者たちが、煩悶し、怒り、愁訴し、また時に束の間の解放に歓喜し恍惚となる、希有《けう》な言語空間なのだ。

この意味において、『ユリシーズ』は物語ではなく「物・語り」である。通常、「物」は自ら言葉を発することがなく、一方的に「語られる」存在である。植民地支配によって本来の言葉と文化を奪われた人々、政治的・宗教的迫害によって故郷を追われた人々、父権制社会の下で「声」を失った女性たち、帝国主義戦争で倒れた無名の兵士たち。彼らは自らについて語ることができない「物」として生きた。ジョイスが二十歳そこそこで捨てた故郷アイルランドは、そのような人々の声なき声に満ちていたのである。

彼は最初の短編集『ダブリンの人々』（一九一四）でアイルランドの「麻痺」を描き、自伝的中編小説『若き芸術家の肖像』（一九一六）で「麻痺」と格闘する主人公の幼年期から青年期を描いた。だがいずれの場合も、「声」を奪われた人々に語らせるには不十分であった。前者ではリアリズムの文体が、後者では教養小説の語りのフォルムが、それを許さなかったのである。『ユリシーズ』が駆使する多様な語りのスタイルは、こうした前作二つの問題を克服するために、ジョイスが新たに生み出したものであったはずだ。物語において「物」が語り手によって「語られる」とすれば、『ユリシーズ』では「物」自身が「語る」のである。

本書『物・語りの「ユリシーズ」』の目的は、語りとコンテクストの関係を分析することで、この『ユリシーズ』のテーマを明らかにすることであり、「物」と「語り」をつなぐ「・」は「物」に付与された能動性を意味する。第1章ではジョイスの語りに関する先行研究を概観し、それをナラトロジーの観点から捉え直す。ナラトロジーに依拠する理由は、既に述べたように、『ユリシーズ』の革新性の中心が語りの形式の様々な実験にあるからであり、また、この作品の語りの分析がナラトロジーの発展に少なからぬ影響を与えたためである。第2章と第3章及び第

10章は、中心となる三人の作中人物、スティーヴン、ブルーム、モリーそれぞれの語りを分析し、作品のプロットとテーマについて論じる。

プロットは、テクストのうち特にストーリーの展開や出来事の配列に関することである。『ユリシーズ』は多くの謎を持った作品として知られるが、プロットという観点から見た場合、何故ブルームは妻モリーの姦通を黙認するのか、また青年スティーヴンはブルーム夫妻とどのように係わるのか、が最大の謎であろう。様々な解釈が可能であるが、「物・語り」というテーマに即して考えることで、プロットに込められた謎の答えが見えてくるように思われるのだ。[7]

第4章、第6章、第8章では、既存の語り（支配的言説）によって声を奪われた者達による、そのような語りへの抵抗と告発について見る。彼らの闘いは、「作者の死」の問題を介して、ジョイス自身への批判となり（第5章）、またオノマトペを介して語りのレベルから言葉のレベルへと発展する（第7章）。さらに、「作者の死」は文学作品の自律性を、オノマトペは言葉の物質性をそれぞれ喚起し、ともに十九世紀に完成されたリアリズム小説の語り及びその基盤となる科学的・客観的語りを根本から問い直すことになるのだ。『ユリシーズ』の最後から二つ目の挿話「イタケ」の語りは、その実践として読むことができる（第9章）。

『ユリシーズ』は多様な語り（ディスコース）とその配列（プロット）からなるテクストであり、そこに様々なレベルの「物」（ストーリー）およびコンテクストが映し出される。従って、本論の「物・語り」分析は、以下に図で示すように、物（ストーリー）、コンテクスト、プロット、語り（ディスコース）の四つの面から成る。

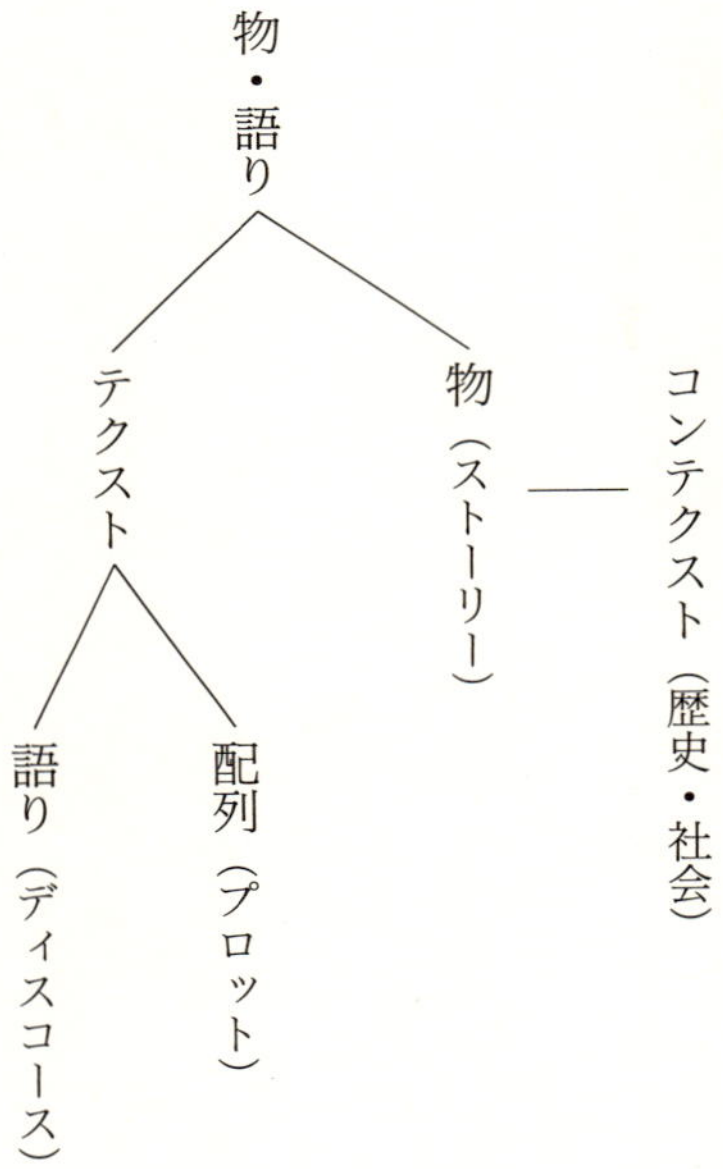

第1章

語りの形式と語り手

初期スタイル

ジョイスは『ユリシーズ』前半のいくつかの挿話の文体を「イタケの岩」あるいは「初期スタイル」(initial style) と呼んだ。[1] それが具体的に何を意味するのか彼自身が明らかにすることはなかったが、ジョイス研究者にとって、この言葉は、作品の後半における実験的文体を理解するための出発点であると同時に帰還すべき拠り所、まさに『ユリシーズ』という二十世紀の壮大なる文体的放浪における「イタケの岩」となった。

「初期スタイル」を『ユリシーズ』の後半に見られる実験的文体との係わりから分析した最初の研究者はカレン・ローレンス (Karen Lawrence) である。彼女はこのスタイルが、三人称の語りを中心に、会話 (直接話法)、自由間接話法、および「意識の流れ」の四つの形式から成立しているとし、特に三人称の語りによる作中人物の思考や行動の丹念な描写について次のように述べている。

『ユリシーズ』の最初の十一の挿話において、この語りのスタイルは小説の経験的世界を確立する。すなわち安定性と継続性をもたらすのだ。［……］それは読者を導き、客観的な世界が確かに存在するのだという安心感を与えてくれる。［……］これは古典的な小説作法を確立する、パロディーとは無縁のスタイルなのだ。作品の後半でこのスタイルが消えてしまうとき、私達はそれが多くの可能性の中の一つの選択肢であったこと、一つの表現形式であったことに気付くのである。(43)

同様の指摘はジョン・ポール・リクルム (John Paul Riquelme) によってもなされているが、彼は「初期スタイル」が持つ特質を伝統的な小説が持つミメーシス、すなわち現実描写にあるとし、しかしそれは『ユリシーズ』という小説にとっての最終的な目標ではなく、文体的な放浪に向けてそこから旅立つべき一つの場所に過ぎないとする。

ローレンスやリクルムの議論の中心が後半の実験的な文体にあり、「初期スタイル」は乗り越えられるべき「保守的な」文体と見なされるとすれば、逆に「初期スタイル」の持つ意義を積極的に再評価しようとするのがウェルドン・ソントン (Weldon Thornton) である。彼は『ユリシーズ』においても他の小説と同様、作中人物や出来事、また文体の技巧が作者の存在を示すとした上で次のように述べている。

ジョイスはまた、作者であることが要求する解釈者や評価者としての役割を放棄してはいない。『ユリシーズ』は特定の価値に肩入れしており、それは作中人物の脚色や出来事の配置のみならず、冒頭のいくつかの挿話が持つ語りの声においても示されている［……］。読み進むにつれていくつかの挿話のスタイルが作中人物や出来事、またそこに含まれる価値を不確かなものにするとしても、こうした価値はこの小説にとっての基本であることに変わりはなく、むしろ後半のスタイルが持つ限界や歪曲を読者に気付かせる土台を提供するのだ。（38）

ローレンスらの立場が、語られる内容や対象また作者の存在よりも語りのスタイルそのもの及びその変化に焦点をあてるのに対して、ソントンはスタイル選択において示される特定の価値と、それを可能にする作者の位置を問題にする。前者が、ポスト構造主義と総称される立場からの本質主義への批判、とりわけ「作者の死」というコンセプトを導入したロラン・バルト（Roland Barthes, 1915–1980）とミシェル・フーコー（Michel Foucault, 1926–1984）の思想を社会的・文化的風土とする批評の成果であるとすれば、後者はそれを批判的に受け継ぎながら「作者」の問題を再考しようとする試みと言えるだろう。

小説の語りを考える上で、その「声」が誰のものなのかという問題は重要である。通常、語り手と作中人物および作者の三者の間で決定されるが、それを明確に分けることは必ずしも容易ではない。後述するように、構造主義ナラトロジーの分野においては特に自由間接話法の理論的な位置付けが問題となるが、その中心は語り手と作中人物の声の融合、あるいはその区別の曖昧性にある。

「初期スタイル」について言えば、この曖昧性は自由間接話法にとどまらず三人称の語り手全般における問題となる。一見客観的で中立的な立場から語っているように見える語り手の言葉の中に、作中人物の語彙や言い回しが侵入するのである。この技法は『若き芸術家の肖像』(以後、『肖像』と略す)に登場するチャールズおじさんの描写をもとに、ヒュー・ケナー(Hugh Kenner)によって「チャールズおじさんの法則」(Uncle Charles Principle)と命名されたが、既に『ダブリンの人々』においても多用されている。[2]

バーナード・ベンストック(Bernard Benstock)はこうした技法が『ユリシーズ』前半に見られる三人称の語りにおいて顕著であるとし、基本的にはそれが語りの中心となる作中人物の意識に還元されるとする(32)。これに対してソントンは、語り手と作中人物の融合は語り手が自らの存在をカモフラージュするための手段であるとし、そのような操作そのものが作者による作品世界への介在の一つの証であるとする。ただし、それはあくまでも間接的な暗示にとどまり、例えばジョージ・エリオット(George Eliot, 1819–1880)の語り手のように作者の意図を直接的に示す

「全知の語り手」ではない。その結果、特定の個人に還元することのできない語り手の言葉は、当時の社会的・文化的コンテクストに帰するという(53–55)。

語り手と作中人物

構造主義ナラトロジーは、バルト、ジュネット(Gérard Genette, 1930–)、チャットマンといった著名な理論家によって多大な研究成果を生み出した。一九九〇年代以降は物語の構造とそれが表象する世界や意味との関係性が問題とされるようになり、モニカ・フルーダニク(Monika Fludernik)やデヴィッド・ハーマン(David Herman)をはじめ多くの研究者によって精力的に研究が進められている。コンテクストを視野に入れたこうした物語論はポスト構造主義ナラトロジーとして総括される。語りを特定の人物に還元するベンストックは、構造主義ナラトロジーの立場であり、語りをコンテクストへと解消するソントンはポスト構造主義ナラトロジーの立場と言える。ただし、語りの分析に使用される用語の大半は構造主義ナラトロジーによって考案されたものであり、その有効性は今でも失われてはいない。よって、ここでは先ず、マイケル・トゥーラン(Michael Toolan)によって提唱された語りの分類にそって、ジョイスの語りの特質を語り手と作中人物の関係から考えたい。

トゥーランは先ず、作中人物の行為や彼(彼女)を取り巻く出来事を客観的に描写する語りを

「純粋な語り」（Pure Narrative: PN）と呼ぶ。作中人物の外側からは必ずしも観察することができない「内面」に関わることであっても、それを作中人物自身がはっきりと意識化していないような場合はこれに含まれる。例として、トゥーランはジョイスの短編集『ダブリンの人々』中の「イーヴリン」の冒頭の一節を挙げている。

彼女は窓際に座って、夕暮れが通りへ侵入するのを眺めていた。［……］彼女の鼻孔には埃っぽいクレトン生地のカーテンが匂っていた。（*D* 37）

ここでは、カーテンの埃っぽい匂いは感覚のレベルにとどまっていて、イーヴリンの意識において明確に捉えられているわけではない。よって「純粋な語り」とみなされるのである。

この語りの対極にあるのが作中人物の発話を引用符によって直接的に提示する場合で、直接話法（Direct Speech: DS）がこれに相当する。また、直接的な引用ではないが、もとの発話の意味を基本的に保持して提示する場合は間接話法（Indirect Speech: IS）である。音声として発話されていなくても、作中人物によって思考された内容を引用符によって直接的に提示する場合は直接思考（Direct Thought: DT）となり、直接的な引用でない場合は間接思考（Indirect Thought: IT）となる。古くからある語りの分類として提示（showing）と語り（telling）があるが、直接話法と直接思考は「提示」であり、両者を合わせて直接ディスコース（Direct Discourse: DD）、一方、間接話法と間接思考は「語り」であり、同じく両者を合わせて間接ディスコース（Indirect Discourse: ID）と呼ぶことができる。[3]

以上二つの（あるいは四つの）形式は、誰が特定の言葉を言ったり考えたりしたのかを明示するが、小説の技法としてはこれを明示しないこともある。その場合は「自由―」（free-）という言葉が付加され、よく知られたものに自由間接話法（Free Indirect Speech: FIS）がある。理論的には二つの形式それぞれに対してこれが起こりうるので、合計四つの形式が存在することになる。ここでは、「イーヴリン」からトゥーランが引用した一節の直後にある文で、彼があえて分析に含めなかった文「彼女は疲れていた」（She was tired.）を例にとり、この四つの形式に従って書き換えると以下のようになる。

DD: 直接ディスコース（直接話法／直接思考）
She said, "I am tired."/She thought, "I am tired."

ID: 間接ディスコース（間接話法／間接思考）
She said that she was tired. /She thought that she was tired.

FDD: 自由直接ディスコース（自由直接話法／自由直接思考）
I am tired.

FID: 自由間接ディスコース（自由間接話法／自由間接思考）
She was tired.

例文から明らかなように、自由直接ディスコースと自由間接ディスコースにおいては、話者／思考者が明示されないため、発話と思考は実際の形の上では区別がなくなる。従来から用いられてきた内的独白（interior monologue）は、自由直接ディスコースに吸収される。さらに『ユリシーズ』で多用される、必ずしも整った文になっていない作中人物の意識や心の動きをリアリスティックに再現する技法、いわゆる「意識の流れ」（Stream of Consciousness: SOC）は、自由直接ディスコースのさらに進んだ形と考えることができる。[4]

先に述べたように、ナラトロジーにおいては自由間接話法あるいは思考も含めて自由間接ディスコースの位置付けが問題とされるが、一般的には以下の図にあるように、直接ディスコースと間接ディスコースの中間形あるいは両者が混じり合ったものと見なされることが多い。[5]

ID — FID — DD

しかし、トゥーランはこれに異議を唱え、直接ディスコースと間接ディスコースが共に引用符あるいは節といった枠組構造を持つのに対し、自由間接ディスコースにはそれがないとし、対比されるべき語りの形式はこの二つではなく、むしろ純粋な語りであるとして次のような図式化を行う。

ID
|
PN — FID — DD

実際、「彼女は疲れていた」という文は、自由間接ディスコースなのか純粋な語りなのか形態上は全く区別がつかないので、両者の近接性を示す上でこの図式は妥当なものに思われる。トゥーラン自身はあえてこれ以上の図式化を行ってはいないが、これに他の語りの形式を加えれば次のようになる。横軸については、右へ行くほど作中人物の語りの自由度が増している。

```
        ID
        |
PN — FID — DD — FDD — SOC
```

チャールズおじさんの法則

『肖像』が出版されて間もないころ、ウィンダム・ルイス（Wyndham Lewis, 1882-1957）はこの小説の中にある一文「チャールズおじさんは物置小屋に赴いた」（Uncle Charles repaired to the outhouse.）に目を留めた。彼は「赴く」（repair）という言葉が、物置小屋へ出かけるおじさんを描写するには不適当であると考え、それをジョイスの不注意による誤った語法とみなしたのである。半世紀余を経て、ケナーはこれがジョイスの誤りでないばかりか、一見中立に見える語りに、チャールズおじさんの独特な語彙が「浸透している」のだと指摘し、それがジョイス以前の小説には見られない画期的な技法であるとして、これを「チャールズおじさんの法則」と命名したのである（1978, 17）。こうして、これ以降、ジョイス研究者のみならずナラトロジーの分野においても、作中人物の言葉が語りに「浸透する」ことへの関心が高まったのである（Fludernik, 332）。[6]

ナラトロジーの観点からすれば、「浸透」の問題は焦点化（focalization）の問題と密接に関わる。焦点化とはジュネットによって導入された対象を眺める角度のことで、広義の「視点」（point of view）と重なる部分が多いが、重要な違いは、焦点化においては、語り手と語られる対象を見る視点とを区別して考える点にある。換言すれば、「視点」が「誰が話すのか」と「誰が見ているのか」を同時に扱うのに対し、焦点化は後者のみを問題とするのだ。従って、語り手と焦点化の担い手が一致するとは限らず、作中人物とは異なる語り手が、作中人物の位置から語ることもあるのだ（186）。

ジュネットは「誰が話すのか」と「誰が見ているのか」の分離を、それぞれ「声」（voice）と「法」（mood）の問題としたが、ポール・シンプソン（Paul Simpson）はこれを受けて、焦点化を語りのモダリティー（文法における法性）、すなわち語り手の心的態度と係わる問題であるとし、それに基づいて語りのカテゴリー分けを提案する。具体的には、語り手の作品世界に対する係わり方が肯定的（positive）か、否定的（negative）か、中立（neutral）かによって三つに分類し、それに従来からある一人称・三人称の区分、および三人称なら作中人物の外側から語るのか内側から語るのかといった分類を組み合わせ、全部で九とおりの語りのパターンを導き出している(55–56)。

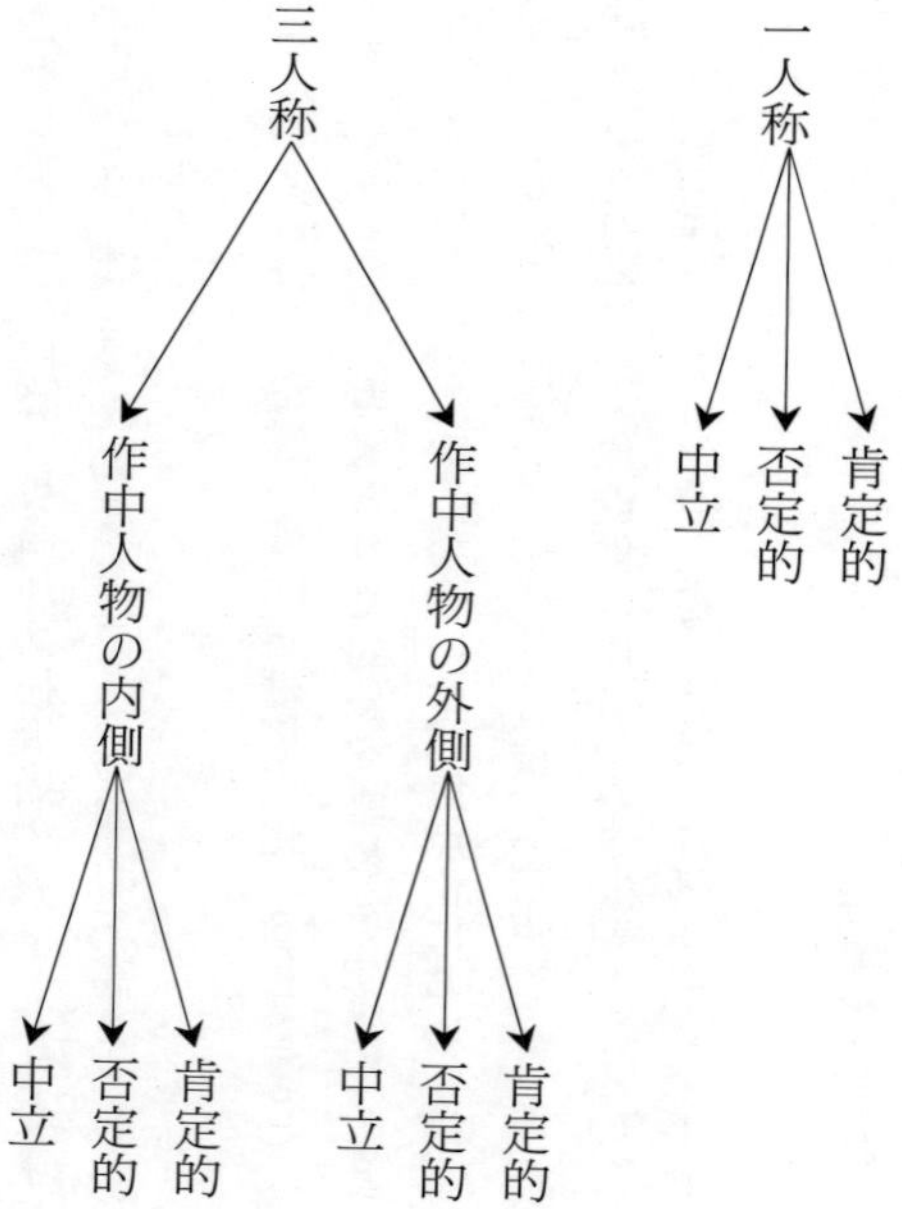

このパターンに基づいて考えれば、「チャールズおじさんの法則」および「初期スタイル」の

語りは、三人称による作中人物の外側からの語りの形式を用いて、そこに作中人物の内側からの語りが侵入するものとして理解できる。三人称による作中人物の内側からの語りは、ナラトロジーの用語で特に「反映者」（reflector）と呼ばれることもある。[7]

『ユリシーズ』の最初の三つの挿話では芸術家志望の若いスティーヴンの、また続く三つの挿話では中年の広告取りブルームの視点や意識が三人称の語りに「浸透」あるいは「反映」される。具体的な例は次章以降で取り上げるが、語りの視点は一見透明で中立的に見える場合でも、たいていは彼等の目を通して行われるのだ。彼等の語彙や言い回しが時折語りに挿入されることで読者はこれに気付かされるとも言えるだろう。ベンストックが例として挙げるのは次のような一節である。

Stephen bent forward and peered at the mirror held out to him, cleft by a crooked crack. Hair on end.（*U* 1. 135–36）

スティーヴンは前屈みになって、差し出された鏡を覗き込んだ。歪んだひびが一筋。髪、逆立って。

カンマまでは語り手の中立的な言葉だが、割れた鏡の描写は頭韻を踏み技巧的である。ベンストックはこれを詩人スティーヴンの精錬された言葉によって語りが影響を受けたためとする（21）。最後の断片的な髪の描写はスティーヴンの意識内の言葉を直接的に記述した自由直接ディスコースあるいは「意識の流れ」である。

フルーダニクは、「チャールズおじさんの法則」を自由間接ディスコースの中の一つとして位置付け、語り手の言葉の中に作中人物の言葉が取り込まれることで、通常は作中人物へのアイロニーが生まれるとする（333）。従って先に引用した『肖像』からの一文にある「赴く」という言葉は、伯父さんの気取った性格を暗示するものとなる。この考え方からすれば、上述した割れた鏡を覗くスティーヴンの描写においても、頭韻の部分を詩的な表現として額面通りに評価するのではなく、むしろ陳腐な技巧と見なし、そこからスティーヴン自身の自嘲的な意識を読み取ることも可能となる。

実際、『ユリシーズ』の冒頭に登場するスティーヴンは『肖像』の結末において描かれる、大陸への旅立ちに高揚する彼とは対照的である。詩人として独り立ちする夢もままならず、母危篤の電報でダブリンに引き戻された彼は、母の最後の願いを拒否したことによる罪悪感で精神的に追い詰められ、さらに俗物マリガンとオックスフォード出のヘインズに気押されて持ち前の才知を十分に発揮できない。従って、スティーヴンの意識を反映した一見技巧的な語りの言葉にアイロニーを読み取ることは彼の置かれた閉塞状況に相応しい読み方と言えるだろう。

作中人物が、何をどのように知覚するかは、その人物が如何なる人物なのか、すなわちその人物の考え方、教育、社会的位置、イデオロギー等を少なからず反映するはずである。映画であればそれは視覚的、聴覚的に表現することがある程度可能だろう。しかし小説においては、作中人物の知覚は言葉に置き換えられなければならない。つまり本来言語化されないものを言葉として表現する必要があるのだ。換言すれば、語り手と作中人物の分離は小説が成立するためのコンベンションなのであり、自由間接ディスコースにおいて両者の境界が曖昧になるのは、むしろこの分裂を克服するための技法とみることもできる。この技法がアイロニーを生み出すことがあり、「チャールズおじさんの法則」は、それを積極的に活用するのである。

アレンジャー

「チャールズおじさんの法則」が、ジョイスが『ダブリンの人々』から『肖像』において完成させた語りの技法であるとすれば、『ユリシーズ』において新たに導入された特異な語りがアレンジャー（arranger）と呼ばれる手法である。この呼称を最初に考案したヘイマン（David Hayman）によれば、それは作品世界をあからさまにコントロールするある人物であるが、作家にもまた語り手にも同一化され得ない人物である（84）。例えば、スティーヴンの意識に浮かんだシェイクスピアの生きざまを象徴的に表す言葉「人生は一度きり、体一つ。やれ。やるだけだ。」（*U* 9. 653）が数十ページも後で、謎の女性マーサからの手紙に隠れて返事を書くブルームの意識にそのままの形で突然侵入する。彼がこの言葉をスティーヴンから直接聞いた可能性はなく、そもそもこれはスティーヴンの意識内の言葉であって直接口に出して話されたものでもない。しかも手紙を書き終えたブルームはあたかもこの言葉に調子を合わせるかのように「とにかく、やった。」(*U* 11. 909) と同じく意識の中で応えるのである。

ケナーは、「初期スタイル」が構築する物語世界のリアリティを破綻させるようなアレンジャーの露骨な介入に、『ユリシーズ』最大の革新性を見る。何故ならその存在が明らかにするのは、この小説が如何なる意味においても「語られる」ことがなく、むしろページ上に配置された文字によって「演じられる」に過ぎないということだからである (1980, 65)。換言すれば、アレンジャーによって、『ユリシーズ』は物語であることを自ら放棄するのだ。

ケナーによれば、アレンジャーが作品世界の前面に登場するのは第十挿話「さまよえる岩」からであるが、明確な境界線があるわけではなく、それ以前の挿話においても控えめながらしばしば顔を覗かせる。例えば第四挿話でブルームの家に登場する猫の鳴き声を「ムルクニャオ」(Mrkgnao) と「正確」に描写できるのはブルームではあり得ず、アレンジャーによるものとされる。他にもケナーは様々な例を挙げているが、「チャールズおじさんの法則」で問題となったことがここでも問題となる。すなわち、特定の言葉が作中人物のものなのか語り手 (あるいはアレンジャー) のものなのかが、必ずしも明確にならない場合があるのだ。次の例は、第六挿話で異教徒のブルームが他のカトリックの葬儀参列者たちと跪く場面である。

会葬者はあちらこちらで祈禱机に跪いた。ブルーム氏は、洗礼盤の傍で下がって座り、皆が跪くとポケットから新聞を取り出して広げ、注意深く下に落として、そこに右膝をついた。彼は黒い帽子を左膝の上に静かに置き、その縁を持ちながら、敬虔に頭を垂れた。（*U* 6. 584–88）

最後の「敬虔に」（piously）という副詞はブルーム自身の「敬虔な」気持ちを表すのか、あるいは彼の表面的な「敬虔さ」をあくまで客観的に描写する語り手の言葉なのか。ケナーはこの問題が最終的に解決されるためには、アレンジャーの正体が明らかにされる必要があるという（1980, 67n）。

言葉を換えれば、この問題は、小説の舞台であるダブリン社会におけるブルームの位置に対して、アレンジャーが如何なるスタンスを取るのかということである。本来ユダヤ人であるブルームは、モリーとの結婚に際して改宗した「便宜的な」カトリックであり、ゆえにカトリックの儀礼に対する彼の心的態度と他の会衆のそれとの間には自ずと温度差がある。事実それは批判的な言葉となってしばしば露呈するのである。従って、ここで用いられる「敬虔に」という言葉はアイロニーを含むものと解釈でき、語り手はブルームの持つ表面的な「演技」を暗に揶揄すると同時に、そのような演技を強要する社会そのものを問題視しているとも考えられる。

一見中立的な語り手がもつアイロニーは「チャールズおじさんの法則」においても中心的な役

割を担っていた。それでは、この「法則」とアレンジャーは相互にどう関係するのだろうか。ケナー自身は両者の関係を語っていない。ただ、彼の議論から総合的に判断すれば、「チャールズおじさんの法則」はアレンジャーの機能の一部として吸収されたと見るのが妥当であろう。便宜上、「チャールズおじさんの法則」および「敬虔に」に見られるようなこれに類する語り手をアレンジャー1（AG1）とし、それ以外の作品世界へのより斬新な介入をアレンジャー2（AG2）とし、それらを先に紹介したトゥーランの図式上にあてはめるなら次ページの図のようになるだろう。

アレンジャー1が純粋な（中立的な）語り手と作中人物の意識の係わりを問題にし、自由間接ディスコースのバリエーションと考えられるのに対して、アレンジャー2は作中人物の意識に左右されることなく、いわばその背後から作品世界をコントロールするようにみえる。シンプソンの分類でいえば、アレンジャー1は三人称で作中人物の内側からの語りであるが、アレンジャー2は三人称で作中人物の外側からの語りであり、その匿名性において純粋な語りと似ている。しかし決定的な違いは、純粋な語りが透明であり読者にその存在を意識させないのに対し、アレンジャー2はその存在を誇示し、全く透明ではないということである。ケナーが指摘する『ユリシーズ』の革新性、すなわち物語の放棄がアレンジャー2にあることは明白だろう。

ある時は純粋な語りや作中人物の意識に紛れ込み、またある時は、逆に読者の前に現れて露骨な振る舞いをするアレンジャー。その正体は何なのか。先に紹介したように、アレンジャーとい

```
                          ID
                          |
(AG2) — PN — (AG1) — FID — DD — FDD — SOC
```

う言葉を考案したヘイマンはそれが作家にも語り手にも同一化され得ない「ある人物」だとした。一方、ケナーはアレンジャーのみならず中立的なナレーターも含めた語りの操作をとおして、作家ジョイスが自らの存在を誇示するのだと述べている。後者の考え方に従えば、スティーヴンが『肖像』で提示した、自らが創造した作品世界の背後で、神のごとくそしらぬ顔をして爪の手入れをする芸術家とは正に対照的な態度を、ジョイスは『ユリシーズ』においてとっていることになる。

これに対して、ローレンスはアレンジャーを人格化あるいは特定の意識に結び付けることに反対する。そして「初期スタイル」がもつ規範としての語りの世界を脅かし、語りの行為そのものを前景化するこの奇妙な語りを「語りの擬態」(narrative mimicry) と呼ぶのである。ローレンスによればこれは早くも第一挿話において副詞が異常なまでに多用されることにおいて示される。このある意味で稚拙な文体は決して作中人物スティーヴンの意識の反映ではなく、またそれ以外の特定の人物に向けられたアイロニーでもなく、言葉自体がもつ慣習化への警告なのだ。言葉は文体という仮面をつけ、語りの行為自体をパロディーにするのである。ただし最初の六つの挿話では「語りの擬態」がその本領を発揮することはない。何故なら『ユリシーズ』の前半ではテクストの中心的な関心が語りではなく作中人物に置かれているからである (46-47; McGee, 72)。

アレンジャーの背後に作者ジョイスの存在を見るケナーの立場は、歴史的に存在した一人の人間の意識や意図に作品の意味の基盤を求める立場である。一方、ローレンスはテクストと作者を明確に切り離し、語り手の問題をテクストの機能の一部として考えるポスト構造主義的立場である。両者の中間的なコンセプトとして、たとえば「内在する作者」(implied author)を考えることができる。それはテクストに示された価値観あるいはイデオロギーに基づいて、読者によって構築される作者のイメージのことであり、歴史上の作者とは通常一致しない。先に紹介したソントンも同じくテクストに示された価値観やイデオロギーを問題にするが、それはテクストや作家、また読者の枠組みの中では完結せず、最終的には当時の社会あるいは文化的環境に帰せられるのである。

以上の議論を踏まえて、アレンジャーの機能の核心となる部分を二つにまとめることができる。(1)物語の放棄と、(2)パラドクスとしての作者の介入、である。先ず、物語の放棄であるが、ここで放棄されるのはあくまでも既存の物語、特定の社会や文化において価値を認められた物語である。アレンジャーは語ることそのものを前景化し、パロディーにするが、この時、言葉は不透明な異物として読者の前に立ちはだかる。読者の注意は物語から書かれた言葉そのものへ移されるのだ。その結果、物質化した言葉は、それ自体が謎めいた語りとして、すなわち、既存の物語とは異なる「他者」の語りとして機能し始めるのである。

パラドクスとしての作者の介入とは、特定の社会において抑圧されたものが、作者の「意図」としてテクスト化され、この行為において作者が作者としての役割を与えられるということである。自己の直接的な「声」の否定において作者は逆説的に作品世界へと回帰するのである。

　このように考えると、アレンジャーとは、特定の社会に流通する物語から排除された「他者の声」としての作者ということになる。『ユリシーズ』を物語から「物・語り」へと変容させる要の役割をアレンジャーが担っていると言えるだろう。

第2章

スティーヴン

永遠の「息子」と語りの欠落

『ユリシーズ』冒頭の三つの挿話、すなわち「テレマコス」(Telemachus)、「ネストル」(Nestor)、「プロテウス」(Proteus) はこの長編小説の第一部をなし、ジョイス自身によってテレマキア (Telemachia) と命名された。これは、ホメロスの『オデュセイア』第一部が、伝統的にテレマキアッド (Telemachiad =テレマコスの詩) と呼ばれることに対応する。古典世界では、トロイ戦争に従軍した父オデュッセウスの帰還を待つ息子テレマコスが、母ペネロペイアに言い寄る求婚者たちの傍若無人な振る舞いに苦悩する姿が描かれており、一方、『ユリシーズ』第一部では芸術家を標榜する青年スティーヴン・ディーダラスを取り巻く様々な困難が描写される。すなわち、ローマカトリック教会による魂の抑圧、大英帝国による植民地支配、さらにアイルランドの言語および文化の喪失である。

語りについては、三つの挿話の基本となるのは「初期スタイル」であり、純粋な語りおよび直接ディスコースに作中人物の意識内の言葉を提示する自由直接および自由間接ディスコースが混じり合ったものである。ただし、既に述べたように、純粋な語りが通常は作中人物の意識に影響されない客観的な世界の存在を意味するのに対し、「初期スタイル」に関しては、それが当てはまらない。一見客観的な事物の描写が、多くの場合作中人物の心的態度を反映するからである。特に「テレマコス」と「プロテウス」においては、本来描写されてしかるべきものが描写されないことによって、純粋な語りにスティーヴンの意識が色濃く反映されていることが明らかになる。この語りの欠落が『ユリシーズ』全体のプロットを考える上で大きな意味を持つ。

テレマコスの苦境

最初の挿話「テレマコス」の舞台は、ダブリン近郊サンディコーヴ海岸に立つマーテロ塔である。十九世紀初頭、ナポレオン軍の侵攻を迎え撃つため構築されたこの塔は、本来は屋上に大砲を備えた石の要塞であったが、二十世紀初頭には既に大砲は撤去され、一種の貸家として一般に開放されていた。物語はこの塔で暮らす三人の男性たち、スティーヴンと彼の友人バック・マリガン、それに「客」として滞在するイギリス人ヘインズの朝の様子を描く場面で幕を開ける。

もったいぶって、恰幅のよいバック・マリガンが階段の先端から出てきた。石鹼水の入った洗面器を抱え、その上には手鏡と剃刀が十字に重ねられている。黄色の部屋着は、帯がほどけ、彼の背後でゆったりと朝の穏やかな風に持ち上がる。彼は洗面器を高く掲げ、ミサの言葉を唱えた。

——神の祭壇へ参らん。(*U* 1. 1–5)

時刻は午前八時、マーテロ塔の屋上へ躍り出たマリガンはミサの言葉を唱えながら髭を剃り始める。かつて大砲が置かれた台座が祭壇となり、手鏡と剃刀が十字架、帯のほどけた部屋着は祭服となる。戦争のために造られた要塞が「教会」となることで、『ユリシーズ』はマリガンが行うミサのパロディーによって始まるのだ。この後、彼は薄汚れた石鹼水を聖体とみなし、それが神の身体へと化体することを宣言する。彼に呼び起こされて登場するスティーヴンは不機嫌かつ睡眠不足であり、司祭気取りのマリガンを苦々しく眺めながらその侍者を演じる他はない。

正当な聖餐式によって葡萄酒とパンが神の血と肉に変化するとすれば、マリガンの模擬ミサは洗面器の中の石鹼水を何に変えるのであろうか。その答えは、彼が眼下に広がる海を「偉大な優しい母」(a great sweet mother) と呼び、スティーヴンに向かって「僕の伯母は、君の母を殺したのが君だと思っている」と言い放った直後の、スティーヴンの意識において明らかになる。

痛みが、未だ愛の痛みと呼べぬ痛みが、彼の心を苛んだ。静かに、夢の中で彼女は死んだ後やって来た。その衰弱した体はゆるい茶色の死に装束をまとい、蠟と紫檀の臭いを放つ、彼女の息、それが彼に覆い被さり、無言で、非難がましく、湿った灰の臭いを微かに放つ。すり減った袖口の向こうに彼は海を見た、彼の傍らの太った声が偉大な優しい母と呼んだ海。湾の曲線と水平線が、よどんだ緑色の巨大な液体を湛えている。白い陶器の椀が死の床にある彼女の傍らに置かれ、緑色のどろりとした胆汁を湛えていた。発作の度に大声で呻きながら吐き出し、彼女が自分の肝臓からもぎ取ったものだった。（*U* 1. 102–10）

スティーヴンの夢に登場する恐ろしげな姿の女は、彼の死んだ母である。パリに留学中であったスティーヴンは、母危篤の電報によってダブリンに召還され、彼女の死に目に臨席するものの、母が求めるカトリックの流儀に則した祈りを最後まで拒んだのだ。カトリック教会の精神的支配に反旗を翻す彼にとって、たとえそれが死に行く母の最後の願いであっても、神への祈りを口にすることはできなかったのである。その結果、スティーヴン自身が癒し難い心の傷を受け、母の葬儀を終えた後もトラウマに苦しむのだが、マリガンはそれを知りながら、あえて彼の傷口に塩を塗るのだ。

マリガンの「偉大なる優しい母」というフレーズは、皮肉にもそれが指し示す海そのものを、病に冒された母の吐瀉物を入れた陶器の椀に変えてしまう。この陰鬱なメタファーを生み出す土壊は、何よりもトラウマに苦しむスティーヴン自身の心情であるが、それを活性化するのはマリガンがミサを真似て捧げ持つ髭剃り用の洗面器である。つまり、彼の執り行う「聖餐式」において、濁った石鹸水は「偉大な優しい母」としての海をスティーヴンの母の吐瀉物に化体させ、さらに彼の脳裏にその亡霊を呼び起こすのだ。古典世界の息子テレマコスが、求婚者たちに取り巻かれた母の身を案ずるとすれば、スティーヴンの母は完全にカトリック教会の手中にあり、死んだ後も亡霊となって彼の「罪」を糾弾し続けるのである。

似非神父マリガンが、母の亡霊の出現をお膳立てする。その意味で彼は「悪魔」のような存在である。実際、彼はスティーヴンを苦しめる一方で、苦しみから逃れる方便も用意することを忘れない。彼は死が誰にでも訪れるありふれたものであり、そこに何ら特別な意味はないとしたうえで、イェイツ（W. B. Yeats, 1865–1939）の初期の詩「ファーガスと行くのは誰か」（Who Goes with Fergus?）の一節を吟唱する。

彼の頭は消えたが、下りていく彼の間延びした声が階段の登り口から響いて来た。

——もはや顔を背け思い悩むな
愛の苦い秘密を
ファーガスが真鍮の戦車を駆るからには。
森の影が密かに流れた、朝の静寂を抜け、階段の登り口から彼が見つめる海に向かって。

岸辺から沖へ水の鏡が白む、軽い靴を履いた急ぐ足に拍車を当てられ。くすんだ海の白き胸。絡み合う強勢、二つずつ。ハープの弦を爪弾く手、絡み合う和音を融合し、結ばれた白き波の言葉、ほの暗き潮にゆらめく。（*U* 1. 237–47）

塔の階段を下っていくマリガンの姿は、正に地獄へ誘う悪魔をイメージさせるが、その彼が口ずさむのは、恋に悩む若い男女を励まし真実の愛へと誘うケルトの王にして詩人たるファーガスへの賛辞である。スティーヴンはこの美しい詩句に刺激され、一瞬悪夢から解放される。眼前の海は母の淀んだ吐瀉物であることを止め、ケルトの薄明を彷彿とさせるイメージへと転換するのだ。事実、彼は母の臨終に際し、祈りの言葉に代えてこの詩句を彼女のために歌ったのであった。「くすんだ海の白き胸」という語句は、ここに引用された詩の一節に続く部分であるが、それが即座に脳裏に浮かぶことは、スティーヴンが先輩詩人イェイツの詩を如何に敬愛していたかを示すものであろう。だが、結局それは束の間の幻でしかない。おぞましい亡霊となった母の悪夢はすぐに彼の脳裏によみがえり、スティーヴンは「母さん、止めてくれ！　好きにさせて、生きたいんだ」と内なる叫びを上げるのである。

この一連の場面は少なくとも二つの点で重要である。一つ目は、彼が抱え込んだ母との葛藤が、ケルトの薄明といったロマンティックな詩によっては克服し得ないものであることが明白になることである。母の背後にはローマカトリック教会の強大な威光と長い伝統が控えており、母はその犠牲者であると同時に、その敬虔な信者あるいは僕《しもべ》でもあるが、スティーヴンにとって、ケルト神の甘美な詩はキリスト教の神の手から母の魂を取り戻すには不十分なのである。

二つ目は、イェイツに代表される当時のアイルランド文芸復興運動へのスティーヴンの対抗心と懐疑である。イェイツの詩句に心酔し、その文体によって詩を書くことは、あくまで独立した詩人となるための修業時代にのみ許されることであり、そこに留まればただの亜流でしかない。『肖像』の最後におかれたスティーヴンの言葉「僕の魂の鍛冶場で、未だ創られぬ僕の民族の良心を鍛えるのだ」は、『ユリシーズ』においても生きている。新しい詩の創造を目論む彼が、イェイツに対して敬意以上に対抗心を抱くとしても不思議ではない。

文芸復興運動へのスティーヴンの懐疑が最もよく現れるのは、彼を含めた三人の青年が朝食を始めたところへミルク売りの老婆が入って来る場面である。

彼は、彼女が濃厚な白い乳を枡に注ぎ、ついで水差しに入れるのを見つめた。彼女の乳ではない。老いてしぼんだ乳首。もう一度注ぐ、枡にたっぷり一杯とさらにオマケも。老いて密かに、彼女は朝の世界から入って来た、恐らくは使者。乳を注ぎながら、その滋養分を礼賛する。青々とした草原の夜明け、忍耐強い雌牛の傍らにしゃがむ、毒タケの椅子にすわる魔女。しわくちゃの指が忙しく動き乳房から乳がほとばしり、彼女を知る牛たちが彼女のまわりで鳴き声を上げる。露滴る絹のような牛。最も美しい雌牛と哀れな老婆、彼女が昔付けられた名前。さまよえる老いぼれ婆、卑しい身分に身をやつし征服者と陽気な裏切り者に仕える女神、共有の寝取られ妻、密かな朝の使者。仕えるために来たのか、咎めるためにきたのか、彼には分からない、が、彼女に取り入るつもりはない。（*U* 1. 397–407）

「哀れな老婆」（Poor Old Woman）としてイメージされるアイルランド。古くはアイルランドの民謡に始まり、一九〇二年にダブリンで初演されたイェイツの一幕劇『フーリハンの娘キャスリーン』（*Cathleen ni Houlihan*）で広く知られるようになったこの被抑圧者としてのアイルランド表象を、スティーヴンは老いたミルク売りの女に重ね合わせる。一体この老女は何が目的で自分の前に姿を現したのか。彼を助けてくれるのか、それとも彼を諌めようというのか。繰り返される「密か」（secret）という言葉は、同じく繰り返される「使者」（messenger）という言葉と相まって、彼の老婆にたいする懐疑を反映する。結局この婆は、アイルランドの滋養分をそのしわくちゃの指で絞り取り、支配者と裏切り者に売り渡すだけではないのか。

ここで「支配者と裏切り者」とは、一義的にはマーテロ塔で同居する英国人ヘインズと彼に取り入るマリガンであり、それぞれが帝国主義支配とそれに同調して利益を得ようとするアイルランド人を代表している。ヘインズがアイルランドへ来た理由はアイルランドの土着文化を「研究する」ためであり、マリガンはそれにつけ込んで一儲け企むのだ。次の一節は、こうした二人の前で卑屈に振る舞う老婆の姿を直接話法によって提示することで、強烈なアイロニーを生み出している。


——彼の話すことが分かりますか、とスティーヴンは彼女に尋ねた。

——フランス語をお話しで、とその老婆はヘインズに言った。

ヘインズは、自信たっぷりに、彼女にさらに長く話した。

——アイルランド語さ、バック・マリガンが言った。ゲール語は分かるのか。

——アイルランド語だと思いましたよ、音を聞いてね、彼女が言った。西部からおいでかね。

——私はイギリス人だよ、ヘインズは答えた。

——彼はイギリス人さ、バック・マリガンが言った、僕たちがアイルランド語を話すべきだと考えてるのさ。

——そうですとも、老婆が言った、私自身が話せないことを恥じております。それができる方によると、偉大な言葉だそうですから。(*U* 1. 424–34)

アイルランド語を全く理解できない老婆と、彼女にアイルランド語の能力を自慢し、アイルランド人はアイルランド語を話すべきだとうそぶくオックスフォード出の英国人エリート。この露骨なアイロニーを理解するには、アイルランド語衰退の最大の原因が、イギリスによるアイルランドの植民地支配にあることを想起すれば十分である。長い間アイルランド語は公教育の場から排除され、アイルランド人は英語なしでは生きられなかったのだ。だが、この場面のアイロニーの真のターゲットが、イギリスによる圧政以上に、アイルランド文芸復興運動そのものであることは疑いない。よく知られているように、イェイツ自身、ほとんどアイルランド語ができなかったにもかかわらず、アイルランド語の復活を説いたダグラス・ハイド（Douglas Hyde 1860–1949）を理論的拠り所とし、グレゴリー夫人（Isabella Augusta, Lady Gregory, 1852–1932）と共にアイルランド古来の民間伝承文化を収集・編纂したのである。

デクラン・カイバード（Declan Kiberd）は、文芸復興運動の推進者たちが「再発見」しようとしたものが、つまるところイギリスがアイルランドに投影した「帝国のファンタジー」に過ぎなかったとし、ヘインズにおいてそれが最もよく体現されているとした上で次のように述べている。

イギリスを非難したナショナリストたちは、多くの場合、彼ら自身の中のイギリスを非難していたのだ。彼らが原初の「アイルランド」を探し求める行為は、本質的にイギリス的な行為であった。何故なら、それを求めることで対になるべき「イギリス」をも同時に探すことになったからであり、仮にそのイギリスを結果的に弾劾することになったとしても、そうなのだ。こうして構築された「アイルランド」は、概してイギリスによる捏造であったため、アイルランドのあるべき姿を提示する仕事を担った人々は、しばしば当時のアイルランド人の中で最も英国化された人々であった。（337）

英国人ヘインズが、ミルク売りの老婆にアイルランド語を学ぶべきだと諭す姿は、文芸復興運動を担ったいわゆるアングロ・アイリッシュの人々のカリカチュアということである。事実、彼は第九挿話「スキュレとカリュブディス」でハイドの『コナハトの恋愛詩』(The Love Songs of Connacht) を書店へ探しに行ったと言及されるが、これはハイドがアイルランドの農民から集めた資料をもとに、アイルランド詩がもつ韻律を英語に翻訳したもので、当時アイルランド詩を学ぶ最良の手引書であった (Murphy, 133)。[1]

第一挿話の終わり近く、ヘインズはスティーヴンに向かって「君は君自身を自由にすることができる。君自身が君の主人なのだ」と語る。この言葉は啓蒙主義以来の西欧の個人主義的人間観を要約したものであるが、スティーヴンは即座に次のように反論する。

——僕は二人の主人に仕える従者なのです、とスティーヴンは言った、イギリス人とイタリア人です。

——イタリア人だって、ヘインズが言った。

狂った女王、老いて嫉妬深い。わが前に跪け。

——それに三人目がいる、スティーヴンは言った、半端仕事を言いつける者が。

——イタリア人だって、ヘインズがまた言った。どういう意味なの。

——大英帝国と、スティーヴンは顔を紅潮させながら答えた、ローマカトリック教会です。

ヘインズは下唇からタバコの屑を払いのけ、口を開いた。

——よく分かるよ、と彼は穏やかに言った。アイルランド人は、そう考えざるを得ないだろうな。僕たちイギリス人は、君たちに随分不当な扱いをしてきたと考えている。歴史の責任だと思うよ。（*U* 1. 638–49）

スティーヴンの直截な比喩は、彼とアイルランドの置かれた状況を端的に表現して余りあるが、対するヘインズの鈍感な物言いは、支配する者と支配される者の対照を鮮やかに浮かび上がらせる。ここで注目すべきは、「狂った女王、老いて嫉妬深い。わが前に跪け」という一文である。一義的にはローマカトリック教会を念頭においた言葉と考えられるが、「老いて」以下は亡霊となった母の姿が重ねられた言葉とも解釈できるだろう。

二人の主人、大英帝国とローマカトリック教会は、それぞれ「哀れな老婆」と母の亡霊という、本来はこれら支配権力による犠牲者である老いた女二人を「使者」として、その二重の支配に抗う青年=息子に差し向けるのである。もしスティーヴンが現代のテレマコスであるなら、求婚者から守るべき母こそが当面の「敵」となってしまったのである。

反面教師ネストルと歴史の問題

第二挿話「ネストル」はスティーヴンが子供たちに歴史の授業をしている場面で始まる。第一挿話で自分と自分の生まれた国が背負う様々な過去の桎梏《しっこく》に包囲された彼は、ここで歴史の可能性について思索をめぐらせる。

——きみ、コクラン、彼を呼びにやったのは何と言う街ですか？
——タレントゥムです。
——よろしい。それで。
——戦闘がありました。
——よろしい。どこで。

少年のうつろな顔がうつろな窓に尋ねる。

記憶の娘たちによって作られた。それでも、何らかのものは存在していた、たとえ記憶が語るままではないにしても。だから、苛立ちの言葉、ブレイクの過剰な翼の羽ばたき。全ての空間の崩壊が聞こえる、飛び散るガラスと砕ける石積み、そして時間は鉛色の最後の炎となる。僕らには何が残るのか。（*U* 2. 1–10）

タレントゥムはかつてイタリア南端にあった古代ギリシアの植民地で、王ピュロスはその要請を受けて海を渡り、ローマ軍を破ったものの多大な犠牲を出したことで歴史に名を残した。スティーヴンはこうした「史実」を生徒に質問しながら、それが本当にあったことなのか、あるいは人間の記憶が生み出したものなのかと自問する。「ブレイクの過剰な翼の羽ばたき」とはウィリアム・ブレイク（William Blake, 1757–1827）の『天国と地獄の結婚』（*The Marriage of Heaven and Hell*, 1790）から取られた二つの警句を融合させたもので、それぞれ「過剰の道は知恵の王宮へ続く」と「如何なる鳥も高く飛びすぎることはない、もし自分自身の翼で飛ぶなら」である（Gifford, 30）。人間の理性への過信を糾弾し、即物的な空間と時間に制約された歴史を、想像力によって超越することを希求したブレイクの詩句は、「史実」として固定され活力を失った歴史の再生の可能性を暗示する。スティーヴンは、もしピュロスがアルゴスで敵のために命を落とさなかったなら、もしカエサルが暗殺されなかったなら、と仮定し、起こったことにより排除された、起こらなかったことの「無限の可能性」(the infinite possibilities) について考えるのだ。

つまり、歴史とは運動でなければならない、可能なものが可能なものとして実現するのだ。［……］あそこで僕は本を読んだ、夜ごと、パリの罪から避難して。傍らでは繊細なシャム人が戦略の手引書を頭に詰め込んでいた。詰め込まれさらに詰め込む僕の周りの頭脳たち。小さなランプの下で、釘付けになり、触覚を微かに打ち震わせる。そして僕の心の暗闇では、地下世界の怠惰が、物憂げに、光を避け、竜の鱗が生えた皮膚をくねらせる。思考とは思考についての思考。静寂なる輝き。魂とはある意味で存在する全て、魂とは形相の形相。突然で、無辺な、白熱する静寂、すなわち形相の形相。（*U* 2. 67-76）

回想される場面は、スティーヴンがパリに留学していた頃の図書館である。そこで彼はアリストテレスについて学生たちが議論するのを聞いたのであろう。シャムとは現在のタイであるが、十九世紀末には、フランスは既にインドシナ半島の東南部を植民地として領有しており、一方西部のビルマはイギリスが領有、インドの一部として植民地化していた。両者に挟まれたタイはかろうじて独立は維持していたものの半植民地状態であったのだ。同じく苦境にある祖国を逃れ、異国に身を置くスティーヴンがタイからの留学生に少なからず興味を抱いたとしても不思議ではない。

ただし、恐らくは祖国の主権を守るために、実践的な戦略の手引書を必死で読むタイの留学生に対して、本来は医学を勉強すべく留学したスティーヴンは、それに身が入らず、哲学書や文学書を読み耽った。暗闇で身をくねらせる竜のイメージは、自らの怠惰を幾分かの自嘲を込めて詩的な言葉で回想したものであろう。

だが、彼の「怠惰」にはそれなりの動機があるはずである。帝国主義支配の根底にあるものが軍事力、すなわち暴力であるなら、それに暴力で立ち向かうことには本質的な矛盾と限界がある。スティーヴンの「怠惰」とは実践的な知がはらむ「暴力」への嫌悪によって生まれると思われるのだ。実際、『ユリシーズ』を一貫して流れるアンチ・バイオレンスのメッセージは、後に詳しく述べるように、スティーヴンのみならずブルームとモリーの関係を理解する上でも中心的な部分を占めるのである。

問題となるのは、世界への能動的な働きかけなくして如何に歴史がもたらす負の遺産を解消するかである。暴力は論外であるとしても、何もしなければ、結局ただの怠惰、無作為に終るのではないか。この予期すべき問いに対して、スティーヴンがこの段階で手にする答えはアリストテレスとブレイクを折衷した「魂とはある意味で存在する全て［……］突然で、無辺な、白熱する静寂、すなわち形相の形相」という謎めいた言葉である。これをあえて解釈すれば次のようになるだろう。歴史を含めた時空間、即ち世界の存在が人間の意識、あるいはそれを生み出す魂に由来するなら、魂の有り様次第で世界はいかようにでも作り直すことができるはずだ。白熱する静寂とはそのような魂に世界が収斂し、再び生み出されるまでの一瞬、永遠の一瞬である。

詩的想像力のメタファーとしては、確かに魅力に溢れた言葉である。しかし客観的にみればこれは極端な観念論であり、世界の存在そのものを疑う懐疑論へとつながるであろう。続く第三挿話「プロテウス」の冒頭で、スティーヴンは目を閉じて砂浜を歩き、目を開けたら世界が消滅して永遠の暗黒に置き去りにされるのではないかと自問するが、それはここで彼が思弁的に手にした歴史を変革するための手段が少なからぬ危険を孕むことに、彼が不安を感じるからである。

そして、この「不安」は第十五挿話「キルケ」で母の亡霊が出現し改悛を迫った時、錯乱した彼がステッキを振り上げ、娼館のシャンデリアをたたき壊すという「暴力」に訴えることで現実のものとなる。

彼はトネリコ杖を両手で高く振り上げ、シャンデリアをたたき壊す。時間の鉛色の最後の炎が立ち昇り、続く暗闇の中、全ての空間の崩壊、飛び散るガラスと砕ける石積み。（*U* 15. 4243–45）

直ぐにわかるように、この場面を構成する言葉は先に引用した第二挿話冒頭の、スティーヴンの意識内の言葉である。ブレイクの如く、詩的想像力によって硬直的な人間の記憶によって作られた歴史を粉砕し、それを作り変えることを希求したスティーヴンは、結局、死んだ母によって表象される歴史の亡霊に追いつめられ、皮肉にも彼自身が暴力を振るうのだ。シャンデリアが破砕されたため辺りは一時的に暗くなるが、もちろん世界も歴史も微動だにせず、スティーヴンは娼館から逃走、後には壊れたシャンデリアの代金だといって、法外な金を請求する女将の声が響く。残されたブルームは女将を諌め、払うべき代金を払いその場を収めるのである。

詩的想像力の一瞬の燃焼、あるいは「白熱する静寂」を過信することへの冷めた視点がここに提示されている。結局、それは自らが否定したはずの暴力を生み出してしまうのだ。この視点は、青年期を過ぎ、ファラスを奪われた冴えない中年男ブルームの視点である。彼は第十六挿話「エウマイオス」で次のように述べる。

私は如何なる形にしろ、暴力と不寛容を苦々しく思います。それは何ももたらさないし、何も止めはしないのです。革命だって整然と分割払いで進めないといけません。(*U* 16. 1099–101)

スティーヴンの突発的な暴力が、世界を瞬時に作り変えようとする革命のパロディーとすれば、その後始末を整然と行うことにおいて、ブルームは自らの信念をさりげなく実践するのである。再び、「ネストル」に戻ろう。授業の後、スティーヴンはディージー校長の部屋に呼ばれる。プロテスタントである彼は、アイルランドがイギリスの一部として併合された現状を支持し、スティーヴンを反英的な過激派フェニアンと同一視する。

――わしにも反抗者の血は流れておる、とディージー氏は言った。母方にな。だが、わしは、併合に一票を投じたジョン・ブラックウッド卿の子孫なのだ。わしらはみなアイルランド人さ、みな王の息子なのだ。

――嗚呼、スティーヴンが言った。

――「正しき道によりて」が彼のモットーだった、ディージー氏がきっぱりと言った。彼は併合に賛同し、そうするためにダウン州のアーヅからダブリンまで、トップブーツをはいて馬で出かけたのだ。（*U* 2. 278-83）

アイルランドがイギリスに併合されたことが「正しき道」であるとするディージー校長にとって、歴史的事実は尊重されるべき動かし難いものであり、それ以外の可能性は最初から排除される。この硬直的な歴史観は、彼の原理主義的なキリスト教信仰に由来するもので、それはユダヤ人が神に対する罪人であり、諸悪の根源であると断定する彼の言葉においても示される。畢竟《ひっきょう》、彼とスティーヴンの歴史観は対立せざるを得ない。

——歴史とは、スティーヴンは言った、僕がそこから目覚めようとしている悪夢なのです。

運動場から、少年たちの歓声が沸き起こった。ピーッと笛が鳴る。ゴール。もし、その悪夢が逆襲したらどうする。

——創造主のやり方は我々とは異なる、とディージー氏は言った。全ての人類の歴史は偉大なる一つのゴールへと向かっている、神の顕現だ。

スティーヴンは親指をぐいっと窓に向けると、言った。

——あれが神です。

やったー！　いいぞ！　ひゃっほー！

——何だって、ディージー氏が尋ねた。

——街の叫び声です、スティーヴンは答え、肩をすぼめた。(*U* 2. 377-86)

起こらなかったことと、実際に起きたことの差異は何ら本質的なものではなく、それはちょうどゴールに入ったボールと入らなかったボールの違いでしかない。歴史を単なる偶然の結果と考えるスティーヴンにとって、歴史に神の意志を見るディージーの立場は到底受け入れられない。それは死んでもなお亡霊となって改悛をもとめる母の姿と重なり、さらに植民地支配を歴史の責任だと人ごとのように語るイギリス人へインズとも無縁ではないのだ。この意味で、若き詩人にとっては、プロテスタントもカトリックも、大英帝国と同様、過去の歴史がもたらす桎梏なのだ。彼はホッケーに興じる少年たちの歓声を神に喩えることで、歴史と神の関係、すなわち歴史の必然性を否定するのである。

だが、既に述べたように、起きなかったことと、起きたことは等価ではあり得ない。安易に現実の歴史を否定することは大きな危険を孕むのだ。ここでもスティーヴン自身、そのことを予感しており、歴史の「逆襲」を恐れている。換言すれば、現実の歴史を必然とするディージーの立場も、それを完全に否定しようとするスティーヴンの立場も、ともに不完全であり、真の歴史の姿を捉えてはいないのである。

恐らく、この相対立する歴史観を超える道は、両者の中間にある。歴史は動かし難い唯一の事実ではないが、かといって、その全てを人間の想像力に還元することもできない。真の歴史は様々な要素からなる集合体であり、仮にこれを「原・歴史」とするなら、我々はこれをそのまま認識することはできず、常に特定の要素を関連づけ、それを言語化し、語らなければならない。そのようなものが初めて「歴史」として認識されるのである。従って、そこには常に排除された要素があり、「歴史」は必然的に「語られなかった」ことに憑依されている。一つの「歴史」を語ることは、他の複数の「歴史」の可能性を隠蔽することでもあるのだ。

このように考えると、スティーヴンが問題にする排除された「歴史の可能性」とは「歴史を語ることの可能性」に置き換わる。スティーヴンにとって、この問題は母の死をめぐる問題と深く係わっている。彼は授業の最後に、子供たちに向けて次のような謎かけをする。

雄鶏が鳴いた、
空は青かった、
天の鐘は
十一時を告げていた。
この哀れな魂が天国へ
行く時間だ。(*U* 2. 102-07)

この詩の意味を解釈できない子供たちに対して、スティーヴンが与える答えは「狐が自分の祖母をヒイラギの根元に埋めている」である。本来謎は問いの中に出題者と解答者によって共有されるコードがなければ成立しない。ところがこの謎にはそれがない。答えにある狐や祖母を問題文から導き出すためのコードは生徒たちに共有されておらず、ただ出題者の頭の中でのみ有機的に結びついているに過ぎないのだ。当然ながら生徒たちは当惑し、その理由を理解するスティーヴン自身も、きまりの悪さを笑ってごまかすしかない。

改めて述べるまでもなく、この謎を生み出すものはスティーヴンの母の死をめぐるトラウマである。臨終の床にあった母の最後の願いを拒否した彼は、罪の意識に苛まれ、恐ろしい姿となった母の亡霊に苦しめられる。彼の謎には、そのような母の魂が天に召され、この世の束縛から解き放たれた安息を得ることを願う気持ちが込められている。それは、彼自身にとっては母の死を整理し、自己の信念を改めて確認する行為であり、トラウマからの解放を意味するだろう。謎の答えにある祖母を埋葬する狐とは、死んだ母との葛藤に最終的な決着を付けようとするスティーヴン自身の姿である。生徒たちにとっては全くナンセンスな謎に、彼の切実な思いが込められているのだ。母が祖母=老婆に変えられたのは、そこに被抑圧者としてのアイルランドのイメージが重なるためであろう。

従って、この直後、一人残された出来の悪い生徒に補習を行いながら、スティーヴンが母の愛について思いを巡らすのは必然である。

醜く、出来が悪い。細い首と固い髪、インクの染み、カタツムリの寝床。それでも誰かが彼を愛し、彼を腕に抱き優しく包んだ。彼女がいなければ、世界中の人間が彼を踏みつけ、骨なしカタツムリは潰されていた。彼女は自分自身から絞り出された弱く薄い血を愛した。ならば、それは本物か。人生で唯一の真実か。［……］彼女は、彼が踏みつけられないように守り、死んだ、ろくに生きもせず。天に召された哀れな魂。またたく星の下、荒野で一匹の狐が、殺戮の赤い血を毛皮から立ち昇らせ、冷酷な目を光らせて、土を掘る。耳をそばだて、土を掘り上げ、また聞き、掘って、掘る。（*U* 2. 139–50）

この世で唯一の真実は母の愛なのか、とスティーヴンが問う時、そのような母をおぞましい悪鬼に変えてしまったもの、すなわちカトリック教会とその精神的支配に甘んずるアイルランド社会へのやり切れない思いがあるはずである。また、「ろくに生きもせずに」という言葉には、おそらくカトリック教会の従者として一生を捧げ、夫や子供たちのために働き続けて死んで行った母への憐憫と怒りが込められているだろう。[2]

特に注目したいのは、土を掘る狐のイメージである。先に引用した謎の答え、すなわち「祖母を埋葬する狐」から発展したイメージであることは明らかで、死んだ母への自責の念をより生々しく表象化するものである。問題は、謎の答えの狐が、祖母=老いた母を「埋める」のに対して、こちらの狐は土を「掘り上げる」のである。つまり一度埋めたものをまた掘り返しているようにも読めるのだ。この曖昧さは何を意味するのであろうか。

死体を掘り返す行為は、死者の眠りを妨げることであり、何らかの意味で死者を生き返らせることであろう。その場合、積極的にそれを行う場合と、やむを得ず行う場合が考えられる。後者の例としては、死者への裏切り等によって、遺された者が罪の意識に苛まれ、それが死者の復活（あるいは亡霊）という形をとって出現する場合である。このとき、墓を暴くのは遺された者の良心の呵責と考えられる。前者の例は、遺された者が死者の死を受け入れることができず、死者への呼びかけ、あるいは対話を積極的に望む場合である。この時、墓を暴くのは遺された者の死者への強い執着あるいは愛情であろう。

スティーヴンの場合、母の最後の願いを拒絶したことによる良心の呵責を感じていることは既に述べた通りであるが、それと同時に、彼女の死に方に納得がいかず、彼女との対話を求めているとも考えられる。もし、生まれた子供を世界の敵意から守る母の愛が人生唯一の真実であるなら、何故母は、亡霊となって子を苦しめるのか。母の愛とは、子の服従という見返りを求めるものなのか、あるいは、母の愛をそのようなものに変えてしまったものがカトリックの信仰であるなら、信仰とは一体何なのか。スティーヴンの母の愛をめぐるモノローグからは、こうした切実な問いが浮かび上がってくる。母の臨終に際して、彼がイェイツの詩を歌ったことを先に述べたが、その中の「愛の苦い秘密」という言葉に母は反応し、涙したのであった。彼女にとって、恐らくこの言葉は愛した子供に裏切られることへの失望を意味したであろうが、スティーヴンにとっては、愛の名の下に魂の服従を求められることへの幻滅を意味したはずである。すなわち、「愛の苦い秘密」とは、愛という言葉によって母と息子がお互いを呪縛し、苦しめる様を意味するのだ。スティーヴンは第九挿話「スキュレとカリュブディス」においても、「空虚」で「不確か」な父性に対して、「母の愛」（*Amor matris*）は「人生で唯一の真実かもしれない」と繰り返し、このラテン語の「母の」（*matris*）という語が持つ文法的な機能、すなわち主格と同時に対格を表す属格であることを強調する。この一見衒学的な言葉の真意は、今や明らかであろう。正に、母の息子への愛は息子の母への愛を要求し、不可分であるがゆえに、両者を呪縛するのである。

そうであるなら、墓を暴く狐の姿には、カトリック教会の忠実な従者として、また家族の犠牲として死んだ母を蘇らせ、彼女の生を彼女自身のものとしてもう一度生き直すことを求める、息子スティーヴンの強い願望が反映されているはずである。そうすることで、母は初めて一人の女となり、息子に服従をもとめる亡霊であることを止め、息子も自らの人生を生きることが許される。その時、両者は「愛の苦い秘密」から解放されるのである。母が母であることを止めた時、両者の呪縛は消えるのだ。

より広い視点から見れば、死んだ母に別の人生を求めることは、「史実」として固定された過去の歴史を語り直すことである。カトリックの母として、献身と自己犠牲に終始した人生を、母が一人の女として生き直すことができるなら、ローマカトリック教会とイギリス帝国主義の二重支配にあえぐアイルランドを、その悪夢から目覚めさせ、スティーヴン自身も「二人の主人」から自由になることができるであろう。一人の女の再生が、一つの国の再生の換喩となるのだ。ディージー校長はこの点でもスティーヴンと際立った対照をなす。彼は歴史と女およびアイルランドの関係を次のように語る。

我々は多くの過ちと多くの罪を犯した。一人の女が罪を世界にもたらしたのだ。あるまじき行為を犯した一人の女ヘレネ、メネラオスの逃げた女房のために、十年間もギリシアはトロイと戦争をした。最初に外国人を我々の国へ連れ込んだのは不貞な妻だった。マクマローの妻とその情夫、ブレフニーの君主オロークだ。パーネルをだめにしたのも一人の女だ。(*U* 2. 389–94)

人間に原罪をもたらしたとされる聖書のイヴ、夫を裏切りパリスのもとへ走ってトロイ戦争の原因を作ったヘレネ、アイルランドにヘンリー二世の軍隊を招き入れたとされる不貞な妻デヴォギラ、そしてパーネル(Charles Stewart Parnell, 1864–1891)の政治生命を奪い、アイルランド自治の夢を砕いた人妻オーシー夫人。ディージーは神話と歴史を恣意的につなぎ合わせ、過去の細部を無視することで、女性が国を誤らせ、人類を堕落させると強弁する。この極端な還元主義は、ユダヤ人を諸悪の根源とする彼の原理主義的キリスト教観と同根である。[3]

ホメロスの古典では、老将ネストルはテレマコスに知恵を授け励ますのだが、スティーヴンにとってのディージーは、硬直的な歴史観とその唯一性を説く反面教師なのである。歴史の細部を無視し、それを単純な物語に書き換えてしまう彼の姿は、第十二挿話「サイクロプス」に登場する頑迷な愛国者「市民」の予兆でもある。だが、スティーヴン自身が陥りやすい危険、詩的想像力という「白熱する静寂」によって歴史を一気に超克することへの誘惑は、ディージーの還元主義と無縁ではない。「学ぶためには、人は謙虚でなければならない。人生こそが偉大な教師なのだ」と語る校長の言葉は、先ずは偏狭な歴史観を振り回す彼自身へのアイロニーであり、同時にスティーヴンにとっても、自らの視野と詩的想像力を過信することへの警告なのである。

「彼女」というプロテウス

テレマキアの最後の挿話「プロテウス」は、再び海の場面である。第一挿話の舞台となったサンディコーヴ海岸から北へ十キロメートルほど、リフィ川河口にあるサンディマウント海岸は、干潮時には広大な砂州が姿を現す。古典世界に登場するプロテウスは、海神ポセイドンの支配下にある海の老人で、予言の能力をもつとされるが、変幻自在に姿を変えるため、その予言を聞くには逃げないように彼の体を押さえつけなければならない。

スティーヴンの眼前に広がる砂浜と海は、とらえどころがなく不確かな世界の隠喩としてある。

彼は目を閉じて砂浜を歩き、目を開けたときそれが消えてなくなり、自分は永久の暗黒に取り残されるのではいかと訝《いぶか》るのだ。だが当然のことながら、そのようなことは起こらない。

さあ、目を開けろ。開けるぞ。ちょっと待った。全てが消えていたら。もし目を開けて、黒い非透明のなかに永久に置かれたら。もう結構！　見えるかどうか見てやろう。さあ、見ろ。お前がいなくても始終そこにある。これからもずっと、終りなき世界。（*U* 3. 25–28）

目に映った眼前の世界が、そのまま世界の「真の姿」であるという保証はない。だが、それを目の錯覚として全て否定することもできない。存在と現象、あるいは現象と知覚をめぐるこの古典的な議論は、言うまでもなく、上述した「原・歴史」と「歴史」の関係をめぐる問題と同根であり、いわばその言い換えである。「これからもずっと、終りなき世界」は『公教会祈禱文』の「栄唱」にある「父と子と聖霊に栄光あれ」からの一節で、第二挿話「ネストル」の校長室でディージーを待つスティーヴンの意識にあった言葉が、ここで繰り返されている。「起ったこと」としての歴史が簡単には否定できないように、目に映った世界を否定することもできないのだ。

この彼の葛藤は、挿話の冒頭に置かれた「目に見えるものの逃れ難い有り様」(Ineluctable modality of the visible) というフレーズによって端的に表されており、特に「逃れ難い」という言葉は、形をかえて何度か繰り返され挿話全体の基底音をなしている。耳に聞こえる音からは「逃れ難く」、もし海に突き出た崖から足を踏み外せば、彼は空間を「逃れ難く」落下する。浜辺に落ちた自分の影は「逃れ難い」人の形である。こうした言葉やイメージは、時空間からの逃れ難さを一つ一つ確認するスティーヴンの苛立つ意識を反映するだろう。

それなら、死んだ母の人生を語り直し、彼女を「生き返らす」にはどうすればよいのか。詩的想像力に頼るだけでは不十分でありかつ危険であることは、既に述べた。反面教師ディージーに学ばなければならない。彼の歴史観の持つ欠点、そこから抜け落ちているものを発見するのである。歴史の細部、「歴史」から排除され、抜け落ちたものを回復するのだ。実は、スティーヴンは、既に第一挿話でマリガンが口ずさむイェイツの詩句を聞いた直後、それを試みている。

> [母]の秘密。古い羽根団扇、ムスクの香りをまぶした房飾りの付いたダンスカード、琥珀玉のロザリオが鍵をかけた彼女の引き出しに入っている。彼女が少女であったとき、日の当たる家の窓にぶら下げてあった鳥籠。[……]彼女のたわいない小物といっしょに、自然の記憶の中にしまい込まれて。(*U* 1. 255–65)

母の引き出しに隠された小さな品々。それは若い頃の彼女の生活を伝える断片である。スティーヴンはそれを手掛かりに母の人生の別の可能性を探ろうとするのだ。だがこの時は死の床にあった母の記憶が勝り、彼の試みは中断する。今、開かれた海岸に立ち、彼は再びそれを行おうとする。この時、浜辺の遠くから犬を連れたジプシーの男女が近付いてくる。犬は「過去に失った何かを探す」かのように、あたりの臭いをかぎ回り、やがて砂を掘り始める。スティーヴンは犬を見ながら「何かあそこに埋めたのだろう、自分の祖母だ」と考えるのだ。言うまでもなく、ここには死んだ母を掘り返す狐としての彼自身のイメージが投影されている。「過去に失った何か」とは、母の人生を語り直すために必要な過去の出来事、別の人生への可能性を開示するような何かである。

程なくして、ジプシーの男女が彼の前を歩き去る。

世界中の砂丘を超えて、太陽の燃える剣に追われて、西へ、夕暮れの国へ旅をする。彼女は引いて、引っぱり、引きずり、引き寄せ、引く、彼女の荷物を。西に向かう潮、月に引かれ、彼女の後から。潮、無数の島を浮かべ、彼女の中の僕のではない血、オイノパ・ポントン、葡萄酒色の海。月の侍女を見よ。眠りの中で、濡れた徴が彼女の時を告げ、彼女に起きるように命ずる。花嫁のベッド、出産のベッド、青白い蠟燭の灯った死のベッド。人はみな汝がもとへ行く。彼が来る、青ざめた吸血鬼が、嵐に光る彼の目、コウモリが海を血に染めて飛ぶ、彼女の口にキスする口。（*U* 3. 391-98）

男の後から、重い荷物を担いで行くジプシー女。スティーヴンは彼女の姿に、女の人生の縮図をみる。原文では「引く」という言葉が、英語（trudge, drag）、ドイツ語（schlep＜schleppen）、フランス語（train＜trainer）、イタリア語（trascine＜trascinare）の同義語によって繰り返されることで、それが女性一般に共通する行為であることが暗示される。「月の侍女」である女性に時をつげる「濡れた徴」とは、一義的には生理のことであろうが、彼女が初夜や出産といった人生の節目に流す血のことでもある。「人はみな汝がもとへ行く」は、葬儀のミサで詠唱される言葉で、恐らくスティーヴンはこれを母の葬儀で聞いたはずである。

眼前のジプシー女の姿を媒介として、母の生と死が他の多くの女性たちのそれに連なり、母の経験した人生の労苦は、女性たちが歴史的・社会的に背負わされてきた重い荷物の一端であることが示される。母の人生を語り直すことは他の多くの女性たちについて語ることでもあり、逆に他の女性たちの語りは母の人生ともかかわってくる。「彼女の中の僕のではない血」とは、一義的にはジプシー女とスティーヴンの血縁の否定であるが、そこには母と自分の血縁の否定が投影されている。母は母であることを止め、一人の女として立ち現れてくる。母は一旦女性一般へと相対化されることで、個別的な「愛の苦い秘密」から解放され、新たなコンテクストを生き始めるのだ。

しかし、最後に置かれた吸血鬼のイメージは両義的である。通常、吸血鬼のキスは死を意味するが、同時に、キスされた女性自身が吸血鬼となって人間を襲う。仮にこの女性が死んだ母であるなら、死後も息子の夢に現れ彼を苦しめる様は正に女吸血鬼と呼ぶに相応しい。だが、吸血鬼は死体を墓場から蘇らせることもできる。その場合、死んだ母の人生を語り直し、彼女を「生き返らせ」ようとするスティーヴン自身が「吸血鬼」の役割を演ずることになる。実際、この直後、彼は仮想の相手とのキスを行う。

彼は唇を出して口づけした、肉のない大気の唇に。彼女のムームに。ウーム、全てをウーム［子宮＝孕む］するトゥーム［墓］。彼の口は吐き出される息を整える。非言語化された音、ウーイーハー、流れ落ちる惑星の轟、球形となり、炎を上げ、轟きわたるわたるわたるわたるわたる。（*U* 3. 401–04）

子宮（womb）と墓（tomb）を使った言葉遊びは英語に古くからあるが、仮想の女性に母のイメージが付随していることを考えると、この言語化されない奇妙な音のつながりには、近親相姦への欲望が託されているとも考えられる。しかも、この音の連続が彼の詩的想像力を刺激し、スティーヴンは手持ちの紙に詩を書き付けるのだが、その具体的な内容は一切示されることがなく、その代わりに「僕の言葉は謎めいている（dark）かもしれない。僕らの魂には謎（darkness）があるとは思わないか」と、彼は自らに問うのである。

母の人生を一人の女性として語り直そうとした矢先、彼は自分の内部にある母への禁じられた愛によって足を掬われるのだ。母と子の「愛の苦い秘密」は形を変えて再び彼の前に現れたのである。だがこうした事態は、スティーヴンにとって全く予想外だったわけではなく、むしろ以前からそこにあったものがより明確化したと考えるべきであろう。ジプシー女から女性一般へ変化した「彼女」というプロテウスは、一人の理想化された女としてスティーヴンの前に姿を現すが、それを捉えた瞬間、女は母であったとわかるのだ。彼は自分が頭に思い浮かべる「彼女」とは一体誰なのか自問しつつ、それでも「彼女」の眼差しや愛撫を強く欲するのである。

彼女、彼女、彼女。どの彼女だ［……］。
僕に触れて。優しい目よ。優しい、優しい、優しい手よ。僕はここで一人ぼっち。ああ、僕に触れて、今すぐ。誰もが知っているその言葉は何ですか。僕はここで、一人静かにしています。悲しくもあります。触れて、僕に触れて。（*U* 3. 426–36）

まだ見ぬ仮想の恋人への呼びかけは、母を求める子の訴えのようでもある。「誰もが知っているその言葉は何ですか」という問いへの答を、スティーヴン自身が別のところで「愛」と答えているが、これを受け入れるなら、スティーヴンは仮想の恋人を母とだぶらせることで、悪鬼として改悛を強要する母ではなく、彼を優しく受け入れる母のような恋人を求めていることになる。だが、罪を犯した者を優しく受け入れる母とは、カトリックにおける聖母マリアに他ならない。

彼は結局、母をカトリックの手から引き離すことはできず、母の人生を語り直すという試みも失敗するのである。

語りの欠落

スティーヴンがもとめる仮想の女性像が、彼の母への思慕を原型として形成されることは、ヨーロッパの教養小説にみられる一つの特徴である。教養小説の主人公は多くの場合若い男性である。女性は彼の人生遍歴の一部として導入されるが、その際、理想的な女性像には母の（あるいは聖母の）イメージがともなう場合が少なくない。しかも重要なことは、教養小説が西欧的な主体の形成というテーマを物語化するということである。主人公は経験から学び、成長し、職を得て結婚する。彼は市民社会の構成員として主体的に生きるのである。[4]『ユリシーズ』はこうした教養小説のプロットを破綻させるのだが、作中人物としてのスティーヴンはこのプロットから逃れることができない。カトリックの父権性社会を支え、かつそこで理想化される彼の母の姿は、彼が抱える限界を象徴するとも考えられる。

その結果、『ユリシーズ』のプロットにおいて、スティーヴン自身は、教養小説にあるような「成長」をすることがない。「成長」した市民としての生活は、中年男ブルームが担うのである。また、彼は母の別の人生の可能性を語ることに失敗するが、ある意味で、ブルームの妻モリーのモノローグがこれを代行する。社会的には夫を裏切り、その肉体性が際立つモリーは、神と家族への献身を体現するスティーヴンの母とは対照的であり、母の人生から排除された別の可能性を体現するのだ。いわば、スティーヴンのなし得ないことが、他の二人の作中人物に託されるのである。

「プロテウス」は、海岸の岩の上に身を横たえ、しばらく波を見ながら瞑想したスティーヴンが再び身を起こし、背後を振り返る場面で終る。

後ろ。たぶん、誰かがいる。
彼は肩越しに振り返り、後方注視の姿勢。大気の中を、スクーナー船の三本マストが高く動いていく。横木に帆を巻き付けて帰還、上流に向け静かに進む、静かな船。（*U* 3. 502–05）

ギフォードの注によれば、スクーナー船の三本マストはキリスト磔刑《たっけい》を想起させ、ケナーもそれがスティーヴンの芸術家としての試練を暗示するとする（57）。ホメロスの古典を踏まえるなら、静かに帰還する船は人知れず故郷へ戻る父オデュッセウスを暗示するのかもしれない。「プロテウス」に続く「カリュプソ」からブルームが作品世界へ初めて登場するので、その暗示とも考えられる。

だが、この描写には一つ奇妙なことがある。サンディマウント海岸からダブリン湾の方向を見た場合、必ず目に入るはずのものが描かれていないのだ。ホウスの丘（The Hill of Howth）である。海抜一七〇メートル足らずの丘であるが、ダブリン周辺の平坦な地形の中ではひときわ際立つ存在であり、サンディマウントからマーテロ塔のあるサンディコーヴまでの海岸線からなら、どこからでも見ることができる。当然、振り返ったスティーヴンには、ダブリン湾からリフィ川へ遡っていくスクーナー船の背景として、ホウスの丘が見えていたはずである。それがなぜ描写されていないのだろうか（次ページのダブリン近郊の地図を参照）。

もちろん、見えたものを全て描写する必要はないし、たとえ視野に入っていたとしても、それが見るものに認知されていないことはある。三人称の語りがスティーヴンの意識を反映することを考えれば、彼がホウスの丘を認知していないと考えるべきであろう。実は、第一挿話でも同じことが起きている。マーテロ塔の屋上に立ち、海の方角を眺めれば、ダブリン湾を挟んでほとんど真正面にホウスの丘のなだらかな姿を望むことができる。ところがスティーヴンとマリガンが塔の屋上で対話をする場面が挿話の冒頭から数ページにわたって続くにもかかわらず、ホウスの丘は全く言及されないのである。

この奇妙な欠落は、マーテロ塔から南東へ十キロメートルほど離れたところにあるブレイ岬（Bray Head）への言及があることを考えると一層際立つ。なぜなら、この岬は塔から北東十キロメートルほどの位置にあるホウスの丘とはほぼ正反対の位置にあり、しかも海の中に浮かぶように見えるホウスの丘に対して、海岸線に遮られるブレイ岬は、塔からは見ることが出来ないのだ。

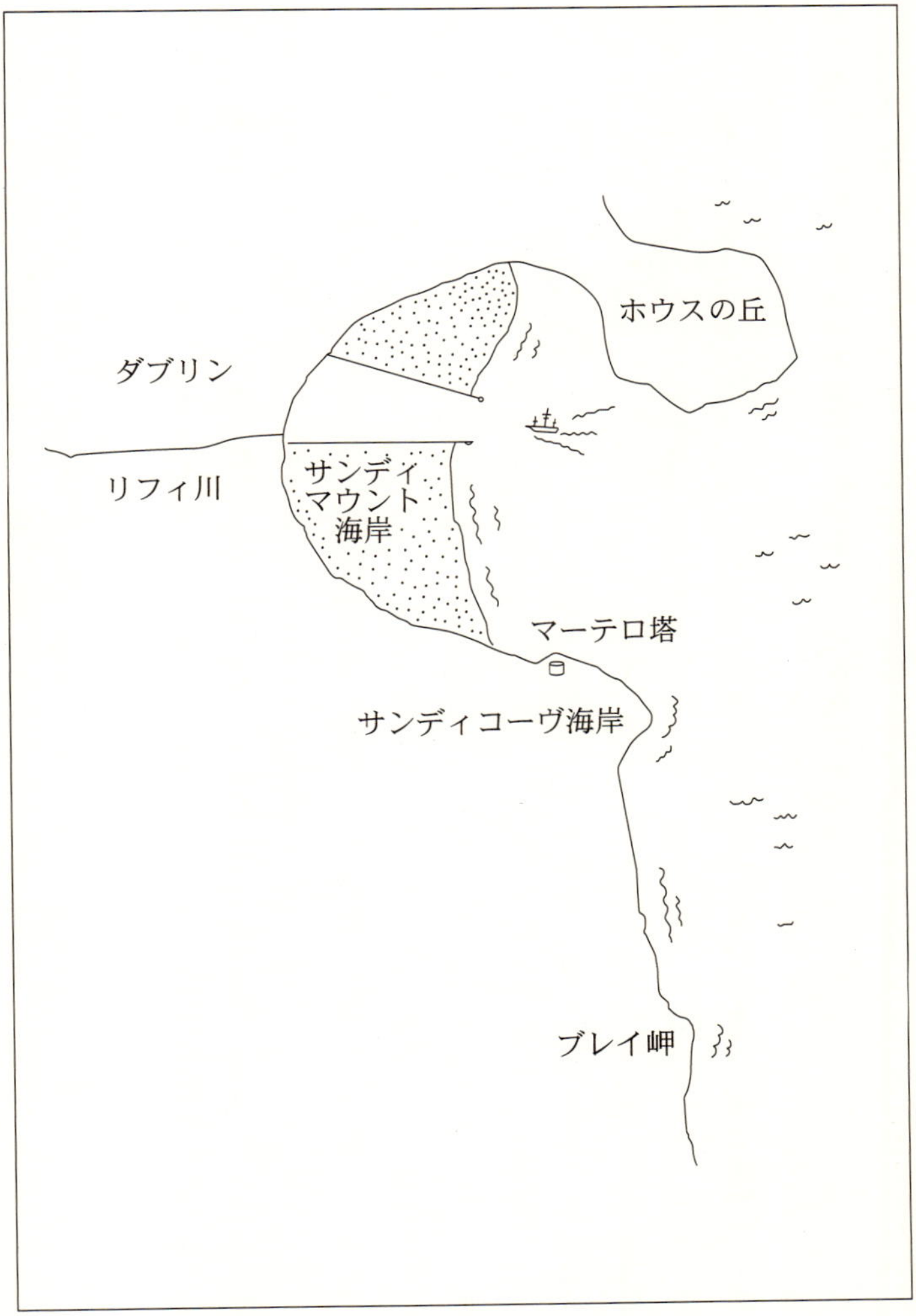

ダブリン近郊の地図

なぜスティーヴンの視覚には、見やすい位置にあるホウスの丘が入らず、見えないはずのブレイ岬が入るのであろうか。

この問いは、作者の意図、より正確に言えば「内在する作者」の意図の問題として捉え直すことができる。すなわち、作者はなぜスティーヴンの視覚をそのように歪めて提示するのかということである。あるいは、ポスト構造主義の観点に立てば、このような語りの欠落あるいは歪曲に如何なるテクストの無意識が反映されているのか、と問うこともできよう。[5] いずれにしても、『ユリシーズ』の最後におかれたモリーのモノローグが、ホウスの丘でブルームからプロポーズされた際の官能的な記憶で幕を閉じることを考慮すれば、作品の冒頭で描写されるべきその丘が全く描写されないことに、作品展開上の、すなわち『ユリシーズ』のプロットにとって、しかるべき意味が存在すると考えるべきであろう。

先ず「プロテウス」に限って見れば、スティーヴンの直面する「目に見えるものの逃れ難い有り様」を突き崩す手掛かりがここに示されている。本来そこにあるはずのものが、彼の視覚には捉えられていないのだ。これは人間の視覚が選択的であることを端的に示し、視覚を含めた知覚全般をもとに構築される時空間、さらにはその延長としての歴史が、特定の要素を選択的に結びつけた結果であることを示唆する。換言すれば、彼の前に「逃れ難い」ものとしてある世界自体が、彼自身の限られた知覚と認識の反映なのである。

第10章で述べるように、ホウスの丘は愛と融合の場である。若きブルームが若きモリーにプロポーズし、彼女はそれを受け入れる。折しも季節は五月で、二人の周りにはシャクナゲの花が咲き乱れ、モリーは人生そのものを受け入れるかのように「イエス」という言葉を立て続けに発するのである。ホウスの丘はまた、陸地と海、それに天空が交わり融合する場所であり、自然の営みによって生まれた開放的な場所である。このことは、ダブリン湾を挟んでホウスの丘と対峙するマーテロ塔が人間によって造られた要塞であり、三人の青年が反目し合う閉じた空間であることとは対照的である。『ユリシーズ』がマーテロ塔で始まり、ホウスの丘で幕を閉じるのは偶然ではない。そこには周到に用意されたプロットがある。

「テレマコス」と「プロテウス」両挿話において、スティーヴンの視野にホウスの丘が全く入ってこないことは、彼自身の限界を暗示するだけでなく、『ユリシーズ』のプロットにおける彼の役割を明らかにする。教養小説のプロットに捕えられたスティーヴンは、『ユリシーズ』においては「成長する」ことがなく、永遠の「息子」テレマコスの役割を演じるのである。

第3章

ブルーム

寝取られヒーローと語りの予弁法

オデュッセウスはトロイ戦争に従軍した後、地中海世界を十年間放浪する。彼は様々な外的要因によって、妻と息子が待つ故郷イタケへ帰ることができない。これに対して、『ユリシーズ』の「主人公」レオポルド・ブルームはモリーの姦通を予期しながら、いつものように仕事に出かけ、あえて遅くまで帰宅しない。あたかも妻の姦通を促すかのように。畢竟、何故彼がそのような行動をとるのか、彼と妻との関係をどう理解すべきかが、読者の一つの大きな関心事となる。ブルームの謎めいた行動が、一見物語性の乏しい『ユリシーズ』の世界に、ある種のサスペンスを与え物語性を呼び込むのである。

初期の批評家達は、ブルームをその下敷きとなったギリシャ古典の英雄オデュッセウスに対するアイロニカルなアンチ・ヒーローとして理解する一方、彼の無力さや平凡さに、新しいヒロイズムを見出した。例えばヘイマンは、ブルームが人生をあるがままに受け入れる「勇敢でも臆病でもない」人物とした上で、ユダヤ人であり寝取られ亭主であることによって、ブルームはダブリン社会の周縁に立つアウトサイダーとなり、彼の視線がそこで暮らす人々への「理想的なコメンテーター」として機能するとした（48）。マリリン・フレンチ（Marilyn French）は、このヒーローのイメージ変換が、人間の定義さえ変革した偉業であると述べている（xviii）。

現代のフェミニズム批評およびポストコロニアル批評において、ブルームによって体現される新しいヒーロー像はその重要性を一層増している。ジョイスをフェミニズムの観点から論じた先駆的な研究者の一人スゼット・ヘンケ（Suzette A. Henke）は次のように述べている。

> レオポルド・ブルームは、強いときもあれば服従するときもあり、女性化され、虐げられることもある。社会から称賛を受けることもあれば辱めを受けることもある。彼は「新しき女らしい男」（new womanly man）として、また型破りなヒーローとして登場し［……］通常、女性や文化的逸脱者に限定された社会的言説の周縁部に存在するのだ。（1990, 106）[1]

一方、ジョイスをポストコロニアル批評の観点から扱った同じく先駆的な研究者の一人ヴィンセント・チェン（Vincent J. Cheng）は、『ユリシーズ』が一九〇四年当時のダブリンにおける様々な言説や政治的立場を取り込んでいるとした上で以下のように続ける。

［『ユリシーズ』］は、差異が均一化されることを回避しようとする。様々な差異や民族間の同一性や相似性を提示するにあたり、連帯のための可能な方向性を示唆しながら、絶対的な差異に基づく二者択一的な本質主義を拒否するのだ。その結果、それは普遍的であると同時に特殊であり、連帯性／相似性を可とする一方で、異質な差異を受け入れ、尊重するのである。(247)

『ユリシーズ』を総括するこのチェンの言葉は、作中人物でいえば、先ず誰よりもブルームによって体現されるのである。

ブルームのヒーローとしての新しいイメージは、『ユリシーズ』の後半に見られる実験的な文体との関わりで分析される場合が多い。ヘンケとチェンの場合も、その分析の中心は後半の挿話であり、とりわけ、作中人物達の無意識が解き放たれる娼館の場面を扱った第十五挿話「キルケ」である。しかし、作中人物としてのブルームの特質を考える上では、初期スタイルを基盤とした前半の挿話における語りが重要であることに変わりはない。作品の後半で伝統的な意味での語りと人物描写が失われるとしても、それは前半の語りの単なる否定ではあり得ないからであり、何よりも文学上の新しいヒーロー像は斬新な文体や無意識としての言語活動においてのみ顕現するのではなく、作中人物の日常的な行為とそれを描写する語りの関係性の中にこそ見出されるはずだからである。

予弁法的語り

第四挿話の語り手はブルームを読者に紹介するにあたり、彼の好物を列挙する。

Mr Leopold Bloom ate with relish the inner organs of beasts and fowls. He liked thick giblet soup, nutty gizzards, a stuffed roast heart, liverslices fried with crustcrumbs, fried hencods' roes. Most of all he liked grilled mutton kidneys which gave to his palate a fine tang of faintly scented urine.（*U* 4. 1-5）

レオポルド・ブルーム氏は、好んで鳥獣の内蔵を食べた。彼は濃い臓物スープや、コクのある砂肝、詰め物をして焼いた心臓、パン粉をつけて揚げた肝臓の薄切り、タラの卵の油炒めが好きだった。何よりも彼が好きだったのは焼いた羊の腎臓で、それは口蓋に微かに尿の香りの混じった強い風味をもたらすのだった。

鳥獣の内蔵を使った料理ばかり並べた様は異様であるが、[b]や[g]、また[z]や[s]といった破裂音や摩擦音が連続することでそれが一層強められている。さらに尿の香りゆえに腎臓を特に好むという記述は、ブルームの特異な嗜好を読者に強烈に印象づけるだろう。エルマン（Richard Ellmann）はこの書き出しがスティーヴンの精神性に対するブルームの肉体性を象徴するとしたが（1972, 32）、フレンチはユダヤ人であるブルームが豚を含む獣の内蔵を好んで食することにアイロニーを読み取っている（13）。

だが、ブルームは信仰に関してはもはやユダヤ教徒ではない。父はハンガリーからの移民でユダヤ人であったが、ブルーム自身は若くしてプロテスタントに改宗、さらにモリーとの結婚に際してカトリックに改宗している。確かに、様々な場面で彼のユダヤ性が指摘され、第十二挿話「サイクロプス」では排他的な愛国者によって罵倒されたブルームが、自らユダヤ人弁護の「演説」を行う場面がある。しかし、こうした状況は、いわばカトリックが多数派を占める周囲の無理解と偏見によってもたらされるのであり、ケナーの言葉を借りれば、ブルームは「固い絆で結びついたユダヤ人のコミュニティーから何の庇護も得られないまま、ただユダヤ人っぽい名前と外見による不利益のみを被っている」のである（43）。また、父がハンガリー出身とされるブルームのように東欧系のユダヤ人の間では、豚肉を口にすることは珍しいことではなかったという指摘もある（結城 89–90）。[2]

第四挿話の語り手は、ブルームを単なるアイロニーの対象としているわけではない。次に引用するのは朝食の準備をするブルームが家猫と「会話」をする場面である。

The cat walked stiffly round a leg of the table with tail on high.

——*Mkgnao!*

——O, there you are, Mr Bloom said, turning from the fire.

The cat mewed in answer and *stalked* again stiffly round a leg of the table, mewing. Just how she *stalks* over my writingtable. Prr. Scratch my head. Prr.

Mr Bloom watched curiously, kindly the lithe black form. Clean to see: the gloss of her sleek hide, the white button under the butt of her tail, the green flashing eyes. He bent down to her, his hands on his knees.

——Milk for the pussens, he said.

——*Mrkgnao!* the cat cried.（*U* 4. 15-25）［イタリックは論者］

猫は体をこわばらせ、尻尾を高く立てて、テーブルの脚の周りを歩いた。

——ムクニャオ！

——ああ、そこにいたのか、ブルーム氏は炉から振り向いて言った。

猫はニャーと応え、再びテーブルの脚の周りを体をこわばらせて忍び歩いた。ニャー。僕の書き物机の上を忍び歩くときと同じだ。プルル、頭を掻いてちょうだい。プルル。

ブルーム氏は好奇の目で、優しく、そのしなやかな黒い姿を眺めた。目に心地よい。滑らかな毛皮の艶、尻尾の付け根の下にある白いボタン、緑に輝く両の目。彼は猫の方へ身を屈め、手を膝においた。

——猫ちゃんにはミルクだね、と彼は言った。
——ムルクニャオ！　猫が鳴いた。

背後から近づいた猫が大きな声で鳴き、ブルームが振り返る。尻尾を立て、机の脚に身を固く寄せるように歩く猫の様子が的確に描写されるが、最初は walk（歩く）次に stalk（忍び歩く）という動詞が使われている。「僕の書き物机の上を忍び歩くときと同じだ」はブルームの意識内の言葉を伝える自由直接ディスコースで、ここでも stalk という言葉が繰り返されている。

この同じ動詞の反復は、形の上では先行する語り手の言葉が作中人物の意識内へ侵入しているようにみえるが、ナラトロジーの理論的枠組みから考えるなら、語りの言葉に作中人物の意識が浸透あるいは反映していると見るべきであろう。いわば語り手がブルームの意識内の言葉を先取りしているのである。このような語りを予弁法的語り（proleptic narration）と呼ぶことにする。[3]

第1章で述べたように、語り手の言葉の中に作中人物の言葉が取り込まれると、作中人物へのアイロニーが生まれることが多いが、ここではそれが当てはまらない。むしろこの場合、語り手は最初に用いた walk という「歩行」を表す一般的な言葉を、ブルームの意識を先取りすることで、コンテクストにより相応しい stalk という言葉に置き換えるのである。換言すれば、ブルームがもつ言語能力を、語り手が積極的に反映するのだ。

猫の「言葉」が如何に表現されているかは、この問題を考える恰好の材料である。それは先ず

Mkgnao! と記述され、次に Mrkgnao! とある。引用した部分には含まれていないが、このあと三回目の記述として Mrkrgnao! が続く。いずれもミルクを欲しがる猫の鳴き声であり、猫の声を表す英語のオノマトペ miaow と milk を合体させることでそれが表現されている。さらに反復されるたびに r の文字が増えていくことで、猫の言葉の微妙なニュアンスが独特のユーモアによって示されている。

チャットマンは、こうした猫の言葉の記述を人間の場合と同じ直接話法とみなしたが (185)、ケナーは、このような独特なオノマトペによって猫の鳴き声を「正確に」描写できるのはアレンジャー以外にはあり得ないとした。なぜなら、ブルームは別のところで猫の声を真似ているが、それは Miaow (*U* 4. 462) というありふれたオノマトペに過ぎないからである (66)。少なくともこの引用箇所に関する限り、チャットマンもケナーも共に猫の声 (言葉) とブルームの言葉を明確に分離しているわけだが、直接話法そのものを語り手による引用あるいは提示と考えるなら、そこに作中人物の意識が反映していると考えることも可能である。つまり猫の鳴き声を「正確に」描写できる能力は、単純に語り手やアレンジャーにのみ還元できるのではなく、ブルームの言語能力に与る部分が少なくないとも言えるのだ。

事実、彼は猫の歩行を stalk と表現したあと、意識内で猫が喉を鳴らす音を真似て再現し (Prr)、その意味を「頭を掻いてちょうだい」と翻訳している。さらにこの少し後で、ブルームは朝食の腎臓を求めて近くの肉屋へ出かけるが、その前にドア越しにモリーに話しかけ、何か欲しいものはないかと尋ねる次のような一節がある。

がらんとしたホールで、彼はそっと言った。
——ちょっと出てくるよ。すぐ戻るから。
自分の声を確かめてから、彼は付け加えた。
——朝食に何か欲しい物はないかい。
眠たげにうめくような音が静かに答えた。
——むぅ。
いや、何も欲しくないんだ。（*U* 4. 52-58）

恐らくまだ完全には目を覚ましていないモリーは、ただ溜息のような音「むぅ」（Mn.）を出すだけである。ブルームはその非言語的な音を言語に翻訳するのである。もとより、モリーの発する非言語的音声をブルームが正確に理解しているという保証はないが、ここでは、ブルームが言語化されていない音声に敏感に反応し、その意味を想像しようとする行為それ自体に注目したいと思う。つまり、制度化された意味体系の外側にある「意味」すなわち「物・語り」への好奇心をブルームが備えていることが重要なのだ。

様々な音声に対するブルームの好奇心と、その意味への想像力は、第七挿話「アイオロス」で、勤め先の新聞社の印刷機の音を聴く彼のユーモラスな言葉に要約されている。

Sllt. The nethermost deck of the first machine jogged forward its flyboard with sllt the first batch of quirefolded papers. Sllt. Almost human the way it sllt to call attention. Doing its level best to speak. That door too sllt creaking, asking to be shut. Everything speaks in its own way. Sllt.（*U* 7. 174-77）

するっと。最初の印刷機のいちばん下のデッキが、四列丁の最初の一束を紙取りボードに乗せて、するっと押し出した。するっと。そいつが、するっと注意を引くやり方ときたら、ほとんど人間だよ。それなりに話そうとするのさ。あのドアもするっと軋んで、閉めてくれと訴えている。あらゆる物が自分のやり方でしゃべる。するっと。

もちろん、対象へのブルームの想像力は聴覚的な領域に限定されない。次に引用するのは猫の目の動きを描写する語り手の言葉である。

She blinked up out of her avid shameclosing eyes, mewing plaintively and long, showing him her milkwhite teeth. He watched the dark eyeslits narrowing with greed till her eyes were green stones. (*U* 4. 33–35)

彼女は貪欲な目を恥ずかしそうに閉じながら、細めた視線で見上げ、悲しげに長くミャーと鳴き、ミルク色の白い歯を彼に見せた。彼は黒い瞳孔が物欲しさで細く狭まり、両目が二つの緑の石になるのを見た。

猫の目の変化と、ミルクを欲しがる彼女の「心情」が、shameclosing や milkwhite といった二つの言葉を結合した造語によって巧みに表現されている。こうした一回限りの合成語は『ユリシーズ』の語りに頻繁に見られるものである。また avid といったラテン語系の語を greed と言い換え、それが猫の目の green と響きあう等、言葉の選択と配置が詩的効果を上げている。

形式的に言えば、これは純粋な語りである。だが、猫の表情を細かく見ているのはブルーム自身であり、avid という言葉が語り手のものであるとすれば、greed はブルームの言葉とみなすこともできる。つまり、ブルームの知覚が語り手によって反映されているわけだが、重要なことはブルーム自身が詩的効果をねらって言葉を選択・配列しているわけではなく、彼自身がもつ詩的な想像力あるいはその可能性を、語り手が予弁法的に先取りすると考えられるのだ。stalk の場合と同じことが、ここでも起きていて、いわば語りとブルームのコラボレーションを具体化したものがこの一節なのである。

これに対して、自由直接ディスコースによって提示されるブルームの意識内の言葉には、彼の詩的想像力が文字通り直接的に現れている。次に引用するのは、肉屋の包み紙として使用されていた新聞紙に、パレスチナのユダヤ人入植者の記事を見つけ、現地での牧歌的生活を空想した直後のブルームの意識である。

いや、そうじゃない。荒れた土地、むき出しの荒野だ。火山性の湖、死んだ海、魚もおらず、水草もなく、深く大地に陥没する。風が吹いても波も立たない、灰色の金属のような、毒をはらんだ濁った海。硫黄が雨となって降ってくるという。平原の都市、ソドム、ゴモラ、エドム。全て死んだ名前。死んだ大地の死んだ海、灰色で老いた。今や老いた。最も古い人々、最初の民族を生んだ。カシディの店から、腰の曲がった老婆が通りを横切った、小瓶の首を握りしめて。最も古い人々。遥か遠くまで、地上を彷徨い、捕囚から捕囚へ、増え、死に、いたるところで生まれる。今やそこにある。もはや生むことはできない。死んだ、老いた女の、灰色に陥没した世界のまんこ。（*U* 4. 219–28）

牧歌的な空想は否定され、替わって荒涼とした世界がイメージされている。その直接の原因は、肉屋から自宅へ戻る途中、太陽が一片の雲に隠され陰ったためである。彼の想像力は外界の変化に機敏に反応する。

イメージの核となるのは、旧約聖書の『創世記』で語られる、神の怒りがもたらす硫黄と火の雨によって焼き滅ぼされたソドムとゴモラの町である(エドムは聖書の別の箇所で言及される町で、ブルームの記憶違いである)。彼の連想はこれらの古い町と関わりを持つユダヤ民族の苦難の歴史へ移っていくが、たまたま腰の曲がった老婆が通りを横切る姿が目に入り、彼女の姿がパレスチナにある文字通り不毛の象徴としての死海と結びつく。最終的にはそれが老いた世界の女性性器という隠喩を生み出すのである。川口は「死海を描いてこれ以上に鮮烈なイメージはない」(54)と述べているが同感である。ただし、称賛すべきはブルームの詩的想像力であろう。

自ら引き寄せた死のイメージに打ちのめされたブルームは、包み紙をポケットに突っ込み、その恐怖から逃れようとする。逃れる先は自宅の寝室で妻が身を横たえる暖かなベッドである。

　灰色の恐怖が彼の肉体を焼いた。新聞をポケットに押し込んで、彼はエクルズ通りへ折れ、家路を急いだ。冷たい油が血管を流れ、彼の血を凍らせる。老齢が塩のマントで彼を覆う。そうだ、僕は今ここにいる。イエス、今ここに。[……] 香しきお茶の湯気をもとめ、フライパンで音を立てるバターの煙をもとめて。彼女のふくよかな、ベッドで暖まった肉体。イエス、イエス。
　暖かな生きた日の光が、バークレー通りから素早く走ってくる、細身のサンダルで、輝く小道を。駆けてくる、彼女が僕を迎えに駆けてくる、金髪を風になびかせた少女が。(*U* 4.

230–42)

「冷たい油が血管を流れ、彼の血を凍らせる。老齢が塩のマントで彼を覆う」は、語り手の言葉であるが、やはりブルームの詩的想像力が反映されていると見るべきである。何故なら、「塩のマント」という言葉には、先に述べた『創世記』の一節、神に破壊されたソドムを振り返ったロトが、塩の柱に変えられてしまうことへの連想が働いているからだ。「そうだ」から段落の切れ目までは自由直接ディスコースで、ブルームの意識内の言葉である。モリーのベッドが死に対する生の象徴としてイメージされているが、「イエス」という言葉が繰り返されることは、第十八挿話「ペネロペイア」でベッド上のモリーが「イエス」を連発することと響き合う。「香しきお茶の湯気をもとめ」の部分はホメロスの『オデュッセイア』の一節への言及となっていて、カリュプソの島に留め置かれたオデュッセウスが郷愁にかられる姿が、自宅へ急ぐブルームの姿に重なってくる (Gifford, 75)。

後半の「暖かな」以降の部分は、太陽を隠していた雲が流れ、再び日の光が射してきた様子を描く語り手の言葉である。それを「細身のサンダルで、輝く小道を」と詩的に表現するのはブルームの高揚する気分が語りに反映しているからであろう。この少し後で彼が一人暮らしのミリーを心配し、その姿を「彼女の細い脚が階段を駆け上っていく」(Her slim legs running up the staircase. *U* 4. 430) とイメージする部分があるので、slim という言葉が彼の中で、少女から娘に変化するミリーの身体を換喩的に表す言葉とわかる。ここでは、それがサンダルと結びつくことで転移修飾語（transferred epithet）として機能しているのだ。

ベンストックは、この一節がブルームの意識のなかで神話化された金髪の娘ミリーと妻モリーの融合したイメージであるとするが（82）、ニューマン（Robert Newman）は、羽根の生えたサンダルを履くヘルメスへの言及であり、第一挿話のスティーヴンの意識にほぼ同時刻に現れる「鏡のような水面が白くなった。軽い靴をはいて走る足が蹴散らかしたように」（the mirror of water whitened, spurned by lightshod hurrying feet. *U* 1. 243-44）という詩的なフレーズと響き合うとする（93）。『オデュッセイア』の中では、カリュプソの島へゼウスの伝言をもって現れたヘルメスは、彼女にオデュッセウスを島から解放するように求めるので、ここにも古典テクストへの言及が隠されていることになる。

いずれにしても、ブルームを描写する語り手の言葉に詩的・神話的言葉が使用されているわけだが、リクルムはこれを、語りの「二重焦点」（double focus）として説明する。

> リアルな印象を生み出す言葉は、それ自身の文体的また時に神話的旋回をも明らかにする。［……］ブルームの思考は語りの二重焦点を反映し、それは読者にブルームを一人の人間として理解すると同時に、語り手の言葉の効果として眺めることを促すのである。（181）

もとより、古典テクストを下敷きとした叙情性の高い言葉使いは、ブルームの意識内の言葉のストレートな提示ではない。この問題を最初に指摘したのはピーク（C.H. Peake）である。

この言葉は明らかにブルームの言葉ではない。文体が彼の反応を喚起し、それは彼の心の中でぼんやりとではあるがミリーが昔彼を出迎えてくれた頃の喜びと結びついている。文体が彼のその時の感覚を反映していると見るのは困難である。文体が全体としてその感覚なのだ。（184）

文体と作中人物の関係を逆転させたピークの指摘は、ポストモダニズムを先取りするようで、それ自体としては面白い。語りの二重焦点というリクルムの考え方もこれを継承するものと思われる。しかし、それが作品のもつ虚構性を暴露するテクスト装置のことであるという説明には物足りなさを感じざるを得ない。小説の言語空間の虚構性は一般的な前提であって、それをあえて強調することの必要性に疑問を感じるからである。少なくとも、初期スタイルによって書かれた前半の挿話においては、ブルームを一人の人間として見ることに重心が置かれるべきで、そうすることが彼の新しいヒロイズムを理解することにもつながるはずなのだ。

基盤にあるのは、ブルームのもつ詩的想像力と世界の様々な現象に対する好奇心である。ただし、彼自身はそれを意識することはほとんどなく、芸術家を標榜し常に詩的表現を求めるスティーヴンとは、この点において好対照をなしている。太陽の光を、細いサンダルを履いて駆けてくる金髪の少女に喩えるのは一義的には語り手の言葉であり、さらに言えば、『ユリシーズ』という作品を古典テクストに拠って構想した「内在する作者」としてのジョイスである。しかし同時に、作品世界においてこの神話的イメージを生み出す力を付与されているのはブルームをおいて他にないのだ。予弁法的語り手は、このブルームのもつ潜在的な力を先取りし、それを自らの語りにおいて反映するのである。

このように考えると、第四挿話の冒頭に並べられた鳥獣の臓物を使った様々な料理は、ブルームがもつ嗜好の広さを表すと同時に、社会的・文化的束縛や偏見を超える柔軟性すなわち「物・語り」を聴く力の換喩として読むことも可能であろう。同じく第四挿話で、モリーがブルームに尋ねる「輪廻転生」(metempsychosis)という言葉の隠されたユーモラスな意味がここにあるのかもしれない。ブルームの名前レオポルドは豹(leopard)と響き合うが、豹は獲物を先ず内蔵から食べるという。前世が豹なら猫の言葉を理解するのは容易だろうし、聴覚と視覚が優れていても不思議ではない。換言すれば、冒頭で鳥獣の内蔵を使った料理を羅列する語り手は、ブルームの猫との会話能力および「輪廻転生」の可能性を、予弁法によって暗示しているのである。[4]

姦通の台本を書くブルーム

ブルームがモリーの姦通を容認するのは、彼女への関心を失ったためではもちろんない。彼の意識はモリーから離れることがなく、姦通という事実に煩悶し苦しむ姿が繰り返し描かれる。ブルームにとって、モリーが彼の求婚を受け入れ、抱擁し合ったホウスの丘の場面は永遠に色褪せることのない記憶として彼の心に焼き付いている。

ホウスの丘の野生のシダに隠れた僕たち、眼下にまどろむ入り江。空がある。音はない。天空。ライオン岬の近く湾が深紅に染まる。［……］嗚呼、奇跡だ！　軟膏で冷えた柔らかな彼女の手が僕に触れ、愛撫する。目をそらさないで僕を見る。恍惚として僕は彼女に覆い被さり、いっぱいの唇をいっぱいに開いて、彼女の口にキスをする。ヤム。彼女はそっと、僕の口の中に、シードケーキを入れる、暖かく咀嚼して。彼女の口で嚙み砕かれ、唾液で甘酸っぱくなった、むっとくる果肉。喜び、僕は食べる、喜び。若い命、僕に突き出された彼女の唇。柔らかく暖かな、ゴムジェリーのような唇。彼女の目は花、摘んでよ、目が求める。小石が落下する。彼女はじっとしている。一頭のヤギ。誰もいない。ベン・ホウスの高みで、シャクナゲ、牝ヤギがしっかりした足取りで歩き、スグリの糞を落とす。シダに隠されて、彼女は笑う、暖かく包まれて。荒々しく僕は彼女に覆い被さる、キスをする、目、唇、脈打つ首筋、薄い絹地のブラウスいっぱいの女の胸、ふくれた乳首がピンと立つ。熱く舌で触れる。彼女は僕にキスする。僕はキスされた。すっかり身を許し、彼女は僕の髪をかきなでる。キスした、彼女は僕にキスした。（*U* 8. 899-916）

この官能的な場面は、最終挿話のモリーの長いモノローグでも中心的な位置を占めており、単にブルームの一方的な思い入れを反映した記憶ではなく、二人の関係修復の可能性を秘めた共通の記憶であることは間違いない。

二人の関係がおかしくなった直接の原因は息子ルーディーが生まれてすぐに亡くなったためであるとされる。実際ブルーム自身「ルーディーのことがあった後は、二度と同じにはならない。時間を戻すことはできない」（*U* 8. 610）と感じている。二人の関係を時間軸に沿って整理したローリー（John Henry Raleigh）は、一八八八年に設定された結婚前後を二人のエデン時代と呼び、そこからの「転落」が息子の死を契機に一八九三年の後半から始まるとする（130）。[5]

「健康な赤ん坊なら母親から。そうでないなら男親から」（*U* 6. 329）。ブルームは明確な理由を示さないまま、息子の夭折の原因が自分にあると信じ罪の意識に捉えられている。ヘンケは、これがブルームに父権的権威の喪失というトラウマをもたらすと言う。強い子供が生まれないのは男性としての役割を果たせないことを意味しており、当然、父親としても十分な資格を備えていないことを彼に痛感させるからである。さらにヘンケは、無意識の言語においては父と子は相互に入れ替えが可能であるというフロイト（Sigmund Freud, 1856-1939）の理論を援用し、父の自殺に対してもブルームが自責の念にかられているとする (Henke 1990, 113)。

こうして、ブルームがモリーの姦通を容認する心理的な原因が明らかになる。彼は自らが背負う罪の意識とトラウマに苦しみ、その痛みを相殺するためにあえて「寝取られ夫」という汚名を受けることで自らを罰するのである。ヘンケの分析の中心は第十五挿話「キルケ」であるが、既に述べたようにここではブルームの抑圧された無意識の世界がドラマ化された悪夢のように次々に展開する。舞台は娼館であり、女将ベラは途中から男性化してベロとなり女性化したブルームを徹底的に辱める。さらに再び男にもどったブルームはボイランとモリーの性交を鍵穴から覗き、マゾヒズムと窃視症的な快楽に歓声を上げるのである。[6]

ヘンケの論点は、自らの父権の喪失を滑稽なパントマイムとしてイメージ化することで、ブルームがその作者兼読者となり、トラウマを克服することに成功するというものである。その結果、ブルームは文字通り「新しき女らしい男」として生まれ変わり、母の亡霊に苦しむスティーヴンを追って娼館を脱出、イギリス兵に殴打されて気絶した若き詩人を「母」として介抱するのだ。

後半の議論は必ずしも納得できるものではないが、ブルームが自らの家庭の危機をドラマ化し、いわば「寝取られ夫」を自作自演するという指摘は的を射たものに思われる。そしてヘンケも述べているように、このドラマの原型はジョイスの唯一の戯曲として知られる『亡命者たち』(*Exiles*) にある。[7] 一九一四年から一九一五年にかけて執筆されたこの作品は、内容的には『ダブリンの人々』の「死者たち」と『ユリシーズ』を結ぶ作品として見ることができる。いずれも結婚（『亡命者たち』の場合は同棲）した男女の生活を扱っているからだ。

「死者たち」では、主人公ゲイブリエルは、妻グレッタが若くして死んだ同郷の青年フュアリーの記憶を大切に胸に秘めていたことを聞かされ、衝撃を受ける。その結果、彼女のことをよく理解する「良き夫」としての自画像が崩れ去るのである。全く考えることもなかった妻の内面の秘密を知ることで、いわば「他者」としての妻を発見するのだ。それは妻を理解する＝所有することに失敗する夫の物語であるが、失敗することがゲイブリエル自身に新たな人生の可能性を開示するのである。

『亡命者たち』では、九年間の亡命生活を終えてダブリンに戻って間もないリチャードとバーサ、およびリチャードの旧友ロバートとベアトリスの複雑な関係をめぐってドラマが展開する。アイルランド社会がもつ全ての因習に闘いを挑んで亡命生活を送ったリチャードは、バーサとも正式な結婚はしていない。さらに彼は、同棲していても男女は相互に「完全な自由」（complete liberty）を認めるべきであるとし、愛は所有することではないとして、バーサがロバートと深い関係になることをむしろ積極的に促しさえするのである。しかしその一方で、完全に自由であるための条件として、バーサがロバートとの間で起きたことを全てリチャードに報告しなければならず、かつロバートはリチャードが全てを知っていることを知っていなければならないとする。つまり何をしても自由だが、全てをオープンにする必要があるのだ。

パートナーに完全な自由を認めることと、全てを知らせるように求めることは相矛盾する。全てを知ることは支配への欲望であり、パートナーを所有することに他ならないからである。実際、リチャードは息子アーチーに向かって次のように語る。

リチャード　お前は、与えるとはどういうことか分かるか。
アーチー　与える？　分かるよ。
リチャード　持っている物は取られることがある。
アーチー　泥棒に？　違う？
リチャード　でも、与えた物は与えた物だ。どんな泥棒もそれを取ることはできない。［……］与えた物は永久にお前の物なんだ。いつでもね。それが与えるということだ。（*E* 62）

息子に語るかたちをとって、リチャードがバーサとロバートのことを語っていることは明らかだろう。ロバートには「泥棒」（robber）という言葉が隠れている。
リチャードはバーサに自由を与えると言いながら、結局彼女を、さらには彼女を介してロバートをも自らのコントロールの下に置こうとする。つまり、リチャードは自分を含めた男女関係の「台本」を作り、それを自ら演出しようとするのである。だが、この目論見は必ずしも彼の思うようには進まない。なぜなら、全てを語り、全てを知ることは本質的に不可能だからだ。パートナーが全てを語っているか否かを証明する手立てはなく、最終的には「信じる」という「行為」が求められるのである。事実、バーサがいくら「全て」を語ろうとしても、リチャードはそれを信じることができず、癒されることのない懐疑に苦しむことになる。

僕は君のことで、僕の魂に傷をつけた——決して癒されることのない懐疑という深い傷を。僕は決して知ることはできない、この世では決して。僕は知りたくもないし信じたくもない。どうでもいいことだ。僕が君を求めるのは、信じるという暗闇によってじゃない。むしろ、絶え間なく疼き傷つける懐疑によってなんだ。(*E* 162)

こうして『亡命者たち』は、全てを知ることはできないというリチャードの形而上学的な諦念と、全てを忘れて私のもとへ戻ってというバーサの呼びかけによって幕を閉じる。リチャードの懐疑はそのまま観衆(読者)へと移されるのである。

以上は、リチャードの陥ったジレンマを彼の「公式見解」に従って解釈したものである。全てを支配しコントロールしようとして失敗するエゴイスト、さしずめこれがリチャードの役柄ということになろう。しかしこれで問題が全て解決したわけではない。彼はロバートに向かって、自分が「下劣な」(ignoble) 人間であるとして、その理由を次のように語るのだ。

なぜなら、僕の下劣な心の最中心では、僕は君と彼女に裏切られることを切望しているのだ――暗闇の中で、夜に――密かに、惨めに、狡猾に。僕の一番の友である君と彼女に。僕はそれを激しくかつ下劣に切望している、愛と欲望において永久に辱めを受けたいのだ。永久に恥ずべき人間となり、恥辱の廃墟からもう一度僕の魂を作り上げたいのだ。(*E* 97-98)

このリチャードの言葉を信じるなら、彼は全てを支配しコントロールしようとする一方で、その目論見に失敗し、裏切られ辱められることを望んでいることになる。換言すれば、彼がドラマの最後で語る彼の魂の受けた「決して癒されることのない懐疑という深い傷」こそは、彼がバーサとロバートから与えられることを切望していたものであり、彼は最終的にそれを獲得したと考えられるのである。

ここにあるのは、リチャードという人物において体現される究極のパラドクスである。彼は自分が書き演出する台本が、その筋書き通りに進まないことを予見しており、全てを支配しコントロールできないことによって、逆に彼は全てを支配しコントロールするのだ。「死者たち」のゲイブリエルが、はからずも見せられた「他者」としての妻の内面によって衝撃を受け、新たな人生の可能性に覚醒した状況を、リチャードは自らのドラマにその失敗を意図的にプログラムすることで、いわば「人工的に」再現しようとするのである。エゴイスト=リチャードは、そのエゴイズムを極限まで押し進めることによって、それを超えようとしているとも言えるだろう。

『ユリシーズ』のブルームは、リチャードのような知的エリートでもエゴイストでもない。また芸術家として社会の因習と闘い、進んで亡命者となるような高邁な理想を持っているわけでもない。しかし上述したように、ユダヤ人として見られ、自殺した父と夭折した息子をもち、さらに妻を間男されるブルームが、カトリックの父権性社会にあってマイノリティーとなり、その結果リチャードのような亡命者の社会的位置と視点を獲得するであろうことは想像に難くない。彼がベラの娼館で自ら「寝取られ夫」のパントマイムを自作自演し、自分を徹底的に辱め貶めることによって、逆に自分と家庭を取り巻く危機的な状況をコントロールし、新たな自己――ヘンケの言葉を借りれば「新しき女らしい男」としての自己――を見出すことはその一つの帰結なのだ。

語りの観点から眺めると、「寝取られ夫」の自作自演は第十五挿話の非現実的な空間に限定されるものではない。実際、もしこの挿話で演じられるパントマイムがブルームの無意識の欲望の噴出であるなら、それは前半の挿話においても何らかのかたちで存在していると考えるべきであろう。第四挿話で読者の前に初めて姿を現すブルームは、ボイランから届いたモリー宛の手紙に動揺しながら、ベッドに艶かしく体を横たえる彼女のために朝食を作り、ブラインドを調整し、彼女が脱ぎ捨てた下着を拾い集めるなど、あらゆる下働きを行う。つまり、文字通り辱められ貶められた「寝取られ夫」としてのブルームの姿が作品の冒頭で読者の脳裏に焼き付けられるのである。

もちろん、この段階で、ブルームが「寝取られ夫」という役割に意識的であるというのではない。語り手が彼の潜在的な意識を先取りし、彼を「寝取られ夫」として演出するのだ。

彼は彼女宛の葉書と手紙を、彼女の膝の曲線の傍の綾織りベッドカバーの上に置いた。

――ブラインドを上げようか。

ブラインドを途中まで静かに引き上げながら、視線を背後にやると、彼女が手紙をちらっと見てから枕の下に挟み込むのが目に入った。

――これでどうだい、彼は振り返りながら尋ねた。

彼女は肘をついて手紙を読んでいた。

――あの子に届いたそうよ、彼女が言った。

彼は彼女が手紙を脇へ置いて、気持ち良さそうに溜息をつきながら、再びゆっくりと身体を丸めるのを待った。

――お茶を早くしてね、彼女が言った。喉がカラカラなの。

――お湯は沸いているよ、彼が言った。

それでも彼は出て行く前に、椅子の上の物を片付けた。縞のペチコート、脱ぎ捨てられた汚れた肌着。一抱えにしてベッドの足もとに置いた。

彼が台所の階段を下りるとき、彼女が叫んだ。

――ポールディー！

——なんだい。
——ティーポットお湯ですすいでね。(*U* 4. 253–70)

ベッドに物憂げに身を横たえ夫を顎で使う妻。従順に従う夫。正に妖婦カリュプソのもとに留め置かれるオデュッセウスを彷彿とさせる場面である。ブルームは何気ない振りを装いながら、愛人からの手紙を受け取った妻の様子を伺う。そのためなのか、あるいは心の動揺のためなのか、彼の動きは緩慢であり、それがモリーを苛立たせる。夫婦の間の気まずい緊張を効果的にとらえた客観的な描写として先ずは読むことができる。ただし、語りの焦点化の担い手は明らかにブルームであり、その言葉には彼の意識が反映している。彼女の膝の曲線や、猫のように身体を丸める様子への言及からそれがわかる。実際、この挿話に限らず、第十八挿話を除けば『ユリシーズ』全編にわたって、モリーの意識やそれを反映した語りは全く存在しないのである。[8]

かつてケナーは、第四挿話におけるブルームとモリーの会話から、本来なら描写されるべき重要な情報を含んだ会話、例えばボイランの訪問時刻に関する会話、が抜け落ちていることを指摘し、その原因がボイランの手紙が示唆する差し迫った姦通によって、夫婦がそれぞれの日常的な演技を続けられなくなったためであると書いた(1980, 50–51)。だが、二人の夫婦生活が既に何年も前から機能不全に陥っているのであれば、ブルームは早晩姦通が起きることを予期していたはずである。さらに、彼自身がそのような状況に少なからぬ罪の意識を感じ、自らを罰したいという潜在的な欲望――そこには妻を奪われることへのマゾヒスティックな「喜び」も混入している――を持っていたとすれば、ブルームが無意識のうちにモリーの姦通を待ち望んでいたとしてもおかしくはない。姦通に苦しみながらも、事態を受け入れようとする彼の姿は時に哀れであり、時に滑稽であり、そして全体としてヒロイックであるが、それは語りがこうした彼の潜在意識を先取りする予弁法的な機能を持つからなのだ。

ブルーム夫妻は、ケナーがいうように「演技を続けられなくなった」のではなく、むしろボイランからの手紙が合図となって、「寝取られ夫」のドラマを演じ始めるのである。ただし、ドラマの「書き手」はあくまでブルームである。モリーは妖婦カリュプソの役を一方的に押し付けられ、しかもこれ以降、彼女は間接的に言及される以外は『ユリシーズ』の表舞台に登場することを許されない。読者が彼女の声を聴くためには最終挿話を待たなければならない。

第4章

ゴースト・ナレーション　「ハデス」

第六挿話「ハデス」（死者の国）において、ブルームは友人ディグナムの葬儀に参加する。午前十一時、葬列はサンディマウント海岸にあるディグナムの家を出発、ダブリンを流れる四つの川（それぞれ冥府の四河川に対応する）を横切って、市の北部グラスネヴィンにあるプロスペクト墓地へと向かう。墓地で一行を待ち受けるのはコーニー・ケラハーという男で、彼は表向き葬儀屋オニールの下働きをしながら、裏ではダブリン城に本部を置く植民地警察の密偵である。[1]

語りの基本はブルームの視点を反映した「初期スタイル」である。彼は上辺だけのカトリックに過ぎないため、葬儀全般に対して、語りは自ずとシニカルで批判的な調子を帯びる。また、ケラハーに対しては参列者の多くが不満を感じており、ブルームもその一人である。挿話を通して、彼の立場は微妙に変化し続けるが、それは、冥界に下ったオデュッセウスが、次々に現れる亡霊たちの話に同情したり反駁したりする様を思わせる。ただし、ホメロスの古典では、オデュッセウス自身の母親をはじめとして多くの女の亡霊が登場するのだが、ディグナムの葬儀には女性の参列者が全くない。この奇妙な事実は、第六挿話の語りを理解するための重要な鍵となる。

墓地の「ネズミ」

葬列は霊柩車とそれに続く三台の馬車で構成されている。挿話の最初に登場するのはマーティン・カニンガムで、彼は二台目の馬車に真先に乗り込み、ジャック・パワーとサイモン・ディーダラスがそれに続く。最後に乗り込むのはブルームである。馬車に乗る順番に男達の社会的な位置が微妙に反映されている。カニンガムとパワーはそれぞれダブリン城に勤務する官吏と警察官であり、サイモンはスティーヴンの父であるが、現在は妻を亡くして職もなく、家財をオークションに出して糊口を凌いでいる。それでも「ユダヤ人」ブルームよりダブリン社会では「上位」になるのであろう。

葬列が出発して間もなく、カニンガムが座席の異常に気付く。

馬車が傾き、もとに戻った。彼らの四つの体が揺れている。

——コーニーはもっと大きな馬車にしてくれてもよかったのに、とパワー氏が言った。

――まったくだ、とディーダラス氏が言った、あの斜視さえなければな。分かるだろ。

彼は左目を閉じた。マーティン・カニンガムは膝の下からパン屑を払いのけ始めた。

――これは一体何だ、と彼は言った。パン屑か。

――誰かがここでお楽しみだったみたいだね、とパワー氏が言った。

皆が腿を上げ、鋲のない座席の上張りに白カビが生えているのを不満げに眺めた。ディーダラス氏が鼻を顰《ひそ》めながら屈み、顔をしかめて言った。

――私の間違いでなければ……マーティン、どう思う。

――僕も同感だ、とマーティンが言った。(*U* 6. 91–104)

前の客が汚した跡が、掃除もされずにそのままになっている。「お楽しみ」(making a picnic)には性交という意味があり、このすぐ後でサイモンが「結局、それはこの世で一番自然なこと さ」と言うので、座席の汚れは単なるパン屑に生えたカビではなさそうだ。二人の持って回った言葉使いからもそれがわかるが、性行為の行われた同じ馬車が今日は葬儀に使われる様は、文字通り生(性)と死が背中合わせであることを示している。[2]

それにしても、汚れた座席がそのまま次の客に回されるとはどういうことだろう。この疑問の答えは、引用した会話の前半でパワーが馬車の狭いことを指摘し、サイモンがケラハーの「あの斜視」がなければと応じる部分にある。「斜視」(squint)には「けち」という裏の意味があるので（Gifford, 106）、馬車を手配したケラハーが値段を値切ったか、あるいは本来の金額で雇える馬車よりも安い馬車を手配したために、馬車のサイズも小さくなり、掃除もされていなかったのである。

実は先行する第五挿話のブルームの意識に、これを裏付ける部分がある。

恐らくコーニー・ケラハーが、オニールの店に仕事を回したのだ。目をつぶって鼻歌で。コーニー。あの娘と会った。暗闇で。なんて素敵。警察のスパイ。それで彼女の名と住所を教えてくれた、僕のトゥーラルーム、トゥーラルーム、テイでね。まちがいない、やつが仕留めたんだ。いわゆるあれで安く埋葬。僕のトゥーラルーム、トゥーラルーム、トゥーラルーム、トゥーラルーム。（*U* 5. 12-16）

ブルームは、ケラハーが何らかの手を使ってディグナムの葬儀を自分の勤め先オニールに受注させたのだろうと考えている。繰り返される奇妙なフレーズはケラハーがいつも口ずさむ鼻歌の節回しで、密偵として街の情報を集める彼の韜晦《とうかい》な姿を暗示している。情報収集に使う手口と、今回葬儀を「仕留めた」手口はともに「トゥーラルーム」という言葉でぼやかされているが、「いわゆるあれで安く埋葬」とは受注した金額よりも低予算で葬儀を行い、不当に利益を上げたということだろう。

葬儀の後、ケラハーは会葬者たちに語りかける。彼の誘導するような口調には、自分の利殖への一抹の後ろめたさと、それへの批判を前もって封じようとする彼の下心が現れている。


コーニー・ケラハーは彼らの横に並んで歩いた。

——全て上出来だっただろ、どうだい、と彼は言った。

彼はゆっくりと目を動かしながら彼らを見た。警官の肩。あんたのトゥーラルーム、トゥーラルームで。

——申し分なかったよ、とカーナンが言った。

——どうだい、え、コーニー・ケラハーが言った。

カーナン氏は彼に請け合った。(*U* 6. 683-89)

語り手の焦点はブルームのそれを反映している。葬儀が上出来だったことに同意をもとめるケラハーに対して、ブルームは沈黙したままである。同意を示すのはカーナンだけであるが、彼はカトリックに改宗してまだ日が浅く、この会話の直前までプロテスタントの視点からカトリックの葬儀を批判していたのである。従って、カーナンの同意は社交辞令であろう。恐らく、ディグナムの葬儀に満足しているものは一人もおらず、内心、誰もが葬儀を利用したケラハーの金儲けに辟易しているのである。

挿話の終わり近く、ブルームは墓石の下に太ったネズミが逃げ込むのを目撃する。

あんなのが一匹いれば、人間一人くらい朝飯前だろう。誰だろうと、骨まできれいにしゃぶる。奴らには普通の肉だ。死体とは腐った肉。それならチーズは。ミルクの死体。『中国の船旅』で読んだ、中国人には白人が死体のような臭いがすると。火葬の方がいい。神父たちは猛反対。他の会社の下働きというわけだ。大型バーナーとダッチオーブン業者。ペストの流行。死体を呑み込む生石灰の発熱穴。ガス室。灰は灰に。または海に葬る。パールシー教の沈黙の塔はどこだったか。鳥に食わせる。土葬、火葬、水葬。溺死が一番心地よいとか。自分の人生を瞬時に見る。だが、生き返ることはない。でも空に葬ることはできない。飛行機から落とす。新しいのが埋められたら、その知らせはすぐに広まるのか。地下の連絡網。我々はネズミからそれを学んだ。(*U* 6. 980–91)

人間の死体を「腐った肉」と言い切り、それを食べて太るネズミをイメージするブルームの意識には、死とそれに意味付けを行う宗教への冷めた視線がある。様々な埋葬の方法が比較される中で、死は脱神秘化され、カトリックもプロテスタントも、そして恐らくユダヤ教も、その根拠を奪われるのだ。だが、彼の冷めた視線は単に宗教に向けられるだけでなく、世俗の権力にも向けられる。「ネズミ」(rat) には「密告者」という裏の意味があることを想起するなら、墓石の下に隠れるネズミの姿は、ディグナムの葬儀を仕切るケラハー自身の隠喩でもあることがわかるだろう。ネズミが「地下の連絡網」を使って新しい死体が埋められた情報を得、それを食べ尽くすように、警察の密偵であるケラハーも「地下の連絡網」を使って葬儀を食い物にし、私腹を肥やすのだ。ケラハーのような男が植民地政府の支配構造を末端で支えているとすれば、死体さえも植民地支配から自由ではないのである。

こうして、ブルームの意識とそれを反映した語りは、当時のダブリンの人々の生活が、聖と俗の二重の権力構造によって支配される様を活写する。社会の周縁におかれた「ユダヤ人」ブルームの面目躍如と言ったところであろう。だが、第六挿話の語りは全てがブルームの意識に還元できるわけではない。彼自身が別の視点から語られる場面があり、しかもその視点は特定の作中人物に結び付けることができないのだ。「非人称」である点において、この奇妙な語りはアレンジャーを想起させるが、必ずしも同じものではない。アレンジャーが特定のコンテクストを離れ、純粋に言語のレベルで活動するとすれば、こちらは第六挿話の置かれたコンテクストを離れては理解できないと思われるのだ。

この奇妙な語りの正体を明らかにするために、もう一度挿話の冒頭へ戻らなければならない。

男の死を待つ女たち

——皆いるか。マーティン・カニンガムが尋ねた。乗りなよ、ブルーム。

ブルーム氏は、中に入ると空いている場所に座った。彼は背後でドアを引き寄せ、二度やり直してしっかりと閉じた。彼は吊り輪に腕を通し、開いた馬車の窓から、通りの下りた日除けを深刻そうに眺めた。一つの日除けが脇へ寄せられ、老婆の顔が覗いた。鼻が白くなるほどガラスに顔を押し付けて。自分の番が来なかった幸運に感謝して。女たちが死体に示す関心は大変なものだ。僕たちが逝くのがうれしいのさ、生まれるときに大変な苦労をかけたから。女たちに相応しい仕事だ。部屋の隅でこそこそ相談する。スリッパを履いてぱたぱた歩き回る、彼が起きないように。準備が整う。納棺の準備。モリーとフレミング夫人が死の床を作る。そちらをもっと引っぱって下さる。僕たちの経帷子。死んだら誰が触るか分かったものじゃない。洗ってシャンプー。爪や髪も切るはずだ。少し封筒に取っておく。死後も伸び続ける。不浄な仕事だ。

皆が待っていた。口を開く者はない。たぶん、花輪を積み込んでいるのだろう。何か硬い物の上に座っている。ああ、例の石鹸だ［……］。

皆が待っていた。やがて車輪の音が前の方から聞こえてきた、回る音、次第に近付いてくる、次に馬の蹄の音。ガタン［……］。

皆、まだ待っていた。彼等の膝が揺れ、やがて方向転換し、市街電車の軌道に沿って進み始めた。（*U* 6. 8–30）

引用したのは第六挿話の冒頭部分である。パトリック・ディグナムの棺をのせた馬車の後から、ブルームら四人をのせた馬車を含め三台の葬列が続く。だが何らかの理由で葬列はなかなか動きださない。リアリズムのレベルからみれば、「皆が待っていた」（All waited.）という言葉のリフレインはこの状況を効果的に表している。また葬列が向かう先が墓地であることを考えれば、彼等を含めた全ての生あるものを待つもの、即ち「死」を象徴的に暗示しているとも考えられる。

語りの観点からみれば、最初のマーティン・カニンガムの言葉は直接ディスコースであり、二行目の「ブルーム氏は」から四行目の「老婆の頭が覗いた」までは純粋な語りであるが、ブルームの意識を反映しているとも考えられる。「鼻が白くなるほど」からパラグラフの切れ目の「不浄な仕事だ」までは彼の意識内の言葉で、自由直接ディスコースあるいは「意識の流れ」である。

鼻をガラスに押し付けて、葬列の様子を熱心に窓から覗くのは隣家の老婆である。ブルームの考えでは、女性の方が男性よりも一般的に死体にたいして強い関心を示す。その理由は、生まれでるとき男性が女性に「大変な苦労」を与えるからである。従って、ここでいう死体とは、死体一般ではなく特に男性の死体ということになろう。ブルームは、苦労をかける男達が先に死ぬことによって女達は安堵すると考えるのだが、この場合、お産に際しての「大変な苦労」とは男が女にあたえる人生の苦労全般をあらわす換喩となる。

つづいて彼は、死体を浄めて納棺の準備をする仕事は女性に相応しいものであるとし、妻モリーと家政婦が、幼くして亡くなった息子を納棺したときの様子を回想する。「僕たちの経帷子」以下の言葉は、再び男性一般のことであるが、爪を切られたりシャンプーされたりする具体的なイメージは自分自身の死後の姿の想像とも考えられる。アイルランドでは死体の納棺の準備をするのは伝統的に女性の仕事であったので（Gifford, 105）、ブルームの意識内の言葉はこの伝統を反映したものといえる。

ここで特に注目したいのは、パラグラフの最後にある「不浄な仕事」という言葉である。納棺の準備を整えることをこのように呼ぶことは、女性にとっては理不尽なことである。死者は誰かが浄め納棺しなくてはならず、その役割を、男が生きている間「大変な苦労」をかけられた女性が引き受けてきたのだ。仮に誰か女性がこれを耳にしたら、皮肉の一つでも言い返すか、呆れて二の句が継げないであろう。そして実際、ここで奇妙なことが起きる。ブルームの理不尽な言葉を受けるかのように「皆が待っていた。口を開くものはいなかった」という語り手の言葉が続くのである。

もちろん、既に述べたように、この言葉の第一の意味は、なかなか出発しない葬列を無言で待つ男達の描写である。次の「花輪を積み込んでいるのだろう」が出発しない理由を考えているブルームの意識内の言葉であるのに対し、こちらは純粋な語りと考えられる。しかしコンテクストがもたらす意味の可能性はここにとどまらない。「口を開くものはいなかった」という一瞬の沈黙は、「皆が待っていた」という一文をリアリズムの描写のレベルから切り離し、それを不安定化、あるいは活性化する。その結果この一文は全く異質のレベルで読むことが可能になる。すなわち、「皆」とは馬車に乗り合わせた男達ではなく、彼等の妻達であり、彼女らが「待つ」のは「夫の死」ではないのか。

馬鹿げた読みと思われるかもしれない。しかし、もしブルームが考えるように夫の死体を浄め納棺するのが妻の仕事であり、それが少なくとも当時まではアイルランドの伝統であったとすれば、「妻が夫の死を待つ」という状況は歴史的、あるいは社会的な事実の一側面を言い当てており、あながち馬鹿げているとも言い切れない。しかも敬虔なアイルランドのカトリック教徒にとって、死体の爪を切り髪を洗うことは単に納棺の準備にとどまらず、魂の復活に備え、その着物としての肉体を整える意味があるはずで、きわめて重要な仕事といわなければならない。とすれば妻たちの多くは夫が存命の間黙々と仕え（wait on）、しかし同時にその死を待っている（wait for）と考えても間違いとはいえないだろう。

さらに社会的なコンテクストとして注目すべきことは、この葬列および墓地に到着してから行われるミサと埋葬において、女性の姿が全く出てこないということである。遺されたディグナムの妻と子供達のために募金をつのる場面があり、また埋葬に参加する息子の姿はしばしば描写されるのに、妻の姿はないのだ。この状況が当時のアイルランドの葬儀のあり方をどこまで忠実に表すのか定かではないが、少なくとも死んだ夫の妻が参列しないということは不自然である。[3]

このように考えると一見写実的にみえる葬列や墓地の描写が、父権的な当時のアイルランド社会を象徴的に表すために再構成されていることに気付かされる。馬車に乗り合わせた四人の男は彼等だけの「サロン」を形成しており、その妻たちはそこから完全に排除されているのだ。しかも彼等はそれぞれが妻との関係において少なからぬ負い目を抱えていることが語り手によって断片的に示される。ジャック・パワーは女を囲っているとうわさされ、それをブルームは「妻にとっては不愉快だろう」(*U* 6. 245) と軽く言ってのけるのだ。さらにサイモンの妻メイは近頃亡くなったが、第2章で述べたように、その一生が家族への献身に費やされたことはスティーヴンの前に現れる癌に侵されたおぞましい亡霊によって示される。一方ブルーム自身は妻の姦通に気を揉み、マーティン・カニンガムはアルコール中毒により生活能力を失った妻を抱えている。この二人は、一見妻の理不尽な行為による被害者といえるが、しかし姦通やアルコール中毒がなぜ起きるのかを考えてみる価値はあるだろう。事実、第3章で述べたように、ブルームが妻の姦通を見て見ぬ振りをするのは彼の罪の意識のためとも考えられるのだ。[4]

キンバリー・デヴリン (Kimberly J. Devlin) は、「ハデス」のもつジェンダー化された構造、すなわち中心を占める男性と周縁化された女性の位置関係が、当時のアイルランド社会における「死」の意味付けに反映していることを指摘している。男性の死亡に対しては遺族のための保険金制度があったのに対し、女性の死亡にはそれがなかったのだ。なぜなら女性の「労働」は社会的・経済的価値を認知されておらず保証の対象とはならなかったからである。そしてこのことは『ユリシーズ』に描かれる二組の遺族、ディグナムの遺族とメイの遺族の置かれた状況に如実に現れている。後者、すなわちスティーヴンの妹たちは日々の食事もままならないのに、ディグナム家ではこの日厚切りの豚肉が食卓に上るのである。さらにデヴリンによれば、当時のアイルランド家庭では夫は妻にとって「手のかかる子供」のような存在であり、よって夫の死は妻に経済的な保証をもたらすだけでなく、ある意味で「若さの回復」さえも意味したのである（82-84）。

こうして、「皆が待っていた」という一文はきわめてアイロニカルなものとなる。男たちが墓地へ向けて馬車の出発を待つ間、そこに不在の女たちは彼らの死を待っているのだ。このとき、馬車という狭い空間は「サロン」どころか「棺桶」としての様相を帯びるとさえいえるだろう。しかもこの辛辣なアイロニーは、この一文が二回反復され、さらにかたちを変えて三度繰り返されることでその奇妙な、すなわちリアリズムの語りのレベルを逸脱した効果を発揮する。つまりこの語りは純粋な語りを脅かすアレンジャー、あるいはローレンスのいう語りの擬態としての特質を備えているのだ。

ただし、アレンジャーの中心的働きおよび語りの擬態が、非人格化された言葉の機能とされるのに対して、ここで生み出されるアイロニーはすぐれて社会的なものである。いわば、周縁化されその場に居合わせない女たちの「声」が、一見中立的で客観的な語りに憑依しテクストに異なる意味のレベルをもたらすのである。「社会的」という点では、ソントンのいう社会的・文化的コンテクストにも通じる部分があるが、問題はその具体的内容で、そこで誰が受け入れられ、誰が排除されるかである。ソントンの議論からはこの問題が抜け落ちているのだ。[5]

ゴースト・ナレーション

不在であるものが語りに憑依し、そこに別の意味あるいはアイロニーを帯びた「声」をもぐり込ませる。ただしそのやり方は、『ユリシーズ』の後半にみられるアレンジャー2のような露骨なものではなく、アレンジャー1に近い。しかし重要な違いは、こうした「声」が特定の作中人物に還元されるのではなく、それによって周縁化され、存在しないとされた者の「存在」が読者に暗示されることである。ただし、その「声」を聴くためには読者の側からテクストへの積極的な参加が不可欠となる。さもないと暗示は見過ごされ、語りは客観的で中立なものとして受け取られてしまい、読者はそこに不在者の声を聴くことなく読み過ごすことになるのだ。

聴こうとするものには聞こえ、そうしないものには聞こえない不在者の声。それは「幽霊」の声と言わざるを得ない。よって、このような「声」による語りをゴースト・ナレーション(ghost narration)と呼ぶことができるだろう。すでに明らかなように、ここでゴーストあるいは「幽霊」とは死んだ人間の霊とは限らない。社会の支配的な集団に属さず、そこで用いられる支配的な言説を共有しない者たちをも含むのだ。このような広い意味での「幽霊」を理解する上で、スティーヴンが第九挿話で語る幽霊の定義は示唆に富んでいる。

What is a ghost? Stephen said with tingling energy. One who has faded into impalpability through death, through absence, through change of manners. (*U* 9. 147-49)

幽霊とは何でしょうか。スティーヴンは全身が火照るのを感じながら言った。死や、不在、マナーの変化によって、触れることができなくなった者です。

彼によれば、幽霊とは「死や不在、またマナーの変化によって、触れることのできなくなった者」である。英語のマナー（manner）には行儀・作法という意味の他に、生活様式や社会習慣という意味があり、さらには文学や芸術上のスタイルという意味もある。また、「触れることができない」（impalpable）には「理解できない」という意味がある。従って、スティーヴンのいう「幽霊」とは、性別や人種、文化や社会集団、また言語や言説の違いによって「理解され得ない」者たちを全て含みうるのだ。

上述したように、ゴースト・ナレーションの武器はアイロニーである。そのターゲットは支配的な言説あるいはそこから生まれる語りの形式であり、またそのような言説や言葉で自らを語る作中人物である。ブルームはカトリックに改宗したユダヤ人であり、「ハデス」ではプロテスタントのトム・カーナンとならんで少数派であるが、既に述べたように、男だけの「サロン」の一員であることに変わりはなく、ゴースト・ナレーションのアイロニーを逃れることはできないのである。次に引用するのはボイランの姿を車窓から見かけた直後のブルームの意識である。

ブルーム氏は、先ず左手の爪を、次に右手の爪を見た。そう、爪だ。女たち、彼女は、他にやつのどこを見るというのか。魅了。ダブリンで最悪の男。それが奴の売りだ。女たちは時に人を見抜く。直感。だが、ああいうタイプは。僕の爪。あらためてよく見れば、きれいに切りそろえてある。その後で、ひとり考える。体が少したるんできた。僕ならそれに気がつくだろう。思い出して。何故そうなるのか。思うに、痩せると、皮膚が直ぐには戻らない。でも、形はある。形はまだある。肩。ヒップ。張りがある。ドレスを着た夜のダンス。下着が尻の間に挟まっていた。

彼は両手を膝の間に挟んで、満足し、うつろな視線を彼等の顔に投げ掛けた。（*U* 6. 200-10）

語りのアイロニーは最後の一文、ブルームの動きを客観的に伝える部分にあるが、この問題を考える前に、先ずブルームの「意識の流れ」自体の意味を明らかにする必要がある。この一節には謎めいた部分が少なくないからだ。ブルームは何故爪を見つめるのか。それはボイランとどう関係するのか。「その後で、ひとり考える」や「思い出して」とは何のことか。また最後の部分で、ブルームが膝の間に両手をはさみ、「満足して」とあるが一体彼は何故そのような動作をし、何に満足するのか。

ボイランはダブリンでは知られたプレーボーイで、この日の午後「仕事の打ち合わせ」を名目にブルームの自宅で妻モリーと会うことになっている。ブルームはこの訪問の真の目的を十分知りながら、葬儀に参加するために朝から家を空け、午後は広告取りの仕事をいつものように行うのである。従って馬車の窓からボイランを見かけた直後、ブルームが爪を見つめることの意味について、例えばローレンスは、それが差し迫った妻の姦通によって引き起こされる精神的な苦痛から逃れるためであるとし、ベンストックも同様の指摘を行っている（Lawrence, 13; Benstock, 49）。しかしこうした解釈はここに提示されたブルームの意識の限られた一部を説明するに過ぎない。何故なら彼の意識はモリーとボイランの姦通から離れることがなく、むしろそれを具体的にイメージする方向へ動くからだ。

何故モリーを含めた女たちは、ボイランに引き付けられるのか。ブルームの意識はこの謎を解こうとする。「そう、爪だ。女たち、彼女は、他にやつのどこを見るというのか。［……］僕の爪。あらためてよく見れば、きれいに切りそろえてある」。この一連の意識が明らかにするのは、爪がもつ性的なメッセージへのブルームの思い入れである。「よく手入れされた爪」は、男の身だしなみであるにとどまらず、性行為におけるマナーのよさを暗示するはずだ。そして少なくとも爪に関する限り、自分は決してボイランには引けを取らない、と彼は考えるのである。

ブルームの意識の後半では性的なイメージがより鮮明になる。「その後で、ひとり考える。体が少したるんできた。僕ならそれに気がつくだろう。思い出して」。前後関係からして、「その後」とは性行為の後という意味であり、「体が少したるんできた」と一人で考えるのはモリーだろう。[6] 問題はその次で、「僕ならそれに気がつくだろう」(I would notice that) と仮定法が用いられることから、性行為の相手がボイランでなく自分だったらそれに気付く、という意味にとれる。「それ」とは直前の「体が少したるんできた」を指すはずで、すると「思い出して」はブルームが「それに気付く」ことができる理由を述べた部分と考えられる。何を思い出すのかは明確には示されないが、おそらく体がたるむ以前のモリーの体形であろう。以上のような考察に基づいて、この断片的なブルームの意識を補って読めば以下のようになる。「ことが済んだら、モリーは一人で考える。体が少したるんできたわ。僕ならそれに気がつくのに。彼女の若かった頃を憶えているから」。

妻の体形の変化を知っているのは夫ブルームだけであって、間男ボイランではあり得ない。ここにはブルームの屈折した優越感がある。続いて彼はモリーの体形が全く崩れたわけではなく、まだ肩や臀部に若い頃の張りがあるとし、最近二人で出かけたダンスパーティで見た、ヒップの間にはさまった彼女の下着のことを思い出している。妻の魅力の再確認という愛すべき記憶と、ボイランに対する屈折した優越感とが混じり合い、さらには差し迫った姦通に対する恐らくは多分に窃視症的な興奮も加味されて、最終的なブルームの「満足」がもたらされると思われる。

以上は、テクスト上の断片的な言葉から後付けたブルームの意識の内容である。このような「冴えない」中年男の内面を克明に描くことの意味は、それが彼の属する男たちの「サロン」の本質的な部分を表象すると作者ジョイスが考えたはずだからであり、それを断片的で謎めいたかたちで提示したのは、そこに読者の積極的な関与を求めたためと考えられる。解き明かされた「謎」は謎と呼ぶにはあまりに卑近、かつ些細なものに思われるかもしれないが、しかしそのようなことが当時の多くの人々の意識の大きな部分を占め、そしておそらくは現代の我々の意識においてもそうならば、小説というジャンルはそうした部分を描くことなしには成立し得ないだろう。

だが、ブルームの意識の流れを後付け、それを描いた作者の意図を探ることとは、この一節のもつ意味の半分を明らかにすることでしかない。問題となるのは爪である。ブルーム自身は明白に意識していないとしても、彼の爪への思い入れは、先に分析したこの挿話の冒頭部分の一節での「死体の爪」が伏線となっているはずなのだ。つまり女たちが男の爪に引き付けられる表の理由がセクシャルなものであるとすれば、裏の理由は、男が死体となったとき、その爪を切りそろえ、納棺の準備をするためと考えられる。そしてもしブルームが自分の爪を凝視する際、このことが彼の意識に上らなかったとすれば、そこに無意識の抑圧が働いたと考えざるを得ない。何故なら、彼の「よく手入れされた爪」が、納棺前の死体となった自分自身の姿を彼に想起させるであろうことは、意識のあり方として自然なものと思われるからだ。

ゴースト・ナレーションは、このブルームの心理における抑圧の可能性を、彼の奇妙な行為を描くことによってより具体的に示している。奇妙な行為とは、彼が両手の指を交互にからませ、それを膝の間に挟み込むことである。こうすることで死を想起させる「よく手入れされた爪」が視界から隠されるのだ。ブルームにとって爪が性と死を暗示しうる両義的なものであるとすれば、必要な意味だけを取り出した後、それは直ちに視界から消されなければならず、おそらく彼は無意識のうちにこれを行うのである。換言すれば、爪を隠す行為は、爪によって暗示される彼自身の死を抑圧することに他ならないのであり、よって彼が示す「満足」は、爪を隠すことによってもたらされるとも考えられるのである。だが、この行為、そしてそこから得られる満足はアイロニーを含んでいる。何故なら、少なくとも指を交互に絡ませて両手を組むことは、正に納棺される死者がとる手のポーズと同じだからである。

ブルームの無意識な行為が彼に満足をあたえると同時に、それを無効にする。このようなアイロニーはどこから来て、何を意味するのだろうか。作中人物の枠組みには納まり切らないのは明らかで、また作者の意図に全て還元することもできない。むしろテクスト化された言葉の潜在的力とそれに働きかけ、働きかけられる読者の役割が大きいはずである。何故ならこのアイロニーに気付く可能性はブルームではなく読者にのみ与えられているからであり、既に述べたように、当時のダブリン社会において周縁化され不在とされた者たちの「声」は、テクストのもつアイロニーを自ら「発見する」読者にのみ届くからだ。換言すれば、その時こそ、アイロニーを含む一連の語りはゴースト・ナレーションとなり、ブルームおよび父権的な社会の自己満足を「告発」することができるのである。[7]

『ユリシーズ』の「主人公」として、ブルームがもつ人間的な魅力は他の作中人物を圧倒しているが、それは彼が、時代や社会のなかで生きる我々の限られた視野とそれゆえの苦悩や失敗をあますところなく体現しているからである。ゴースト・ナレーションのアイロニーによってその自己満足と卑俗さを暴かれる彼の姿は、我々自身の姿でもありうるのだ。

この意味において、「ハデス」挿話の終わり近くで、ブルームがシニコウ夫人に言及することは単なる偶然ではない。

> 前回、ここに来たのはシニコウ夫人の葬儀だった。[……]死んだら、あなたのところへ現れる。死んだら、私の幽霊を見る。死んだら、私の幽霊があなたに取り憑く。(*U* 6. 996-1001)

シニコウ夫人は『ダブリンの人々』に収められた短編「痛ましい事件」に登場し、夫とダフィーの両方から自らの「声」をもつことを否定され、惨めな死を遂げる女性である。物語の最後で、ダフィーは彼女の幽霊の存在を身近に感じるものの、ついにその「声」を聴くことはないのだ。確かに、ブルームはダフィーのようなエゴイストではない。また硬直的でインテリぶったダフィーよりも柔軟な想像力を持っている。事実、上述したように、「夫の死を待つ女達」の存在を語りに呼び入れたのは、女達がお産に際して経験する「大変な苦労」にブルームが思い至ったからである。

だが少なくともこの挿話に関する限り、彼の意識は死を即物的にとらえることに終始し、引用した言葉が示すように、幽霊に関する彼の意識も通俗的なものでしかない。他のところで「死んだらそれっきりさ」(*U* 6. 677) と言い切るブルームは、形骸化したカトリシズムを批判し、そこで意味付けられ、制度化された「死」を脱神秘化することはあっても、「幽霊」の声を自ら聴くことはないのである。既に述べたようにその仕事は読者に委ねられており、『ユリシーズ』を読むことで、読者はそうした「耳」を獲得するのである。

マッキントッシュの男

ディグナムの葬儀に参加したのはブルームを入れて十二人。彼らは掘られたばかりの墓穴の両側に並ぶ。墓掘り人夫が棺を穴の端におき、ロープをかける。埋葬が始まるのだ。このとき、ブルームは十三人目の人物がいることに気付く。

あそこにいる、マッキントッシュのやせた頓痴気は誰だ。一体誰なの知りたいよ。教えてくれたら何でもやるよ。必ず思いもかけない奴が現れる。人は一生自分一人で生きることができる。そうさ、できるとも。ところが死んだ時は誰かに土をかけてもらう必要がある、たとえ自分で墓を掘ったとしてもだ。みんなそうさ。(*U* 6. 805–09)

皆が喪服を着た墓地で、一人だけマッキントッシュ(ゴム引き防水コート)を着た人物がいれば目立つだろう。しかも見たこともない人物が突然現れるのだからブルームが訝るのも無理はない。「マッキントッシュの男」(The Man in the Macintosh)として知られるこの謎の人物の正体をめぐっては、ジョイス研究者の間で様々な説がある。死の象徴(ブルーム自身、十三人目という数字から死を連想する)、悪魔、キリスト、ホメロスの古典に登場するテオクリュメノス、作者ジョイス自身、そして、「痛ましい事件」のダフィー。一方、彼の正体を詮索することよりも、むしろその曖昧性そのものに意味を見出そうとするのは、構造主義からポスト構造主義の立場による批評である。[8]

だが作品自体が提示するコンテクストから考えれば、やはり、マッキントッシュの男とダフィーを結びつけることが妥当に思われる。「人は一生自分一人で生きることができる。そうさ、できるとも。ところが死んだ時は誰かに土をかけてもらう必要がある」というブルームの言葉は、人の生死についての一般論として読むことも可能だが、エゴイスト＝ダフィーの孤独な人生への最適なコメントになっているからであり、また、この引用の一つ前の引用にも示されるように、ブルーム自身がシニコウ夫人の葬儀に参列しており、それをこの挿話の終わり近くで想起するからである。さらに第十二挿話には、「茶色のマッキントッシュの男は死んだ婦人を愛す」（*U* 12. 1497–98）という語りの言葉があるが、ダフィーの顔の色は「ダブリンの街の茶色」（*D* 120）を帯びているのだ。

ただし、こうした一致はあくまで状況証拠のようなものであり、これをもってマッキントッシュの男はダフィーであると断定することはできないし、その必要もない。重要なのはあくまで両者を結びつけて考えることができるということなのだ。換言すれば、ダフィーによって象徴される生き方、あるいは男女の関係が問題なのである。女性を自分のナルシシズムを満足させるために愛する男、あるいは、相手の女性が自分に満足していると疑わない男。仮にダフィーの属性をこのように素描するなら、シニコウ夫人の夫はもちろん、良き夫としての自己イメージを妻の告白を聴くまで全く疑うことのない「死者たち」のゲイブリエルもそうであろう。『ユリシーズ』に関しては、ディグナムの葬儀に参加した「サロン」の面々はおそらく同様の属性を共有すると思われるし、理想化された女性のイメージを追い求めるスティーヴンも無関係ではない。

マッキントッシュの男とは、ダフィーによって象徴される自己愛的なエゴイズムと、父権制社会で生きる男性たちが大なり小なり共有するナイーヴさの化身であろう。ゴム引きの防水コートを天気に関係なく始終身にまとう姿は、彼の頑なさと孤独を表している。ゴースト・ナレーションが男たちの「サロン」から排除された女たちの「声」の反響であるなら、マッキントッシュの男は、「サロン」に集う孤独な男たちの「影」なのだ。

マッキントッシュの男は、第十挿話「さまよえる岩」の終わりの部分でも言及される。男は、「アイルランド総督の馬車行列の前を、すばやく、無傷で横切る」(*U* 10. 1272) が、この奇妙な描写は、彼が「影」であることを暗示するのみならず、彼が植民地政府と必ずしも対立関係にないことを暗示する。既に見たように、ケラハーは植民地警察の密偵であり、カニンガムやパワーはダブリン城に勤めている。孤独なナルシシストの影=マッキントッシュの男は植民地政府の影でもあるのだ。

さらに、マッキントッシュの男は第十五挿話「キルケ」でも登場するが、昼間の出来事が逆転したり組み替えられたりする魔界にあって、彼は「新しきブルームサレム」(The New Bloomusalem) の市長となったブルームを中傷する。

(茶色のマッキントッシュの男が仕掛け扉から飛び出す。彼は長く伸びた指でブルームを指し示す)

マッキントッシュの男

奴の言うことを信じるな。あの男はレオポルド・マッキントッシュ、悪名高い放火魔だ。奴の本当の名前はヒギンズだ。(*U* 15. 1558-62)

「新しきブルームサレム」は、「未来の新生アイルランド」(The Nova Hibernia of the future)とも言い換えられる。もしそれがブルームによって夢想されたアイルランドの独立を意味するなら、植民地政府の影であるマッキントッシュの男がブルームを中傷するのも頷ける。また男が、ブルームをレオポルド・マッキントッシュと呼びながら、直ぐにそれを打ち消すかのように本当の姓はヒギンズだと暴露することは、ブルームが男だけの「サロン」の一員でありながら、それを裏切るような存在(ファラスを失った存在)であることを暴露しようとするのかもしれない。レオポルドは父方の姓であり、ヒギンズは母方の姓であるから、ブルームには父の名を名乗る資格がないということである。だが注目すべきは、「レオポルド・マッキントッシュ」という二重の姓によって、「父の名」が常にマッキントッシュという孤独な影を帯びることが示されることである。

第十六挿話「エウマイオス」で、ブルームが『イヴニング・テレグラフ』(*Evening Telegraph*)の夕刊を開くと、ディグナムの葬儀の記事と、参列者の名前のリストが載っていて、その中にM'Intoshという名前がある。墓地でブルームが出会った新聞記者ハインズの誤解が原因である。ハインズはブルームに見知らぬ男の名を尋ね、ブルームが「マッキントッシュだね」と答える。もちろん、ブルームは「マッキントッシュを着た男のことだね」という意味で答えたのであるが、ハインズはそれを本名と勘違いしてリストに加えてしまったのだ。

実際には存在しない「影」であるマッキントッシュの男が、新聞の活字によって「実在」の人物になる。言葉は単に現実を写し取るだけでなく、「現実」を創り出すのだ。ディグナムの葬儀からは彼の夫人も含めて女性が全て排除され、新聞記事にもその不在が反映される。ところが、得体の知れないマッキントッシュの男は、ハインズによって目敏く目撃され、わざわざ新聞に記載されたのである。ここに、当時の父権制社会の本質が辛辣なアイロニーとして提示されている。たとえ見知らぬ者であっても、男性である以上、活字に記録され公表されなければならない。その一方で、ブルームの名前 Bloom は Boom と誤って記載されてしまうのだが、それは単なる誤植を超えた意味をもつはずである。けだし、アルファベットの l はその形状からして勃起したファラスの象徴であり、Boom とはその喪失に悩む「新しき女らしい男」ブルームに相応しい記号なのだ。

第5章

「作者の死」と揶揄する語り手

「スキュレとカリュブディス」

作者と作品は如何なる関係を持つのか。作品の意味に対して、作者はどう係わるのか。「作者の死」がバルトとフーコーによって主張されて既に久しいが、第九挿話「スキュレとカリュブディス」は作品と作者をめぐるこうした議論を予見していたかのように展開する。舞台はダブリン国立図書館。作者と作品の関係を論ずるに相応しい場所である。対立軸はプラトンとアリストテレスをモデルとし、一方の側は、作品の意味を、そこに提示された普遍的な価値あるいはイデアにあるとし、もう一方の側は、それを、作者の個別的な人生の反映であるとする。ホメロスとの対応では、前者が全てを呑み込む大渦巻きカリュブディス、後者が六つの頭で人を襲う怪物スキュレとなる。議論の肴にされるのは、イギリス帝国主義とアイルランド・ナショナリズム双方から称賛を受けるシェイクスピア（William Shakespeare, 1564–1616）である。

ラッセルの作品論

プラトン=カリュブディス側の論点を代表するのはジョージ・ラッセル（George Russell, 1867–1935）で、当時はイェイツらとともにダブリン神智学協会およびアイルランド文芸復興運動に係わった文学史に名を残す作家である。これに対して、アリストテレス=スキュレの側はスティーヴンで、しばしば若き日のジョイスの分身とされるが、歴史的には存在しなかった架空の人物である。[1] この両者の対立軸を中心として、ラッセルの側に立つ副図書館長ベスト（Richard Best）、司書のエグリントン（John Eglinton）、また両者の間で態度を決めかねる、同じく司書でクエーカー教徒のリスター（Thomas Lyster）がいる。彼らは全て実在した人物である。

ラッセルは、自らの論点を以下のように要約する。

> 芸術は、我々にイデアを、形をもたない精神的な本質を明らかにすべきなのだ。芸術作品についての最重要課題は、それが人生の如何なる深みから生まれたのかということだ。［……］シェリーの深淵なる詩、ハムレットの言葉は、我々を永遠なる英知、プラトンのイデアの世界へと導く。その他のことは、議論のための議論、青臭い学生の憶測でしかない。（*U* 9. 48–53）

こう述べた上で、ラッセルは、作家の私的な生活を詮索することは意味のない時間つぶしであり、作品こそが全てであると断言する。

本来、プラトンのイデアとは、人間の魂が天上において「見た」とされる至高の「形」であり、英語では「形相」(form) と訳される。従って、ラッセルがイデアを「形をもたない精神的な本質」(formless spiritual essences) と言い換えることは、彼の議論の飛躍を、あるいは少なくともその神秘主義による本来のイデアの歪曲をはからずも露呈している。実際、ハムレットの言葉が示す「本質」あるいは「永遠なる英知」とは一体何なのか、また作品が全てであるなら、具体的にそれをどう読むのか、結局彼は一切語ることなく、図書館から早々と立ち去ってしまうのである。

ギフォードによれば、「形をもたない精神的な本質」という言葉は、ラッセルお気に入りのフレーズで、一九〇四年当時、彼がイェイツの詩の魅力を評するために用いたものである。また、ハムレットの言葉とならんで言及されるシェリー (P. B. Shelley, 1792-1822) は、新プラトン主義的ビジョン、すなわち感覚世界の背後にある真理に到達する能力をもつ詩人とみなされていた (195-96)。詩のインスピレーションは作者の私生活を超越したところからもたらされるという考え方は、歴史的にはロマン主義に由来する。従って、作品の価値は作者の私的レベルを超えた「深み」から生まれるのだ、とラッセルが語るとき、それは当時の文芸復興運動のみならず、広くロマン主義的な作者と作品の関係性を反映しているのである。

スティーヴンの『ハムレット』論（1）

スティーヴンが語る『ハムレット』論の中心は、作品が作者の実人生におけるトラウマを克服するために書かれたということと、作者自身が自分の作り出した作品世界へ登場するということである。ハムレットとは、シェイクスピアの夭折した実子ハムネットの分身であり、彼の前に現れて父の仇討ちを迫る亡霊こそシェイクスピア自身なのだ。シェイクスピアは、実人生において年上の妻アン・ハッサウェイに対して抱いていた性的なコンプレックスと、彼の弟達と彼女の姦通によって引き起こされた苦悩あるいはトラウマを、自らの作品世界において再構成し、ハムレットの復讐劇をとおして芸術的に昇華することを目論んだのである。

従って、亡霊を前にした観衆、あるいは読者は、時間を超えて回帰する作者の苦悩の声を聴くことになる。それはドラマ化されたシェイクスピアの「声」なのだ。このとき『ハムレット』という戯曲は、作者の死後も作者の声を「再生」させる装置として機能し、いわば作者の「意図」による作品の意味決定をドラマチックに演出した作品ということになるだろう。

『ハムレット』論を語るに際しスティーヴンが述べる亡霊の定義は、こうした作者と作品の関係を暗示的に語ったものである。

亡霊とは何でしょうか。スティーヴンは全身が火照るのを感じながら言った。死や、不在、マナーの変化によって、触知できなくなったものです。エリザベス朝ロンドンはストラトフォードから、退廃のパリが無垢なダブリンから遠く離れているように、離れていました。地獄の辺土から、彼を忘れた世界へ舞い戻ってくる亡霊とは誰か。ハムレット王とは誰か。

(*U* 9. 147-51)

この引用において、「亡霊」(ghost) という言葉は「作者」と置き換えて考えることが可能だろう。一旦文字として書かれた作品は、作者の手を離れて存在し始める。作者が死んだ後はもちろんのこと、作者が存命中であってもそうである。しかし亡霊としての作者は、彼の存在を忘れた世界へ「地獄の辺土」から舞い戻って来るのだ。

もしそうであるなら、この一節は、スティーヴンの声に重ねられた、ジョイス自身の「声」として読むこともできる。『ユリシーズ』という作品は、ダブリンを遠く離れた大陸の都市チューリッヒとパリで執筆された。作者シェイクスピアが亡霊の声となって『ハムレット』に回帰するように、正にジョイスの声が不在としての亡霊となって、スティーヴンに憑依し、ジョイスを「忘れた世界」すなわちダブリンへ舞い戻るのである。けだし、スティーヴンがストラトフォードとロンドンの距離を、ダブリンとパリのそれに喩えるのはこのためだろう。さらに言えば、このジョイスの亡霊の声は時空を超えて我々読者に届くのである。

確かに、『ハムレット』という物語は、エルシノアにあるデンマーク王の城に亡霊が出没し、その「声」をハムレットが「聞く」ことから始まる。亡霊の声、すなわち「父の仇を討て」という命令はハムレットに苦悩と逡巡をもたらし、またドラマの要所々々において発せられる亡霊の声が物語を前へ進めるのである。従って、もしスティーヴンが言うように、亡霊がシェイクスピア自身によって演じられる役割であるなら、作者は作品世界において主人公ハムレットに勝るとも劣らぬ重要な位置をしめることになる。それどころか、息子ハムレットは、父=作者のトラウマを作者に代わって苦悩する、狂言回しに過ぎないとさえ言えるだろう。

ただし、作者と作品を取り巻く状況は、少なくとも文学理論のフィールドに関する限り、スティーヴンが『ハムレット』論を語り、ジョイスがこの挿話を執筆した二十世紀初頭と現在とでは大きく異なっている。作者の手を離れた作品の独立性、すなわち作品とは言葉による構築物でありテクストであるということが、これまで繰り返し理論化されてきたのである。従ってテクストとしての作品は優れて社会的存在であり、作者が作品を書いた時の意図はもはや重要ではない。作者は「死んだ」のだ。

死んだ作者に代わって、作品の意味解釈の全面に押し出されるのは読者である。読者はテクスト自体の構造と機能を解明し、作者の支配から解放された自立的な「意味作用」(signification)を明らかにするのである。ニュークリティシズムにおける「意図の錯誤」(intentional fallacy)、そして何よりも構造主義以降の「作者の死」を文学研究の一つのコンセンサスとするなら、作者の人生と作品の関係およびそこから導き出される「作者の意図」を作品解釈の中心に置くスティーヴンの解釈は全くの時代遅れということになるだろう。

それなら、この挿話の持つ現代的な意味はどこに存在するのか。重要なことは、『ハムレット』論を語り終えたスティーヴンが、聴衆の一人であるジョン・エグリントンから「君は自分の説を信じているのか」と聞かれ、即座に「信じていない」と答えることである。つまり、彼は最初から『ハムレット』論を一つのフィクション、あるいは物語として語っているようなのだ。さらに理論的な面について言えば、「作者の死」というコンセプト自体、それが意味するものについて必ずしも完全なコンセンサスを得ているわけではなく、作者と作品の関係性をめぐる議論は今なおアクチュアルな問題であり続けている。[2]

バルトとフーコー

「作者の死」という言葉が文学研究において広く受け入れられる上で、ロラン・バルトとミシェル・フーコーという二人の思想家がはたした役割は大きかった。だが、アンドリュー・ベネット（Andrew Bennett）によれば、作品に対する作者の「不在」あるいは「消滅」という考え方が文学史において重要な意味を持つようになるのは、十八世紀末から十九世紀初頭にかけてのロマン主義の時代からである。その背景には、神と個人の直接的なコミュニケーションを重視したプロテスタンティズムの出現と、市民社会の発展による固有財産権の拡大、さらにカントのコペルニクス的転換、すなわち認識は経験からではなく、精神の構造に由来するという思想的なパラダイム変換があった。その結果、ロマン主義的作者像は、詩人自身が持つ独創性と個人を超えたインスピレーションというパラドクスの上に成立することになった。換言すれば、優れた作品は作者の才能によって生まれるが、作品自体の意味を作者は知らないということである。

二十世紀の文学は、このロマン主義のパラドクスを、作品に対する作者の「無知」、あるいは作品の自立性ゆえの作者の「匿名性」と、自伝的文学のもつ「告白」という形式として受け継いだ。重要なことは、匿名性と告白とは相矛盾するものではなく、自伝的文学が自己を非人称化し、作品と自分の関係を否認する手段となりうると同時に、正に非人称であることによって強い個性の表出となりうるということである (Bennett, 71)。

ジョイスの『肖像』において、スティーヴン・ディーダラスが語る芸術家の姿は、作品世界から自らの姿を消し去る作者への言及としてよく知られている。

> 芸術家の個性は [……] 終には自らを消し去り、いわば自らを非人称化するのです。[……] 芸術家は、創造する神のように、自分の作品の内部あるいは背後で、その向こう側あるいはその上で、透明になり、消え去って、無頓着に爪を切るのです。(*P* 219)

作品世界から姿を消した不在としての作者は、かえって超越的な権威を獲得し、世界を創造した神のように作品世界を背後から統括する。その結果、彼は作品の意味の源泉となり、それを求めることが読者の仕事となる。不在であることが、逆に作者の存在を保証するのだ。ベネットは、バルトのいう「作者の死」という考え方にも、この歴史的なパラドクスが潜んでおり、フーコーはそれに気付いていたと言う。

フーコーの「作者とは何か」("What is an Author?" 1969/1979) は、バルトの「作者の死」("The Death of the Author" 1967/1968) が目指したものをより的確に遂行するための提言として読むことができる。その核心は以下の二つにまとめられるだろう。(1) 作者という概念が近代になって形成された歴史的な産物であるということと、(2) 作者は作品に先立って存在するのではなく、作品が生まれると同時に存在し始めるということである。

この二つの点から導き出されるのは、作者が決して超越的で作品を支配する存在ではなく、歴史的な要請によって構築された「機能」であり、場合によっては時代の変化の中で消滅しうるコンセプトであるということと、作品は作者の声あるいは作者によって意図された意味を直接的に再現するものではないということである。こうして、作者に代えて、バルトは言語活動あるいは「書くこと」=エクリチュール (écriture) という言葉を導入し、「語るのはエクリチュールであって作者ではない」という。一方、フーコーは言説あるいはディスコース (discourse) という言葉を導入し、「全てのディスコースは、それが如何なる位置、形式、価値をもつにせよ、また如何なる扱いを受けるにせよ、つぶやきの匿名性として生み出される」とする。[3]

ベネットが指摘するように、ここで両者の違いとして注目すべき点は、エクリチュールという言葉に対するフーコーの懐疑である。何故なら、それは「作者の死」がもつ本来の可能性を無効にし、逆に「作者を巧妙に存続させる」とフーコーが考えるからである。ただしフーコーはエクリチュールという言葉自体の有効性を全面的に否定しているわけではなく、むしろその意味が十分に実行されない状況を危惧するのだ。

［エクリチュールという］概念が厳格に適用されるなら、私たちは作者への言及を回避できるだけでなく、その今日的な不在を位置づけることができるだろう。［……］しかし、現在の用法を見るに、エクリチュールという概念は、作者について経験的に知りうる特質を超越的な匿名性に置き換えるように思われる。私たちは、経験によって得られる、より可視的な作者のイメージを、エクリチュールを特徴付ける二つの方法を相互に張り合わせ、消し去ることで満足しているのだ。すなわち、批評的アプローチと宗教的アプローチである。エクリチュールに源初的な地位を与えることは、超越的な言葉によって、その神性を宗教的に肯定し、同時にその創造性を批評的に肯定することなのだ。（144）

ここで「宗教的アプローチ」とは、聖書の言葉（エクリチュール）を研究することによって、超越的な神の意志を確定しようとしたプロテスタンティズムを、また「批評的アプローチ」とは、テクスト解釈を中心においた文学研究において、執拗に回帰する超越的な作者像を、それぞれ念頭に置いているものと思われる。
フーコーが言説、あるいはディスコースという言葉を使用するのは、エクリチュールがはらむこうした問題を回避するためである。エクリチュールが神の意志や作者の意図を温存するのに対して、ディスコースという言葉によって喚起されるものは、特定の個人や人格ではなく、社会的・歴史的な言葉のネットワークおよびその働きだからである。そのようなネットワークの中では、作者は主体としての一人の人間から、特定の言説を束ねる「作者の名前」およびその機能として位置付けられるのだ。

作者の名前は、言説の内側からそれを生み出したリアルな外部の個人へと到達することはない。そうではなくて、名前はテクストの輪郭を決め、その形式を明らかにし、あるいは、少なくともそれを特徴付けることで存在するのだ。作者の名前は、ある一定の論述的まとまりが出現したことを明らかにし、その言説が社会や文化の中に占める位置を指し示すのである。(147)

フーコーは作者の名前がもつ機能を「作者機能」(author function)と呼び、その四つの特質を指摘する。(1)特定の社会や文化の法や制度と結びつき、責任や権利の所在を明らかにする。(2)どのような言説にとって作者機能が必要となるかは時代によって変化する。(3)複数の言説の相互作用の結果として構築される。（4）実際の書き手と作中の語り手双方からの分裂と距離において機能する。

こうして、「作者の死」というバルトの過激な言葉を批判的に継承したフーコーが目指すものは、作者というコンセプトが、歴史的な文脈の中で如何に作られ、作用してきたのかを明らかにすることである。具体的には十八世紀以降の社会情勢、すなわち新興ブルジョワによる富の独占が、作者による作品の意味の独占と連動し、その「危険な増殖」を抑制することを指摘するのである。

従って、次に必要となるのは、そのような抑圧的な作者の権威を剝奪することであるが、そのためには我々がこれまで当然なものとして受け入れてきた作者の概念を完全に逆転させなければならない。何故なら、我々にとっての一般的な作者のイメージとは、作品に「無限の意味作用」を付与した天才というものであり、フーコーによれば、そのような作者像は歴史的な事実を反映していないからだ。

真実は全く逆なのだ。作者は作品を充溢させる無限の意味の源泉などではない。作者は作品に先行しないのだ。我々の文化における作者とは、制限し、排除し、選択するために機能するある種の原理であり、要するに、作者によって、作品の自由な流通、自由な操作、自由な構成と分解、及び再構成は妨げられるのだ。もし我々が、作者を天才として、絶えざる発明の横溢として見ることに慣れているとしたら、その理由は、正に我々が、実際にはこれと全く逆の機能を作者に与えているからである。歴史上の本当の機能とは逆のものとして提示されるが故に、作者とはイデオロギーの産物といえるのだ。(159)

ここでフーコーが指摘するのは、作者というコンセプトがもつパラドクスである。傑作を生み出した作者、汲めども尽きぬ意味の源泉としての作者が、実際の作品解釈の場面においては、創造的で自由な解釈を抑圧するのだ。しかも、このような抑圧的な「作者機能」こそ、ブルジョワ社会の要請に従って、いわば「自由な」作品解釈によって作られた作者像であるにもかかわらず、その事実が隠蔽されてしまうのである。

「作者の死」とは何か

ここまで述べてきた作者をめぐるパラドクスを整理すると次のようになるだろう。

ロマン主義のパラドクス

- 作品は作者の個性に由来する。
- 作品は作者を超越したところからもたらされる。

ブルジョワ社会のパラドクス

・作者が作品の多様な意味を保証する。
・作者が作品の意味を限定する。

ロマン主義のパラドクスは、一個人である作者が、作品のインスピレーションを得る特殊な能力に恵まれていることを意味する。ここから、作者＝天才という一般に流布した言説が作られる。穿った見方をすれば、天才としての作者像は、ロマン主義のパラドクスに折り合いをつけるために生まれたとも言えるだろう。だが、正にこの特権化された作者のイメージから、フーコーの指摘するブルジョワ社会のパラドクスが派生するのである。

冒頭で紹介したラッセルの作品論が、ロマン主義のパラドクスを反映したものであることは既に述べたが、彼の以下の言葉はブルジョワ社会のそれを反映するものとして読むことができる。

偉大な人間の家庭生活を詮索するなんてことは［……］せいぜい教区の庶務係の関心事だ。我々には作品があるということです。［……］作者がどんな人生を送ったかを考えてどうするのか。当時の楽屋のおしゃべりをあれこれ調べる、作者の飲酒だの、借金だの。我々には『リア王』という作品がある。不滅の作品がね。（*U* 9. 181–88）

ラッセルはシェイクスピアが「偉大な」作者であり、よって彼がどんな人生を送ったかは問題ではないとする。重要なのは「不滅の」作品なのだ。しかし既に見たように、彼のいう作品とは「形をもたない精神的な本質」を体現するものであり、具体的なテクスト分析の対象ではない。事実、彼による具体的な作品分析が提示されることはないのだ。

その結果、作品そのものが神秘化され、その意味をオープンに語ることはほとんど不可能になる。正に、作者の天才を主張することで、それが作品の「不滅」、すなわち解釈の多様な可能性を保証するとしながら、実際は天才であるが故に、その作品の自由な解釈は極度に制限されるのである。こうして、フーコーの言葉を借りれば、作品の意味はラッセルが「独占する」のである。フーコーが「死」を宣告するのは、正にこのような抑圧的で、作品の意味を制限する特権化された作者に対してである。繰り返しになるが、この特権化された作者自体が、近代以降のブルジョワ社会のイデオロギーによって構築されたイメージあるいは「作者機能」であるにもかかわらず、それが作者に内在する素質であるかのような倒錯的な言説ができあがるのである。

作者が天才として特権化されることにより、作者についての私生活も含めた自由な議論が抑圧され、さらに作品の多様な解釈が制限され続けるなら、作品は読者の手から隔離され、その意味は一部の「専門家」によって管理、独占されることになるだろう。本当の意味での「作者の死」である。従って、作者を非特権化すること、そのような作者に「死」を宣告することが、逆に作品を新たな意味の可能性へと開き、「作者の再生」を促すのである。

この意味で、ラッセルが立ち去った後の以下のスティーヴンの意識は示唆に富んでいる。

僕の周りの納棺された思考、ミイラの箱の中、言葉の薬味で防腐処理されて。トト、図書館の神、鳥神、月の冠を頂く。［……］思考は静かだ。かつては人の脳の中に息づいていた。静かだ。だが彼らの中には、死によってもたらされる渇望がある、僕の耳に切々と語り、望みを叶えてくれと訴えている。（*U* 9. 352–58）

書物となり、図書館に納められた「思考」は、両義的な状態にある。それは文字によって「防腐処理」、すなわち固定されることで、一義的には死んだ状態にあるが、同時に書物は未来の読者へのタイムカプセルであり、本としての思考は永遠の命への可能性を与えられている。それは正にミイラとなった人間が、未来の復活を夢想するのと似ている。

図書館の神トトとは、古代エジプト神話において、知識と学芸を支配する神であった。彼は神々の書記であり、他の神々の言葉を記録し、歴史を司り、予言を行った。スティーヴンはそのようなトトを、書物を管理し、そこに書かれた文字=「思考」の番人としてイメージする。彼を介さなければ書物の意味を知ることはできないのだ。とすれば、作者の意味を独占しようとするラッセルは、この古代エジプトの鳥神の生まれ変わりということになる。事実、ヘレニズム期の新プラトン主義者たちは、トトをギリシア神話の神の使者ヘルメスと同一視し、「三重に偉大なるヘルメス」と呼んでいた。けだし、世紀転換期ダブリンにおける新プラトン主義者ラッセルには相応しいイメージである。

スティーヴンは、ラッセルによって特権化された作者が、そのイメージとは裏腹に、作品の解釈の可能性を抑圧され、いわば図書館に「埋葬された死者」であることを看破している。彼の耳には、ミイラとなりながら自らの物語に耳を傾けることを求める「死んだ作者」の愁訴の声が聞こえるのだ。スティーヴンが独自の『ハムレット』論を展開するのは、このような死者の訴えに応えるためであり、シェイクスピアを天才という軛から解き放ってやるためである。

スティーヴンの『ハムレット』論（2）

いわゆる「シェイクスピア崇拝」(bardolatry) の基盤が作られるのは、名誉革命の後、内においてはプロテスタント国家としてイギリスが再構築され、また外においては植民地経営による世界支配が画策された時代においてであった。十八世紀を通して、シェイクスピアはイギリスのナショナル・アイデンティティーを象徴する存在となるのである。この傾向はロマン派の時代にさらに強化され、上述したように、シェイクスピアは歴史を超越した天才として普遍的な価値を体現する詩人となる。

ヴィクトリア朝に入ると、大衆の教育と植民地での教育が大きな課題となる中で、その手段としての英語は急速に重要な学問対象となる。そして十九世紀末までには、新たな教科として導入された英文学においてシェイクスピアは中心的な役割を担うことになった。彼の作品はプロテスタント英国の精神を体現しているとされ、インドのような植民地においてはシェイクスピアの作品が聖書に代わって現地の住民を「文明化」するに相応しいテクストと考えられたのである(Singh, 128)。

アンドリュー・ギブソン(Andrew Gibson)は、ジョイスが生まれ、『ユリシーズ』が執筆される一八八〇年代から一九二〇年代がイギリスの文化ナショナリズムの形成期に重なっていたことを指摘する。ナショナル・バイオグラフィーやオックスフォード辞典の編纂、「学」としての英文学の成立はその具体例であるが、「シェイクスピア崇拝」という言葉がバーナード・ショー(George Bernard Shaw, 1856–1950)によって作られるのは正にこの時期である。シェイクスピアの作品は批評の対象ではなく、もっぱら称賛の対象となり、テクストの解釈や分析は影を潜めるのである(68–71)。

二十世紀初頭のアイルランドにおいてシェイクスピア崇拝の精神的な後楯となったのは、ユニオニストでケンブリッジ大学トリニティカレッジ教授のエドワード・ダウデン(Edward Dowden, 1843–1913)であった。イギリス最初の英文学教授の一人とされる彼は、シェイクスピアが完成された人格を持つ世俗に長けた実務家であるとし、プロテスタント=イギリスの文化的普遍性を体現するに相応しい人物と考えた。第九挿話に登場する実在の人物たちの中で、エグリントンやリスターはダウデンの影響下にあった。一方、ラッセルやベストはイェイツを後楯とするアイルランドの文化的ナショナリズムを信奉し、シェイクスピアの天才が世俗を超えたロマンティックな想像力にあるとした。この両者の対立が挿話の歴史的な背景となっているのである。フーコーの「作者機能」という言葉によって考えれば、前者はイギリス帝国主義のイデオロギーによるものであり、後者はアイルランド・ナショナリズムのイデオロギーによって構築されるシェイクスピア像である。ナショナリズムが帝国主義によって生まれた鬼子のように、「親」の悪癖を反映していたことはしばしば指摘されることだが、ここでも同じようなことが起きている。ラッセルが「天才」シェイクスピアの偉大さを強調することで、作品の意味を限定し独占しようとする姿は、ダウデン的な言説において、「人格者」あるいは理想的なイングリッシュ・ジェントルマンとしてのシェイクスピア像が優先され、それを覆すような作品解釈が抑圧される事態と、その結果において似ているからである。

ギブソンによれば、スティーヴンのスタンスは、この対立（もう一つのスキュレとカリュブディス）のほぼ中間にある。シェイクスピアの具体的な生活を重視することで、イェイツ的な「天才シェイクスピア」といったロマンティックで神秘的作者のイメージを避けながら、同時に性的トラウマに苦しむ作者のナイーヴな面を全面に出すことで、ダウデン的な「人格者シェイクスピア」といったイメージをも批判するのだ。ギブソンによれば、それはプロテスタント＝アングロ・アイリッシュ化されたシェイクスピアを、カトリック＝アイリッシュ化する試みでもある

(75-77)。確かに、スティーヴンが語る『ハムレット』論は、このような歴史的コンテクストを踏まえるならよく理解することができる。彼が亡霊としての「作者の声」に耳を澄ますのは、先ず何よりも「天才」とか「人格者」という抑圧的な「作者機能」からシェイクスピアを解き放ち、作品をより自由な解釈の場に引き出すことで、死んだ作者を「再生」させるためのパフォーマンスとして解釈できるのだ。

このようなパフォーマンス自体が、一つの「作者機能」の創出であり、作者の意図の構築であることは避けられない。彼の議論のもとになるのは、シェイクスピアの戯曲に登場する悪党たちの名前(エドマンドとリチャード)が作者の実の兄弟の名前であるということと、遺言において妻には「二番目に良いベッド」しか遺さなかったということである。また、彼が自説の参考にする文献自体は虚構性の高い当時の伝記であり、実証的な学問的資料ではない(Gifford, 192)。畢竟、彼の『ハムレット』論はナイーヴな、「素人」の議論としての側面を免れ得ないのだ。誰よりもこのことを一番良く理解しているのはスティーヴン自身であり、彼が自らの議論を信じているのかと問われ、即座に「信じていない」と答える理由の一つはここにあると思われる。

既に指摘したように、彼の議論はフィクションとして、一つの物語として読まれなければならない。彼にとって、シェイクスピアとは『ハムレット』の登場人物であり、歴史上の実在の書き手とは直接的には結びつかないのだ。さらに、より重要なことは、彼の議論によって明らかになるものが彼自身であるということだ。若き日の性のトラウマと、名声を得た後も妻の姦通への疑いに煩悶し、それを創作の根源的なエネルギーとするシェイクスピアとは、先ず何よりも、芸術家志望のスティーヴンが、自らのモデルとして思い描く「あるべき芸術家」としてのシェイクスピア像なのである。

換言すれば、自身が抱えるトラウマ、臨終の床にあった母の最後の願いを拒絶し、母によって体現されるカトリック教会そのものを拒絶したことによる魂の傷に苦しむスティーヴンは、第九挿話において独自のシェイクスピア物語を構築することによって、その傷と向き合い、それ以外に自身の芸術創造の原点はあり得ないことを自らに納得させようとするのである。畢竟、彼の語りは分裂し、図書館に居合わせる聴衆よりも、むしろ自分自身との対話としての特質を色濃く帯びることになる。

子を宿すことを実感するという意味での父性とは、我々には未知のものです。それは唯一の父から唯一の子へ受け継がれる神秘、使徒継承なのです。狡猾なるイタリアの知性がヨーロッパの群衆に投げ与えた聖母の上にではなく、正にこの神秘の上に教会の基礎が置かれ、ゆえに動かし難く置かれました。何故なら、大宇宙と小宇宙なる世界と同じく、混沌の上に置かれたからです。不確定の上に、あり得ないものの上に。母（へ）の愛、主格かつ目的格属格だけが、人生で唯一本当のものなのかもしれない。父性とは法律上の虚構なのかもしれません。息子が愛し、あるいは息子を愛するような、そんな父親がいるでしょうか。

お前は一体何が言いたいのだ。
分かってる。うるさいぞ。畜生。僕には訳がある。(*U* 9. 837–47)

第九挿話中、おそらく最もよく引用されるこの一節は、キリスト教の中心をなす父なる神と子なる神イエスの関係について語りながら、その神秘の関係性を一つの隠喩として、シェイクスピアと彼が作り出したハムレットの関係、すなわち芸術家の創造的行為について語る部分である。だが、このようなことを語る真の理由が彼自身の抱えるトラウマにあることは、後半から最後の分裂した自問自答において暗示されている。

母の愛=母への愛は「人生で唯一本当のものかもしれない」という言葉は、既に第二挿話、スティーヴンが教える小学校の場面で、授業後質問にやってきた出来の悪い生徒を前に、この子にも母がいて、母が世間の侮蔑からこの子を守り愛したのだと考える際に使われている。第2章で述べたように、ここには、母の愛を裏切る息子への母の失望と、母への愛ゆえに自らの背信によるトラウマに苦しむスティーヴン自身の懊悩が投影されているのだ。「父性とは法律上の虚構かもしれない」以下の部分についても、例えばケナーは、これが破産したスティーヴン自身の父を念頭においた言葉であるとする(1982, 113)。

家族とは何か、人生で信ずるに足る真実とは何か。スティーヴンは極めて私的な、しかし多くの人が経験するであろう切実な問題に直面している。彼はシェイクスピアについて語ることで問題の答えを求め、同時に「妻の姦通に苦しむ夫」としてのシェイクスピア像を構築し、それを自らの目指すべき芸術家のアーキタイプとするのである。その結果、彼の語りは表面上の議論と背後にある私的な葛藤に分裂し、それが自問自答となって表面化することになる。「僕には訳がある」という部分で reasons という複数形が用いられるが、その理由は、これまで述べてきたことからある程度説明できるだろう。スティーヴンは独自のシェイクスピア像を構築することで、帝国主義とナショナリズムという時代の要請によって作られた抑圧的な「作者機能」からシェイクスピアを解放しようと試み、かつ新たに提示されたシェイクスピア像をモデルとすることで、自らの抱えるトラウマを芸術創造の出発点に置こうとするのである。

既に指摘したように、スティーヴンの一連の語りは、歴史上のシェイクスピア、あるいは「実在した書き手」とは直接的には結びつかない、一読者による作者の構築である。しかし、「作者の死」以降の議論が明らかにすることが、作者とは「作者機能」であり、読者あるいは社会によって構築されるものであるとするなら、「実在した書き手」とはあくまでも理論上の要請であって、どれほど実証的な手段を駆使するにせよ、我々はそのような作者を直接的に再現することは不可能ということになろう。換言すれば、スティーヴンの行う「ナイーヴな」議論と実証的・学問的議論の差異は、基にする資料の質と扱い方の違いであって、作者構築という一点においては本質的な違いはないはずなのだ。それは四つの「作者機能」によってフーコーが示したように、時代の要請と実証的な資料という複数の言説の相互作用に基づく終わりの無い知的かつ精神的な営みなのである。

このように考えると、スティーヴンの『ハムレット』論は、作者と作品、および読者（社会）の関係を寓意的に示していることが理解できる。彼がハムレットについて語ることによって彼自身のことを語るように、どのような作者像が構築されるかということが、その時代のイデオロギーや、社会の欲望を反映するのである。

「街の雑音」と揶揄する語り手

『肖像』においてスティーヴンが語る、作品の背後で爪を研ぐ不在としての作者のイメージが、世界に対して沈黙する神の姿に喩えられていることは既に述べた。第九挿話においても、神の問題は、ラッセルとの議論が開始すると同時にスティーヴンの意識に上る。

お前の懐刀の定義を抜けよ。馬らしさこそが全ての馬の本質。奴らは上昇と下降の流れおよび霊体を崇める。神、それは街の雑音、実に逍遥学派的。（*U* 9. 84-86）

ラッセルのイデア論に対して、スティーヴンは逍遥学派と称されたアリストテレスをもって応じようとするが、この対立に拠って考えるなら、ここで「街の雑音」としての神とは、イデアに対する個物、人が街の中で遭遇する事象のことであろう。神はイデアのような超越的な存在としてではなく、具体的な個々の事象としてしか存在し得ないというのがスティーヴンの立場である。

既に述べたように、この考え方が最初に示されるのは第二挿話「プロテウス」で、彼がディージー校長と歴史について対話する場面である。


——創造主のやり方は我々とは異なる、とディージー氏は言った。全ての人類の歴史は偉大なる一つのゴールへと向かっている。神の顕現だ。

スティーヴンは親指をぐいっと窓の方へ向けると、言った。

——あれが神です。

やった！　いいぞ！　ひゃっほー！

——何だって。ディージー氏が尋ねた。

街の叫び声です、とスティーヴンは答え、肩をすぼめた。（*U* 2. 380–86）

歴史を神の顕現というゴールに向けての進行としてとらえる歴史観は、フーコー流の言い回しで表現するなら、意味の「危険な増殖」を抑制し、そこに単一の目的を見ようとする歴史観と言えよう。

スプー（Robert Spoo）は、このような歴史観を目的論的歴史観（teleological concepts of history）

と呼び、それが複雑な現実を結末へと収斂する単純な物語あるいは因果論へと変換することで、物語に収まりきらない事象を排除・抑圧することを指摘している。事実、ディージー校長はユダヤ人と女性が神の顕現に向かう歴史の障害であるとするが、スプーによれば、この歴史観の背景には十九世紀の進歩主義的な歴史観があり、ニーチェ（Friedrich Wilhelm Nietzsche, 1844–1900）はそれを『道徳の系譜』（*Zur Genealogie der Moral*, 1887）において批判し、カール・ポッパー（Karl Popper, 1902–1994）は目的論的歴史観が神の名において暴力を肯定し、歴史の中で実際に苦悩する無名の人々の声が無視されることを看破した。スプーはスティーヴンの立場を可能態（entelechy）としての歴史観と呼ぶが、可能態とは個々の事物が持つ変化の可能性を意味するアリストテレスの用語である。従って、それは歴史上の多様かつ具体的事実を重視し、様々な事象を単純な因果論へ変換することへの批判なのだ（66–72）。

スティーヴンの「街の雑音」あるいは「街の叫び声」としての神は、目的論的歴史観を生み出す超越的な神への対抗軸として導入される。換言すれば、それはロゴスとしての神の否定、すなわち、混沌とした事象を明確に弁別する言葉への懐疑である。明確に語る行為は、意味を特定の視点から確定しようとする行為であり、人を説得し、意図された意味を共有することを求める。これに成功した場合、言葉は真理を伝える、あるいは言葉において真理が顕現するとされるが、その際、そのような「真理」が言葉自体のもつ働きによって生み出されたものであり、説得性あるいは首尾一貫性そのものが抑圧と排除の結果であることが隠蔽されるのである。スティーヴンは「街の雑音」としての神によって、この「真理」としての神を回避しようとするのだ。

だが同時に、「街の雑音」とは沈黙の否定でもある。『肖像』のスティーヴンが語る「作品の背後で爪を研ぐ作者」が、超越的な神の沈黙を芸術創造の隠喩とし、それがロマン主義以来の作者像を集約するものであることは既に述べたが、完全な沈黙は超越的な存在を招来し、人はそこに隠された神=作者の意図を見出そうとする。このような行為が歴史の中で特定のイデオロギーと結びつき、抑圧的な機能を発揮することをフーコーは問題にしたが、『ユリシーズ』のスティーヴンは、正にこの沈黙する神に代えて「街の雑音」を神の位置に置こうとするのである。

こうして、「街の雑音」としての神は、明確な言葉と完全な沈黙を共に否定する。それは様々な音や声の集合であり、それ自体としては意味を持ち得ない。だが、集合体であるから、それを解きほぐす行為、あるいは耳を澄ます者には、個々の音や声が聞き分けられるはずなのだ。第4章で取り上げたゴースト・ナレーションはそのような「雑音」の一例であるが、第九挿話の語りの特質は、非人称の語り手が作中人物の言葉を反復したり、言い換えたりすることによって、作中人物を揶揄する点にある。

例えば、シェイクスピアが遺言の中で妻には一番良いベッドではなく、二番目に良いベッドしか残さなかったのは何故なのかが問題になる場面で、語り手は議論する人々の言葉を次のように提示する。

——明らかに、ベッドが二つあったのですね、ベストと二番ベストが、と二番ベストのベスト氏が見事に言った。

——食卓と寝床を同じゅうせず、とバック・マリガンがベターに語り、賛同を得た。

——昔の人は有名なベッドについて言及してますな、二番エグリントンが口をすぼめ、ベッド賛同した。ちょっとまってくれよ。(*U* 9. 714-19)

この場合、語り手の言葉は、単に作中人物の言葉を繰り返すにとどまらず、それを歪曲し、作中人物たちを揶揄すると同時に、自らの存在を誇示し、語りの行為そのものを前景化する。

大きな枠組みで言えば、こうした語り手はアレンジャーに含まれるが、作中人物の内側からではなく外側から大胆に干渉するので、第1章で提示した私の分類に従えばアレンジャー2に当てはまる。因に、川口はこの語りの特質を「言葉が『事実』を追い抜」き、「描写されるべき『実体』を超えて言葉が一人歩きを始める」と表現し(171-72)、また結城は、それが「一切を統括するメタ言語渇望の身振りである」とし、最終的にはシェイクスピア論を披瀝するスティーヴンの自意識の反映とみなすことができるという(220)。

結城自身も述べているように、一見突拍子も無い語り手の関与も、それが作中人物の意識の反映であるなら、語りの形式としては「自由間接話法の延長に過ぎない」ことになる。こうした捉え方はベンストックによっても表明されているが(32)、私は次の二つの理由からこれに異議を唱えたい。

一つ目の理由は、川口が指摘するように、スティーヴン自身が語り手の干渉を受ける場面があるからだ。それはシェイクスピアの結婚が間違いだったという説に言及するエグリントンにスティーヴンが「横柄に」反論する時である。


――皆、シェイクスピアが過ちを犯したと思っているさ、とエグリントンが言った。そしてできうる限り迅速かつ巧妙にそこから逃れたとね。

――馬鹿な！ スティーヴンが横柄に言った。天才は過ちを犯さないものです。彼の過ちは意図的なものであり、発見への正門なのです。

発見の正門が開き、クエーカーの司書が入ってきた、柔らかに靴をきしらせ、禿げて、耳をそばだて、一言も聞き落とすまいと。（*U* 9. 226–31）

「発見への正門」という言葉が、語り手によってそのまま反復されることで、スティーヴンの「横柄な」態度は明らかに揶揄の対象とされている。さらにここでは「天才」という言葉が、スティーヴン自身によって用いられていることも語り手による介入を招いた一因と考えられる。上述したように、彼の論点はラッセルに代表される「天才シェイクスピア」を批判し、「妻の姦通に苦しむシェイクスピア」像を提示することにあるとすれば、彼自身がシェイクスピアを天才呼ばわりすることは明らかな自家撞着だからだ。

二つ目の理由は、正にスティーヴンが主張する「街の雑音」としての神というコンセプトを、語り手が肯定し、いわばそれを自らの語る行為において実践することにある。上述したように、そのような神は決して支配的な言説となって現れることがなく、常に複数の声の集合体として存在する。これを裏返せば、もし特定の言説が中心的な位置をしめ、抑圧的な力を発揮し始めるなら、それは何らかの手段で無力化されるということである。その意味で、たとえスティーヴンであっても、天才の名をかたり、横柄な（抑圧的な）態度にでれば、語り手の揶揄の対象となりうるのである。

第九挿話において支配的な言説は「人格者シェイクスピア」を支える帝国主義的イデオロギーと、「天才シェイクスピア」を唱えるロマン主義的ナショナリズムであるが、早々と退場するラッセルを除けば、こうした言説を信奉する作中人物全員の言葉が、語り手によって歪曲され、あるいは滑稽なかたちで反復されるのである。スティーヴンはその両者から距離を取り、独自のシェイクスピア論を展開するのだが、それが支配的な言説になる可能性を示したために、語り手によって即座に揶揄されたのである。

第九挿話中、語り手によるスティーヴンの言葉の滑稽な反復は、引用した一カ所のみであり、論が進展し始めると語り手の矛先は他の作中人物に向けられ、スティーヴンはそれを免れる。恐らくその理由は、彼の論が私的な動機付けによる「ナイーヴ」な、よって決して抑圧的力を持ち得ないものであり、最終的には論者自身によってその正当性を否定される運命にあるためと思われる。

しかし、自らのシェイクスピア論の一部としてスティーヴンが提示した「街の雑音」としての神という考え方は、論自体が否定されても、いや、むしろ否定され無力さを露呈するからこそ、逆に語り手の機能となってその威力を発揮するのだ。穿った言い方をすれば、彼のシェイクスピア論が「街の雑音」の一つとなる時こそ、論に込められた意味、すなわち語り手の機能が我々の前に顕現するとも言えるだろう。マッケイブ（Colin MacCabe）は、スティーヴンがシェイクスピアの人生を首尾一貫した物語に仕立てることで、人生における偶然性を排除しようとするが、結局そうした行為にスティーヴン自身が確信を持てないとする（119–20）。語り手は彼のそのような懐疑と無力さを良しとするのだ。

あらゆる支配的な言説に抵抗し、揶揄することを止めない語り手、それは作品世界への露骨な介入によって自己の存在をアピールしながら、しかし常に非人称であり、特定の人物に還元できない。このような語り手の行為を、作者ジョイスの操作であると言うことは可能であろう。だがこの「作者」は自らが生み出した作品世界の如何なる人物、如何なる言説にも特権的な位置を与えないことによって、作者自身の依って立つ視点も決して読者に示すことがないのだ。その「声」は語ることを止めず、しかも語る行為が一つの意味へと収斂することを執拗に回避するのである。

第九挿話の最後において、スティーヴンはシェイクスピアの『シンベリン』からの言葉を想起する。

争いを止めよ。シンベリンのドルイド僧、秘儀の司祭らの平和が、
広き大地の祭壇より来る。
　　　　　　　　　神々は誉むべきかな、すぐにも
　　神聖なる祭壇から棚引く煙を立ち昇らせ、神々の鼻の穴まで
　　届かしめよう。（*U* 9. 1221-25）

ダブリン図書館を舞台に、スキュレとカリュブディスに象徴される様々な対立と議論が展開した挿話は、こうして古代ケルトの異教の神々への祈りの言葉によって締めくくられる。それはキリスト教的な唯一神の声（ロゴス）に替えて、様々な声の集合、すなわち「街の雑音」としての神の声を称揚することである。仮に露骨な介入を行う非人称の語り手が作者ジョイスに結びつくとしても、その「声」はハムレット王の亡霊の声のように仇討ち（一つの意味）を迫ることはなく、むしろ単一の目的に向けて多様な事象が再構成されることを執拗に阻むのだ。揶揄する語り手は、作者の「声」を否定することにおいて、それを作品世界へ回帰させるのである。

第6章

断片化とマイナーキャラクターの声

「さまよえる岩」

第十挿話「さまよえる岩」では、それまでの挿話で中心的な位置を与えられてきたスティーヴンとブルームが相対化され、彼らと直接的には結びつかない様々な人々（マイナーキャラクター）や事象が数多く描写される。フランク・バッジェン（Frank Budgen, 1882–1971）はこの挿話の主役がダブリンそのものであると述べている（125）。語りのスタイルもより実験的で奇抜になり、内容においても形式においても第十挿話は『ユリシーズ』の前半と後半の転換点として見ることができる。[1]

挿話自体は十九のセクションに分割され、そこに午後三時から四時までの間のダブリン市民の様々な姿や出来事が断片的に映し出される。こうした断片は挿話全体でみればほぼ時間の流れに沿って配列されているが、一つの場面描写に、全く別の場所で起きている事の描写が突然挿入され、それが後のセクションの中心的な場面となって展開したり、同じ出来事が別の視点から言葉を変えて繰り返し描写されたりする。断片を様々な形で結合するこのコラージュ的手法によって、読者はダブリンという都市を空間的な広がりとしてイメージすることができるのである。[2]

だが、改めて言うまでもなく、『ユリシーズ』の舞台となる二十世紀初頭のダブリンは大英帝国の植民地都市であり、またカトリック教会の威光が人々の精神生活の隅々まで支配し、政治的にも大きな影響力をもつ「中世的な」都市でもあった。挿話の冒頭から登場するコンミー神父は、このカトリック教会の威光を代表している。彼は街のほぼ中心部にある修道院から徒歩と市街電車で北東へ向かう。一方、大英帝国を代表するのはアイルランド総督の馬車行列である。こちらは街の北西に位置するフェニックス・パークから中心部を縦断し、東南のミラス慈善市へと向かう。馬車行列は挿話の後半から言及され、最後のセクションでその移動のルートと人々の反応が総括的に描写される。

ダブリンを貫くこの二重の権力構造を、スティーヴンは第一挿話で「僕が仕える二人の主人」と呼ぶが、正にこの二人の主人が目に見える姿となって第十挿話を始まりと終わりの両端から囲い込むのであり、一見多様にみえる市民生活も基本的にはその枠組みから逃れ得ないことが象徴的に示されるのだ。いわば語りの自由で斬新なスタイルと、それが提示する世界の閉塞的な後進性がこの挿話の一つの注目すべき特質なのである。

コンミー神父と語りのアイロニー

修道院長、イエズス会士ジョン・コンミー神父殿は、彼の滑らかな時計を内ポケットにしまい、司祭館の階段を下りてきた。三時五分前か。アーティンまで歩くのにはちょうど良い時間だ。あの少年の名前はなんといったかな。ディグナム。そうだ。「誠に相応しく正しきかな」。スワン平修士に会う必要がある。カニンガム氏の手紙。そうだ。できれば彼に恩を売っておこう。実際的で、よきカトリック信徒だから伝導の時期には役に立つ。(*U* 10. 1–6)

引用したのは第十挿話の冒頭部分である。彼は、第六挿話で埋葬されたディグナムの遺児が孤児院へ入れるようにと奔走するカニンガムの手紙を受け、それをもって口利きの便宜を図ってやるためにアーティンにある孤児院まで出かけるところなのだ。

最初の文は非人称の語り手によるコンミー神父の客観的な描写に見えるが、冗漫とも思える神父の肩書きを省略せずに提示し、彼が内ポケットにしまう時計を「滑らかな」と表現することに、語りのモダリティー(心的態度)を読み取ることができる。それは宗教的・社会的権威がもつ神父の自己満足へのアイロニーとして機能するのだ。続く神父の内的独白は、アイロニーの対象とされるべきものを一層明確にする。彼はディグナム(Dignam)の名前から連想したラテン語のフレーズ「相応しく」(*dignum*)を駄洒落のように思い浮かべ、さらに、カニンガムは「実際的」で「役に立つ」信徒だから「恩を売っておこう」と考えるのだ。「実際的」(practical) という言葉は彼自身の世俗的な計算高さだけでなく、おそらくジェズイット教団そのものの特質を反映した言葉でもあろう。

冒頭のパラグラフにおいて、語りのモダリティーが語り手の言葉使いと語彙によって間接的に示されるとすれば、続くパラグラフでは語り手自身の介在がより鮮明になる。

片足の船員が、松葉杖を緩慢に動かし全身を揺すりながら前進し、何かの歌詞をがなり立てた。彼は慈善女子修道院の前で急に止まると、庇のついた帽子をイエズス会士ジョン・コンミー修道院長に差し出し、施しを求めた。コンミー神父は日を浴びながら彼に祝福を与えた、というのも財布には銀貨一枚しかないことが分かっていたから。(*U* 10. 7–11)

片足の船員が松葉杖をつきながら神父の前に現れ、帽子を差し出して施しを要求する。神父は財布の中に5シリング銀貨一枚しか持たないことを「分かっていた」ので祝福のみを与えて通り過ぎようとする。

「銀貨一枚しかない」すなわち小銭を持ち合わせないという事情は、施しをしたくてもできないという一見尤もな理由と思われる。しかし、当時のダブリンの街を歩けば施しを求められる可能性があることは十分予測できただろうし、彼のような宗教的権威者がそれを予測できなかったとは考えにくい。とすれば彼は最初から意図的に銀貨一枚だけを財布に入れて外出したことになる。また、仮に彼が施しをせがまれる事態を全く予測しなかったとすれば、修道院長の職にある者としてあまりに迂闊と言わざるを得ないだろう。いずれの場合にしろ、神父は社会的な弱者に対する配慮に欠けていることになる。「分かっていた」という言葉はそれを暴露する語り手の介在なのだ。

実際、コンミー神父に対する語り手のアイロニーを帯びた言葉はこのセクションに一貫して存在する。片足の船員をやり過ごした後、神父は戦争で手足を失い、救貧院で死を迎える兵士たちに思いを馳せる。しかしそれは「長くは続かず」、彼の意識はたまたま行き会った国会議員夫人へのお愛想によって断ち切られる。次に引用するのは彼女と別れる際の神父の様子である。

> コンミー神父は、別れ際、絹の帽子を持ち上げ、日を浴びて黒々と輝いている彼女のショールの漆黒のビーズに微笑んだ。自分がビンロウの練り粉で歯を磨いたと分かっていたから。
> (*U* 10. 30–32)

神父は夫人に微笑みかけるが、その直接の理由は、日光を浴びて輝く、恐らくは高価な彼女のケープである。経済的な豊かさへの神父の目敏い反応はほとんど自動化したものと思われるが、続く文は夫人に向けられた彼の微笑が前もって周到に準備されたものであることを明らかにする。

ビンロウの種子（arecanut）は口内清涼剤として用いられるようで、神父はこれを原料とした練り粉で歯を磨き、爽やかな微笑を見せる機会に備えていたのである。

「分かっていた」という語り手の言葉はここでも効果的だ。何故なら、この言葉によって、外見や印象に気を配るコンミー神父の「実際的な」面が強調されるだけでなく、この言葉が最初に使用された場面と、二回目の場面とを読者に対比するよう促すからである。すなわち、財布の中に銀貨一枚しか持ち合わせなかったのは、彼が迂闊だったからではなく、ビンロウ入りの練り粉で歯を磨くのと同様に、あらかじめ周到に準備されたことなのではないか。少なくとも語り手はそのような読みを読者に期待しているように思われる。

こうして、コンミー神父に対するアイロニーを帯びた語りは、作中人物を外側から描写する客観的レベルと、神父の内面にまで踏み込んで、それを批判的に記述するより人格化されたレベルを備えていることがわかる。前者を純粋な語りとすれば、後者は「内在する作者」の「声」とみなすことができるかもしれない。この二つの語りのレベルが明確に分離して現れるのが、神父が路面電車に乗る場面である。

ニューカメン橋の上で、上ガーディナー通り聖フランシスコ・ザビエル教会イエズス会士ジョン・コンミー修道院長は、市外へ向かう路面電車に乗った。

市内へ向かう路面電車から、北ウィリアム通り聖アガサ教会助任司祭ニコラス・ダドリー師が、ニューカメン橋に降り立った。
ニューカメン橋で、コンミー神父は市外へ向かう路面電車に乗り込んだ。薄汚いマッド・アイランドの道を徒歩で通り抜けたくなかったからである。(*U* 10. 107-14)

電車から降りるダドリー司祭の描写をはさんで、電車に乗り込むコンミー神父の描写が微妙に言葉を変えて二度繰り返されている。例によって、一度目は神父の長い肩書を全て記述することで神父の社会的地位に対するアイロニーが生まれるが、そのトーンは抑えられたものである。これに対して、二回目では、電車に乗る理由が「ダブリンの貧民窟を見たくないから」という高位聖職者としては公言できないものであることが明らかにされる。

反復はジョイスの常套手段であるが、ここではそれがコンミー神父への語りのモダリティーを演出するうえで最大限の効果を発揮している。最初に彼の過剰な肩書を記述することで示された微かなアイロニーは、二度目の描写において暴露される彼の卑俗な内面によって、その妥当性すなわち神父がアイロニーの対象とされてしかるべき人物であることが明白になるのだ。

片足の船員

第十挿話には多くのマイナーキャラクターが登場する。彼らの一部の者は先行する挿話や後の挿話で目撃されるが、この挿話限りで消えてしまう者もある。冒頭のセクションでコンミー神父に施しを求める片足の船員は後者の中に含まれる。[3] この船員は第三セクションでブルームの家があるエクルズ通りへ到達し、一人の女が通りに面した窓から施しのコインを投げる。

窓のブラインドが脇へ引かれた。「家具なしアパート」と書かれたカードが桟から外れて落ちた。むっちりむき出しの気前のよい腕が現れ、白い下着のコルセットと張りつめたシミーズの紐から伸びるのが見えた。女の手は敷地の柵越しにコインを一枚投げた。それは歩道に落ちた。(*U* 10. 250–53)

コインを投げる女はブルームの妻モリーで、彼女はボイランの来訪を待っているところである。「家具なしアパート」というカードはボイランへの合図、おそらくブルームの留守を知らせる合図である。ただしここでは、彼女はあくまでコインを投げる一人の女に過ぎない。彼女の正体が明らかになるのは物語の最終章におけるモリーのモノローグの中なのだ。この場面のポイントはコンミー神父の卑俗な内面に対する一人の女のさりげない慈善行為にある。

実はこのセクションの直前の第二セクションで、コインを投げるモリーの腕だけが言及されている。

コーニー・ケラハーが音もなく飛ばした干し草汁は彼の口から弧を描き、一方、エクルズ通りにある窓から伸びた白く気前のよい腕は一枚の硬貨を投げた。(*U* 10. 221-23)

第二セクションは二十行足らずの短いセクションで、コーニー・ケラハーという男の事務所の様子が断片的に描写される。第4章で述べたように、ケラハーは葬儀屋の下請けの仕事を生業としながら、植民地警察の密偵としても働く男で、実際、この場面では警官が彼の事務所を訪れ情報交換をする様が描かれる。ケラハーの事務所がある場所とモリーの家は直線距離でも一キロ以上離れている。同時刻に別の場所で起こっていることが何の前触れもなく突然挿入されているわけだが、ケラハーが口から飛ばす唾が弧を描いて飛ぶ様は、モリーの投げるコインが描く放物線をイメージさせ、異質なものの間に瞬間的な平行関係を成立させる。

hayjuice(干し草汁)という言葉は造語だが、hay には「僅かの利益」という意味があり、あらゆる手段や機会を利用して利殖を図るケラハーを象徴する言葉といえる。一方、モリーは浮気相手を待ちながら通りすがりの船員に施しを行うわけで、正に二重の意味で「気前のよい」女と言えるだろう。こうして彼女の行為は、施しをしないコンミー神父および彼によって代表される「実際的な」カトリック教会だけでなく、密偵としてのケラハーおよび彼のような人間を利用する英国植民地政府の手段を選ばぬ利潤の追求と対比されるのである。

モリーの投げたコインは片足の船員の近くに落ちるが、それを見ていた街の腕白小僧たちの一人がコインを拾って船員の帽子に入れてやる。

一人の腕白小僧が走っていってコインをつまみ上げると、それを吟遊詩人の帽子の中へ入れ、言った。

——おじさん、どうぞ。(*U* 10. 254–56)

この子供たちは別の場所で裸足であると描写されるが、下層階級に属する貧しい子供たちであろう。落ちたコインを拾って逃げても不思議でないような彼らが、逆に満足に歩けない船員に代わってコインを拾ってやり、さらに彼に対して礼儀正しく呼びかけるのだ。こうした描写はコンミー神父の怠惰とケラハーの堕落をあらためて浮き彫りにするが、船員を「吟遊詩人」と描写する語り手の言葉はここでも印象的である。

片足の船員は、「ネルソン提督の死」という歌を怒鳴るようにうたいながらダブリンの街を徘徊し、人々に施しを求める。その外見から判断する限り、彼は何らかの戦役において片足を失った傷痍軍人である。第10章で詳しく述べるが、一九〇四年当時、イギリスおよびアイルランドが関係したもっとも近い戦争は南アフリカを舞台に一八九九年から一九〇二年にかけて戦われたボーア戦争であるから、一つの可能性としては彼もそこで負傷したと考えられる。彼の歌の主題となるネルソン提督(Horatio Nelson, 1758–1805)は、一八〇五年のトラファルガー海戦においてフランス・スペイン連合艦隊を破り、自らも戦死したイギリスのヒーローである。彼は生前も度重なる戦役で片目と片腕を失っており、死後その「勇姿」は立像となって地上四十メートルのネルソン塔の先端に据えられ、一九〇四年のダブリンを睥睨していた。

ネルソン提督はいわばイギリス帝国主義のシンボル的存在であるが、戦いにおいて「去勢」された彼の身体は、死後ネルソン塔という巨大なファラスとなって植民地都市ダブリンに回帰したのである。一方、片足の船員は、彼自身の傷ついた身体を衆目にさらし、「ネルソン提督の死」をうたうことによって、逆に自らを帝国主義戦争による犠牲者として意味付けるのだ。もちろん、彼が片足を失った真の理由が明らかになることはない。意地悪な見方をすれば、彼は全くのペテン師である可能性もある。しかし、仮に傷痍軍人としての姿が偽りのパフォーマンスであるとしても、それがプリズムのように機能して、ダブリンに暮らす人々の意識および無意識を分析的に提示することに変わりはない。

どこの馬の骨ともわからない乞食のような船員を「吟遊詩人」と呼ぶことは、一義的にはアイロニーである。しかし、吟遊詩人を、実際の出来事と自らの創作を詩の中で融合させ、それを声に出して人々に聞かせる語り部と考えるなら、イギリスによる帝国主義戦争をネルソン提督まで遡り、その史実を自らの記号的な身体に反映させ、虚実取り混ぜて演ずる彼の姿は、正に吟遊詩人と呼ぶに相応しいものと言えよう。街の腕白小僧たちは彼の本質を直感的に感じ取り、敬意を示したとも考えられる。[4]

盲目の調律師

戦争や事故によって身体の一部の機能が失われた人、また生まれながらにして何らかの障害をもつ人々が、社会の中でどう扱われどんな生活を送るかは、その社会の有り様を映し出す鏡である。いわゆる「社会的弱者」の目に社会がどのように捉えられているのかは小説の重要な課題であるだろう。

カシェル・ボイル・オコンネル・フィッツモリス・ティズダル・ファレルは、ルイス・ウェルナー氏の陽気な窓まで歩いた。［……］ワイルドの家の角で立ち止まると、メトロポリタン・ホールに掲示されたエリヤの名前に眉をひそめた。［……］ブルーム歯科の窓を大股で通り過ぎるとき、彼のコートは地面をたたく細身の杖を上方から乱暴に払いのけ、貧弱な体にぶつかると、そのまま行き過ぎた。盲目の青年が青白い顔を歩き去る人に向けた。
——くたばりやがれ、彼は苦々しく言った、誰か知らんけどな！　お前の方がよっぽど盲だよ、このくそったれ！（*U* 10. 1106–20）

ここに描かれる二人の人物、異常に長い名前をもつファレルと盲目の青年は、ダブリンの中心から東西に伸びる大通りを、一方は東へもう一方は西へ進みメリオン・スクエアの西側で接触する。突き飛ばされた青年は相手に罵声を浴びせるが、ファレルは構わず行ってしまう。

盲目の青年はピアノの調律師で、リフィ川北岸に立つオーモンドホテルにあるバーで調律の仕事を終え次の目的地に向かう途上である。このバーは次の第十一挿話の舞台となるが、そこでは青年がピアノの上に置き忘れた音叉を取りにホテルへ引き返す様子が描かれる。ファレルと接触した段階では歩く方向から判断して、青年はまだ音叉を忘れたことに気付いておらず、ホテルから遠ざかりつつあったものと考えられる。恐らく接触した後にそれに気付くのであろう。

この両者は、既に第八挿話でブルームによって別々に目撃されている。最初に目撃されるのはファレルである。


骨張った人物が川の方から縁石にそって大股でやってきた。太い紐をつけた片眼鏡越しに、憑かれたような目で太陽を凝視している。頭蓋のようにぴったりとした小さな帽子が頭を締め付けている。腕からは、畳んだコート、杖、それに傘が歩調に合わせて揺れている。

——気をつけて、とブルーム氏が言った。彼はいつも街灯の外側を歩くから。

——誰でしょう、聞いていいかしら、とブリーン夫人は尋ねた。頭が変なのかしら。

——彼の名前はカシェル・ボイル・オコンネル・フィッツモリス・ティダル・ファレルです、とブルームは微笑んで言った。気をつけて！（*U* 8. 295–303）

見るからに奇妙な風体、異常な行動。ブルームはファレルのことをよく知っているような口ぶりであるが、彼がいったいどこの誰なのか、何故これほど長い名前をもっているのか、素性が明らかにされることはない。エルマンの伝記によればこの人物には実在のモデルが存在した。彼は醸造業者の息子であったが酒樽に転落して気がふれたという噂があり、エンデミオンというニックネームで呼ばれたらしい(1982, 365)。ただし、月の女神に愛されたギリシア神話の美少年に対し、ファレルは常に太陽を憑かれたような目で凝視し、外見もロマンティックな美少年にはほど遠い。広告取りとしてダブリン市内を日々歩き回ることを仕事とするブルームにとって、こうした路上の奇人たちは見慣れた街の風景の一部なのであろう。

盲目の調律師については、特にモデルは存在しないようだが、彼を目撃したブルームは大いに興味を引かれている。ブルームは青年の肘に手を添え、通りを横断するのを介助してやる。そして彼が前方に障害物があることに気付いていることに驚嘆するのである。

あそこに荷馬車があることがどうして分かったのか。感じたに違いない。たぶん、額でものが見えるんだ。量感みたいなもの。ものの重さや大きさ、暗さよりもっと黒い何か。何かが取り去られても分かるのかな。間隙を感じる。随分と奇妙なダブリンの街のイメージを持っていることだろう。縁石に触れながら歩き回るわけだから。(*U* 8. 1107-11)

ここで示されるブルームのさりげない優しさ、気配り、さらに盲目の人がもつ知覚への感嘆と好奇心は、『ユリシーズ』の重要なテーマへの言及である。自分以外の人々にはダブリンの街がどのように認識されているのか、とりわけ知覚の手段が異なる人はどうか。こうした問いかけは作品に一貫して流れるものであり、より広いコンテクストでは、言葉や文化、人種や民族、性別等を異にする「他者」への想像力である。我々一人一人は「他者」について想像することができ、たとえそれが自己の知覚と認識が本来的に内包する限界によって、常に不完全なものであっても、社会はそのような想像力を必要としており、それを行為に移すことにのみ自己の限界を超える契機が存するのだ。

第2章で述べたように、盲目であることへの関心は、早くも第三挿話の冒頭、目を閉じて海岸を歩くスティーヴンによっても示される。ただし、ブルームの場合そうした関心が盲目の青年に直接働きかけることによる、具体的、実践的なものであるのに対して、スティーヴンの場合は観念的、実験的である。彼は先ず、目に映る「世界」が本当にそこに存在するのか、と自らに問い掛け、それを確かめるために目を閉じ、ダブリン湾に面したサンディマウント海岸を歩く。この時、「世界」は聴覚による「時間的」なものとして認識され、視覚を介した「空間的」なものとは異なるとされる。ここまで考えたところで、目を開けようとしたスティーヴンは、それを一旦思いとどまり、もし目を開けたらもはや「世界」は存在せず、自分は永遠の暗闇に置き去りにされるのではないか、と自問するのである。

世界の存在と認識のあり方、現象としての「世界」と認識の限界、さらには存在そのものへの懐疑は、西洋哲学を貫く古典的な問題であり、スティーヴンの一連の意識は、それをコンパクトに凝縮した観がある。ただし、ここで彼は、哲学的な問題を真面目に再考しているというよりは、そのような古典的な教養によって思考せざるを得ない自らの姿を、半ば自嘲的に第三者的な視点から眺めていると思われる。むしろ重要なのは、スティーヴンの哲学的な考察自体よりも、彼が目を閉じ、愛用のトネリコ杖で辺りを探りながら歩く姿である。それは正にブルームが街で目撃した目の見えない青年の姿の予兆、あるいはその戯画とみなすことができるのだ。しかも彼の意識内の発話を注意深く読むと、そのような対応を暗示する、次のような一節がある。

暗闇の中を、僕は上手く歩いているぞ。僕の傍らにはトネリコの剣がある。それで軽く叩け。彼等はそうしているから。(*U* 3. 15–16)

ここで言及される「彼等」とは誰のことなのか、この部分からだけで想像することは難しい。恐らく多くの読者はこの曖昧な代名詞に注意を払うこともなく読み飛ばしてしまうだろう。第八挿話でのブルームと盲目の青年の出会いを視野に入れた時、初めて「彼等」とは目の見えない人々であると分かるのだ。人称代名詞が唐突に用いられる様は、モリーのモノローグで多用される曖昧な he を連想させるが、引用した一節がスティーヴンのモノローグであることを考えれば、第三挿話に彼が登場する以前から既に彼の中で「彼等」のことが意識されていたことを意味する。

換言すれば、「目の見えない人々」のことが、スティーヴンとブルームそれぞれの立場から言及されるのだ。

　こうして、ブルームが目撃する盲目の調律師は、ブルームとスティーヴンを結びつけると同時に、『ユリシーズ』がもつテーマとも係わる重要な役割を担っていることになる。それは知覚と認識における限界（盲目性）と、そこに不可避的に生まれる自己と他者の分離、さらには自己による他者の排除と抑圧という「暴力」である。『ユリシーズ』において、こうした暴力は一見ありふれた日常的な出来事の描写を通して象徴的に暗示されるが、先に引用した盲目の調律師をファレルが突き飛ばしそのまま立ち去る場面は、その一例なのである。

　ファレルの描写でとりわけ象徴的なのは、彼が「憑かれたような目で太陽を凝視」すること、すなわち、太陽を見つめることで視線がある種の恍惚感を帯びていることである。その結果、彼は明らかに目が眩んだ状態になり、周囲の状況が目に入らなくなっている。前方に誰がいようとおかまいなく大股で歩き続け、逆に彼のこの「盲目性」に気付いた者が、ちょうどブルームがブリーン夫人に注意を喚起したように、道を譲るのである。

　太陽の光はしばしば神の真理（ロゴス）の隠喩とされる。例えば、第二挿話でプロテスタントのディージー校長はユダヤ人を「彼らは光に対して罪を犯した」（*U* 2. 361）として断罪する。スティーヴンは神を絶対視する行為が人間の歴史を「悪夢」に変えてしまうと反論するが、校長は「全ての人間の歴史は神の顕現という偉大なるゴールに向けて進むのだ」と主張し、全く聞く耳をもたない。神の真理を盾に自己の正しさを確信する姿勢はカトリックのコンミー神父にも共通する。彼は地球上の多くの人間が、神と同じ姿に作られたにもかかわらず、キリスト教の信仰を知らずに死んでゆくことを嘆き、それを「浪費」と呼ぶのである。

絶対的な真理に身を委ねることは、ある人には世界が存在する意味とそれを生きることへの確信をもたらし、またある人には心の安らぎと癒しをもたらすだろう。しかし、そこには自己の立場のみが善であるとする「盲目性」への陥穽が常に口を開いている。『ユリシーズ』の「語り」はそうした「盲目性」への懐疑と批判を様々なレベルで繰り返し提示する。太陽光線に魅せられ、人々を蹴散らしてダブリンの街を歩き続ける奇人ファレルは、歴史を「神の顕現という偉大なるゴール」への運動としてとらえる人々のカリカチュアであり、彼の「暴力」に対して、「あんたの方がよっぽど盲だよ」と叫ぶ盲目の調律師はそうした歴史から排除された「他者」の声なのだ。第二挿話で自説に固執する偏狭なディージー校長に対して、神とは「街の叫び声です」とスティーヴンが反論するとき、それははからずも、第十挿話でダブリンの街を徘徊する盲目の調律師の罵声を予見していたのである。

女性たち

第十挿話では、様々な人々が様々な方向に移動する。目的地が明示され、その進行が詳細に描写される者もあれば、どこを目指しているのか、また何処から来たのか、全く分からない者もある。コンミー神父やアイルランド総督の馬車行列は前者であり、片足の船員やファレルは後者である。スコット（Bonnie Kime Scott）は、両者の移動のパターンが社会的地位や仕事を反映しているとし、特に後者の社会的地位が低い人々の移動を「ジグザクコース」グループと呼ぶ。そしてこのグループには、極貧生活を強いられるスティーヴンの妹たち等多くの女性が含まれるとし、移動のパターンとジェンダーの関わりを指摘している（1999, 141）。

しかし、ジェンダーによる違いで言えば、移動をしないで特定の場所にとどまり続ける女性たちにも注目すべきであろう。言うまでもなく、その典型はブルームの妻モリーである。彼女はボイランの来訪を待ちながら、エクルズ通りの自宅から一歩も外にでることがないのだ。[5] 移動が制限された女性としては、他にもグラフトン通りの果物商店で売り子をするブロンドの若い女性、ボイランの事務所に勤める秘書、さらにオーモンドホテルのバーの窓からブラインド越しに外を覗く二人の女給、ミス・ケネディとミス・ドゥースを挙げることができる。

果物商店の場面は五つ目のセクションである。客としてこの店を訪れるのはボイランで、彼はモリーへのプレゼントとして果物やワインを選び、売り子の女性がそれを小枝細工のバスケットに詰めていく。以下に引用するのはセクションの終わりの部分である。

ブレイゼズ・ボイランは彼女のブラウスの切れ込みを覗き込んだ。若い雌鳥。彼は背の高い一輪挿しから赤いカーネーションを取った。

――もらっていいかな、と彼は色男ぶって尋ねた。

ブロンド娘は彼を横目で見て、無頓着に立ち上がる、ネクタイが少し歪んでる、顔を赤らめて。

――どうぞ、と彼女はいった。

体を前屈みにして、むっちりナシと赤らむピーチをもう一度数えた。

ブレイゼズ・ボイランは、一層の好意をこめて彼女のブラウスの中を覗いた、赤い花の茎を微笑む歯の間に挟んで。

――お嬢さん、君に電話していいかな、彼は悪戯っぽく尋ねた。（*U* 10. 327-36）

ここに描かれるボイランの姿は、滑稽なほど平板で、クリシェに溢れている。特に「色男ぶって」（gallantly）と「悪戯っぽく」（roguishly）という副詞はそうである。前者については、『ダブリンの人々』の中の「二人の伊達男」を想起させるが、この話では「伊達男」の一人、レネハンの内面が詳細に提示されることで彼の閉塞的な状況が浮き彫りになるのに対して、ボイランの場合、そのような立体的な人物像は決して提示されない。彼の内面は全くといっていいほど語られることがないのだ。この傾向は第十挿話に限らず、『ユリシーズ』全体を通して見られる。ボイランは紋切り型のマッチョな女たらしという役割しか与えられないのである。

この引用に限って言えば、唯一、「若い雌鳥」という言葉が彼の意識の直接的な提示と思われる。ただし、これも獲物を前にした野卑なプレーボーイのイメージを強めるだけである。「むっちりナシと赤らむピーチ」(fat pears and blushing peaches) はボイランの好色な視線を反映した語り手の言葉であろうが、若い娘の身体を果実に喩えるのはクリシェであることに違いはない。語り手のこうした言葉遣いは、男性の側の紋切り型の思考と、それに対する女性の側の洞察を反映するとも考えられる。[6]

これに対して、名前さえ明らかにされない売り子の女性の語りは単純ではない。ボイランの言葉に顔を赤らめながら、それでも始終丁寧に対応する彼女は、一見、初な娘に思われる。しかし、「花をくれないか」と意味ありげな視線を送る男に対して、彼女は横目でそれを見ながら、無頓着を装い、男のネクタイが「歪んでいる」ことや色男ぶって「赤い花の茎」を噛んでいることを見逃さない。もし彼女が本当にボイランの言葉や行動に動揺し、どぎまぎしているのだとしたら、そのような冷静な観察が可能だろうか。彼女の赤面は、男の側の勝手な思い込みに過ぎないのではないか、あるいは、ひょっとして、女の「演技」という可能性はないのだろうか。実際、「体を前屈みにして」果物を「もう一度数え」るのは、娘が自分の若々しい身体を意識しながら、男の視線を自分の胸元に引きつけるためとも考えられる。いずれにしても、売り子の女性の語りは、彼女が一方的に男に見られるだけの存在ではなく、逆に男を操るしたたかさを備えていることを示唆している。

同様なことは、ボイランの秘書ミス・デューンにもあてはまる。彼女の登場する第七セクションは三十行足らずで、挿話中最も短いセクションの一つであり、しかも彼女が『ユリシーズ』で言及されるのはここだけである。だがボイランにおいてほとんど見られない内的独白が彼女には許されているのだ。

あの人、今夜のバンドに出るかしら。あの仕立屋にスージー・ネーグルみたいなアコーディオン・プリーツのスカートを作らせることができたら。歩くと広がり具合が素敵なのよ。シャノンもボートクラブのいかした連中も、みんなあの子に釘付けだった。ああ、こんなところに七時まで残されませんように。(*U* 10. 383-87)

現在の時刻は午後三時を少し回ったところと思われるが、既に彼女の頭の中は仕事を終えた後のことで一杯である。プレーボーイのボイランが、上司として秘書の彼女と日頃どのような接し方をしているのか想像の域を出ないが、果物商店の売り子に対するのと同じ視線を秘書にも向けていることは間違いないだろう。いずれにしても彼女の最後の嘆きの言葉から、この職場がそれほど好ましいものではないことが察せられる。

実際、この後ボイランから電話があり、その会話の中で彼女は「お戻りにならなければ、六時過ぎたら帰らせていただきますから」と言う。ボイランは四時からモリーを尋ねることになっているから、いわば情事の間秘書に店番をさせるのである。秘書はそうしたボイランの行動をある程度見抜いている可能性もあるが、重要なことは、自由な移動を奪われた二人の女性の間を、あるいは果物商店の売り子を加えれば三人の女性の間を、ボイランが気ままに移動していくことである。語りのレベルでは、ボイランが内面を持たない平面的な存在であるのに対して、女性たちはその内面が提示され、そこにボイランの持つプレーボーイとしての滑稽な自己満足が映し出されるのである。

アイルランド総督の馬車行列

第十挿話最後のセクションは、総督の馬車行列の移動を初めからたどり直し、それを目撃する人々の反応を次々に提示する。先行する十八のセクションで断片的に描写された人々が、移動する馬車行列の視点から再構成されるのだ。ただし、馬車行列を目撃できる位置にいないコンミー神父のように、既に登場していても全く言及されない者もあれば、マッキントッシュの男のように、ここで初めて言及される者もある。

語り手は冒頭の部分で「総督は、ダブリン市街を通過する際、心からの歓待を受けた」と言うが、これに続く個々の人々の反応は必ずしもこの言葉を支持する内容とはなっていない。弁護士のダドリー氏からは「挨拶されない」し、ジョン・ワイズ・ノーランは「密かな冷笑を浮かべ」

さえする。レネハンとマッコイは特に何の反応も示さず、スティーヴンの妹ディリーは無感動に目を細め、ボイランは「挨拶するのを忘れる」が、車上の貴婦人方に「大胆な秋波を送る」ことを忘れない。サンディマウント海岸からやってきたザルガイ採りの二人の女にいたっては総督をダブリン市長と勘違いしている。冒頭の語りの言葉が、総督に対する表向きの社交辞令とすれば、そこに人々の本音はなく、彼等の具体的反応においてそれが示されるのである。

もちろん、総督に進んで挨拶する者もある。例えば、プロテスタントのトム・カーナンに国教会牧師のヒュー・C・ラヴがそうである。彼らは共にアングロ・アイリッシュであるから、総督に対して親愛の情を示すのは自然なことであろう。ただし残念ながら、総督は二人の挨拶に気付かずに行ってしまう。スティーヴンの声楽教師アルミダーノ・アルティフォニと、父が死んだばかりのパトリック・ディグナムも挨拶するが、それぞれイタリア人と子供で、一般的なダブリン市民の心情を代表するとは言い難い。総督の馬車行列が支配者の示威行為である以上、多くの住民にとってそれは心からの敬意を示す対象ではあり得ず、かといって表立って敵意を露わにするほどの気概も彼等にはないのである。ジョイスが「麻痺」と呼んだ本質がここにある。『ダブリンの人々』においては主にその症例のみが示された麻痺は、ここでは総督の馬車行列によってその因果関係が明示されるのだ。

植民地支配がもたらす麻痺の問題を考える上で、馬車行列に危うく轢かれそうになる人物デニス・ブリーンは面白い存在である。彼は頭がおかしいという噂がある。

ビリー王の馬が前足で宙を搔いているところでは、ブリーン夫人が急ぎ足の夫を引き戻し、先触れの馬の蹄から守った。彼女は夫の耳元で、事態を大声で知らせた。理解した夫は、大きな本を左胸に抱え直し、二台目の馬車に挨拶した。（*U* 10. 1231-35）

ビリー王とは、一六八九年にボイン川の戦いでジェームズ二世を破ったオレンジ公ことウィリアム三世で、ここでは馬に股がった王の像がある場所で通りを横切ろうとしたブリーン氏が、進んできた総督の馬車行列に轢かれそうになり、夫人が慌てて彼を引き戻したのである。

先に、周囲の人間におかまいなく直進するファレルが、歴史を「神の顕現という偉大なるゴール」に向けた運動としてとらえる人々のカリカチュアであると述べた。ここに引用した場面でも同様の構図が反復されている。総督の馬車行列の進行を止められる者はなく、人々はそれに道を譲らなければならない。馬車行列の目的地はミラス慈善市であるが、それはあくまで名目上のことで、本来の目的はダブリンの目抜き通りを威風堂々と進むパフォーマンスにあることは疑えない。世俗的支配権力の象徴たる総督の馬車行進は、さしずめ「大英帝国の繁栄という偉大なるゴール」に向けた運動なのである。

デニス・ブリーンとは誰か

ブリーン氏はこの日の朝、U.P: up（*U* 8. 258）とだけ書かれた差出人不明の葉書を受け取っており、彼はそれを自分に対する中傷であるとして、名誉毀損の訴訟を起こすため法律書を抱えてダブリンの街を徘徊している。夫人は彼の身を案じ後をついて回っているのだ。この「事件」は、ブリーンは気が狂っているという噂と相まって、ダブリンの一部の人々の間でちょっとした笑いのネタになっていて、十二挿話ではパブに集う人々がこの一件で盛り上がる場面がある。ただし、U.P. にどんな意味があるのか具体的に作品の中で明らかにされることはない。

例えばギフォードは、ディケンズ（Charles Dickens, 1812–1870）の『オリヴァー・ツイスト』（*Oliver Twist*, 1839）の中で、U.P. が「死期の迫った」という意味の専門用語として使用されていることを紹介しているが（163）、決定的なものではない。また、差出人については、やはり十二挿話で、警察の下働きをするアルフレッド・バーガンなる人物が候補としてうわさに上るが、真偽のほどは定かではない。結局、読者にとってこの言葉は、誰が、何の目的で、何故ブリーンに出したのか、『ユリシーズ』が持つ解けない謎の一つとなっている。

総督の馬車に轢かれそうになりながら、それでも馬車に挨拶をするブリーン氏の姿は、U.P. の解釈の一つの可能性を示しているように思われる。上述したように、ウィリアム三世はボイン川の戦いでカトリック側のジェームズ二世を破ったが、その結果、アイルランドにプロテスタント支配が確立したのであった。先に、この挿話を初めと終わりの両端から囲い込むものとして、コンミー神父に代表されるカトリック教会と、総督の馬車行列によって代表される英国植民地政府について述べたが、政治的実権はプロテスタント英国が掌握し、一般国民の精神生活はカトリック教会が引き受けるという「役割分担」は、正にボイン川の戦い以降徐々に出来上がった妥協の産物なのである。

従って、意味不明の匿名の葉書に腹を立て、ウィリアム三世像の下で総督の馬車に轢かれそうになるブリーン氏の姿は、アイルランドの置かれた本質的な問題、世俗的権力と宗教的権力の妥協がもたらす「麻痺」から目を背け、目先の細事に翻弄される当時の多くのダブリン市民の縮図とも言える。その場合、U.P. とは単に頭がいかれたブリーンへの揶揄ではなく、むしろ麻痺した日常から「目を覚ませ」という一種の檄文とも考えられるだろう。

『ユリシーズ』がアメリカの月刊文芸誌『リトル・レヴュー』(*The Little Review*) に掲載され始めるのは一九一八年三月以降であるが、ダブリンでは一九一六年にイースター蜂起があり、蜂起自体は一週間足らずで鎮圧されるものの、それが引き金となって一九一九年にはアイルランド独立戦争が始まる。イェイツはイースター蜂起に際して、「イースター 一九一六」(Easter 1916) という有名な詩を残しているが、彼はその中で、蜂起以前の沈滞したダブリンの様子を「人々が道化服をまとった場所」(where motley is worn) と呼んだ。ジョイスはそれを『ダブリンの人々』においては「麻痺の中心」として描いたが、『ユリシーズ』のブリーンは第十二挿話の匿名の語り手によって「いつもの道化野郎」(bloody old pantaloon, *U* 12. 253) と呼ばれている。

up には「武装蜂起」(Up in arms) という意味があり、『ユリシーズ』が執筆、発表された当時のアイルランドの歴史的コンテクストを考慮するなら、この謎の言葉はイースター蜂起そのものへの言及なのかもしれない。その場合、差出人の匿名性は、作者ジョイスの存在を呼び込むだろう。だが、周知のように、ジョイス自身はイースター蜂起に対して冷淡であった。彼は武力による問題解決と熱狂的なナショナリズムに対しては一貫して否定的であり、それはブルームとスティーヴンの非暴力性への希求において体現されている。[7] 従って、U.P. という言葉が、頭のいかれたブリーン氏に送りつけられ、夫人も自分の夫が将来本当に「頭がおかしくなる」かもしれないと案じていることは重要だろう。それは「内在する作者」としてのジョイスの立場を反映するのだ。何故なら、ジョイスにとって麻痺から「目を覚ますこと」は必要ではあるが、しかし武器をもって「立ち上がる」ことは「頭のいかれた」行為でしかないからである。

第十挿話に登場する人々は、それぞれ一人の個人として描かれながら、同時にそこには彼らの置かれた歴史的、社会的コンテクストが色濃く反映している。彼らは植民地都市ダブリンの閉塞状況を生きており、その意味で『ダブリンの人々』の「麻痺」を共有しているのだ。ただし、大きな違いは、『ダブリンの人々』においては「麻痺」の原因が直接的には示されないのに対して、第十挿話では、コンミー神父とアイルランド総督の馬車行列によって、それが視覚的に明示されていることである。

この挿話の語りの形式は「初期スタイル」であり、純粋な語りによる三人称の描写を基調とし、そこに直接ディスコースと自由間接ディスコース、および自由直接ディスコースを織り交ぜたものである。語り手は作中人物の外側と内面を自由に移動するが、アレンジャー2のように作品世界へ露骨に介入することはなく、その存在が表面化することは極力抑えられている。しかし、細部を描写することで社会的権威（コンミー神父の実利性及びアイルランド総督の示威行為）を告発し、社会的弱者の抵抗（盲目の調律師の罵声）や批判（果物屋の女店員の冷静な観察）を反映する。さらに「内在する作者」の「声」は謎の葉書の言葉となって流通し、閉塞的な市民生活を挑発するのである。[8]

こうして、第十挿話は、断片を時間的・空間的制約から切り離し、それらをコラージュするという斬新なフォルムと、マイナーキャラクターを中心とするダブリンの人々の声や行動を平等に提示する語りのスタイルによって、植民地都市ダブリンの現実とその問題の本質を立体的に描き出す。それは、スティーヴンの言う「街の雑音」としての神を、言語空間として再構成された都市ダブリンにおいて具現することに他ならないのである。

第7章

オノマトペと語る「物」たち

「セイレン」

第十一挿話「セイレン」の冒頭には、意味不明の短い言葉の断片やオノマトペ（擬音語・擬態語）がいくつも羅列され、全体で六十三行におよぶコラージュが置かれている。以下に引用するのはその最初の四分の一の部分である（文末の数字の意味は後で説明する）。

Bronze by gold heard the hoofirons, steelyringing.（11. 64）
Imperthnthn thnthnthn.（11. 100）
Chips, picking chips off rocky thumbnail, chips.（11. 192）
Horrid! And gold flushed more.（11. 183–84）
A husky fifenote blew.（11. 218）

Blew. Blue bloom is on the. (11. 230)
Goldpinnacled hair. (11. 166)
A jumping rose on satiny breast of satin, rose of Castile. (11. 329)
Trilling, trilling: Idolores. (11. 225–26)
Peep! Who's in the... Peepofgold? (11. 242)
Tink cried to bronze in pity. (11. 286)
And a call, pure, long and throbbing. Longindying call. (11. 313)
Decoy. Soft word. But look: the bright stars fade. Notes chirruping answer. (11. 328, 323)
O rose! Castile. The morn is breaking. (11. 322)
Jingle jingle jaunted jingling. (11. 330)

ここだけ見ると、ナンセンスな文字の羅列のように思われるが、挿話の本文を読み進めていくと、コラージュされた短い断片が本文のあちこちから切り取られ部分的に変更されたものであることがわかる。例えば、最初の一行にある Bronze by gold は挿話の舞台となるオーモンドホテルの二人のバーメイドの髪の色で、彼女らがホテルの前の通りを走るアイルランド総督の馬車の音（hoofirons, steelyringing）を聞く様子が換喩によって表現されているである。また最後の jingle という音の反復はモリーのもとへ向かうボイランの馬車の音を表すオノマトペである。括弧内の数字はそれぞれの断片が本文のどこに由来するか（挿話と行数）で、ほぼ本文の出来事の時間軸にそった要約であることがわかるが、本文とは表記が部分的に異なっていたり、行数が前後していたりで、必ずしも一貫したルールがあるわけではない。ジョイス自身はこの挿話を音楽の「カノン形式によるフーガ」によって構成したとされるが、冒頭の部分については、これから展開する主題を簡潔に提示した「前奏」あるいは「序曲」という以上の意味は見つけられず、大半の研究者はこの言葉の羅列を失敗であると考えた。[1]

この部分を含めて、「セイレン」挿話の文学史的な意義を最初に理論的に分析したのはマッケイブであろう。

この一節から読み取れることは、物質としての文字と言葉の相互作用である。ジョイスは、意味が生み出される過程を目立たないようにするどころか、書く行為（エクリチュール）がどのように機能するかを見せることに意を尽くすのだ。コンテクストをもたない語句が散りばめられた最初の二ページは、如何なる意味をも拒否している。文字を読むこと（すなわち、言葉の意味を理解するために、それを伝える文字そのものに注意を払わないこと）を可能にするコンテクストを奪われ、言葉は物質となってページの上に存在し、それを意味に従属させようとする試みに抵抗する。（80）[2]

確かに、コンテクストを奪われた言葉は意味を失い、「物」としての一面が強調される。また、言葉をそのように扱うことはモダニストに共通した欲望であっただろう。だが、冒頭の部分が意味を全て拒否するというのは正確ではない。散りばめられた語句は物質的であると同時に意味の断片でもあり、事実それが採られた本文との関係性が理解されると、もはや純粋な「物」ではあり得ないからだ。ジョイスが試みたことは、単に言葉の物質性を強調するにとどまらず、むしろ言葉が持つこうした重層性を探求することであったろう。冒頭の言葉のコラージュは、第十一挿話で多用されるオノマトペとも関わって、『ユリシーズ』の中心テーマを暗示する「序曲」に思われるのだ。

言葉によって実際の音や容態を直接的に記述することをオノマトペと呼ぶが、それは既に第一挿話から『ユリシーズ』の世界に奇妙なかたちで乱入する。場面はダブリン湾に面したサンディマウント海岸、マーテロ塔を出たスティーヴンが、同宿の二人の青年らと共に海に向かって歩いている。このとき、彼の杖が奇妙な音をたてる。

He walked on, waiting to be spoken to, trailing his ashplant by his side. Its ferrule followed lightly on the path, squealing at his heels. My familiar, after me, calling, Steeeeeeeeeeeephen!
(*U* 1. 627–29)

彼は歩く、話し掛けられるのを待ちつつ、トネリコ杖を傍らに引きずって。石突きがそっと後をつけ、キーと鳴って追いすがる。僕に呼びかける、使い魔の声、スティィィィィィィィィヴン！

この異常に引き延ばされた杖の音は一体何なのだろうか。何故それはスティーヴンの名前になっているのか。ジョイスの単なる気紛れ、たわいのない戯れなのだろうか。語りの観点から考えれば、「僕に」以下は自由直接ディスコースになっているので、スティーヴンの耳に杖が地面をこする音がそのように聞こえたということである。だが、それにしても、執拗に繰り返されたeの音は、マッケイブの言う言葉の物質性を際立たせている。オノマトペの中に、『ユリシーズ』の特異な語りを理解する一つの鍵がある。

馬車とベッド

第十挿話で人妻モリーへのプレゼントを買ったボイランは、第十一挿話では、リフィ川沿いのオーモンドホテルのバーに馬車で乗りつける。モリーの夫ブルームも彼の後を追うようにホテルに入り、バーに隣接するダイニングで彼の様子を伺う。人妻との密会を前に一杯あおって景気を付けたボイランは、長居することなく、バーメイドの熱い視線を受けながら店を出る。

Jingle a tinkle jaunted.
Bloom heard a jing, a little sound. He's off. Light sob of breath Bloom sighed on the silent bluehued flowers. Jingling. He's gone. Jingle. Hear.（*U* 11. 456–58）

二輪馬車ジングル、チンクルと走った。

ブルームはジングと、小さな音を聞いた。奴が出かける。すすり泣くような軽い吐息を、ブルームは物言わぬブルーな花に吐きかけた。ジングル響かせて。奴は行ってしまった。ジングル。聴け。


この挿話では、ボイランの移動は jingle という言葉の繰り返しによって示されるが、それは彼が乗る二輪馬車の音を表すオノマトペであると同時に、馬車そのものの名称でもある。

オックスフォード英語辞典（OED）によるとこの言葉の初例は十四世紀で、金属音を表す動詞として記録されている。馬車の意味での初例は十九世紀に入ってからで、特にアイルランドで使われた言葉であるらしい。馬車の出す音から馬車そのものの名前が作られたと考えられるが、オノマトペの語源はギリシャ語で「名前」（onoma）を「作る」（poieo）であるから jingle は正にその好例と言える。ブルームは次第に遠ざかる馬車の音に耳をそばだて、その先にあるモリーとボイランの出会いを想像して焦燥感に襲われるのだ。

When will we meet? My head it simply. Jingle all delighted [...]. Perfumed for him [...]. Jing. Stop. Knock. Last look at mirror always before she answers the door. The hall. There? How do you? I do well. There? What? Or? Phial of cachous, kissing comfits, in her satchel. Yes? Hands felt for the opulent. (*U* 11. 687-92)

私達はいつ会えるの。僕の頭はもうすっかり。ジングル有頂天で［……］。彼のために香水つけて［……］。ジング。止まる。ノック。ドアに出る前に彼女は必ず鏡で最終チェック。玄関のホール。いるの？　お元気？　元気さ。そこかな？　何が？　あるいは。彼女のポーチにはお口の臭い消し、キスのキャンディ。いいかい。男の手はその豊満な。

実は、『ユリシーズ』の中で読者がjingleというオノマトペに出会うのはこの挿話が最初ではない。第四挿話でブルームが耳にするモリーの壊れたベッドの音が同じjingleというオノマトペによって表記されていた。

He heard then a warm heavy sigh, softer, as she turned over and the loose brass quoits of the bedstead jingled. Must get those settled really. Pity. All the way from Gibraltar. Forgotten any little Spanish she knew. Wonder what her father gave for it. Old style. Ah yes! of course.

Bought it at the governor's auction. Got a short knock. (*U* 4. 58-62)

それから彼は、温かな気怠いため息が、ひときわ低くもれるのを聞き、彼女が寝返りをうち、寝台のゆるんだ真鍮の輪がジングルと鳴った。ちゃんと修理させないと。哀れだ。はるばるジブラルタルから来たのに。スペイン語もすっかり忘れてしまって。彼女の親父はあれにいくら払ったのか。時代遅れ。ああ、そうだ。総督邸の競売で買ったんだ。安く落札。

ここで、jingleというベッドの音は、単にベッドそのものの不具合のみならず、ダブリンでの二人の夫婦生活の不具合をも暗示する。その具体的な内容は彼の意識を通して徐々に明らかにされるが、特に注目したいのは壊れたベッドの音がブルームの意識にもたらすpityという感情である。

一義的には壊れたベッドに対するブルームの「嘆き」であるが、「はるばるジブラルタルから来たのに。スペイン語もすっかり忘れてしまって」と続くことによって、それがジブラルタルでのモリーの少女時代とダブリンでの二人の生活の間にある落差を意識した、ブルームのモリーに対する「哀れみ」であることがわかる。この哀れみの根底には、壊れたベッド、すなわち二人の夫婦生活の不具合を修復しない、あるいは修復できないまま放置することに対するブルームの自責の念があるだろう。従って、ボイランの馬車の音を聴くブルームの焦燥感は、モリーの姦通の少なからぬ原因が自分自身にもあるという思いによって一層強まるはずである。[3]

こうして、jingle というオノマトペはモリーに対するブルームの意識の状態を象徴的に表す言葉あるいはライトモチーフとなり、[4] ボイランの馬車の音とモリーの壊れたベッドの音が、この同じ言葉によって指示されることは、語りのレベルでより具体的な、あるいは身体的な効果を生み出す。jingle という音が執拗に繰り返されることによって、それはそのままモリーとボイランの性行為によって振動するベッドの音そのものの予兆となるからである。

> This is the jingle that joggled and jingled. By Dlugacz' porkshop bright tubes of Agendath trotted a gallantbuttocked mare.（*U* 11. 883–85）
>
> これはジングル揺れるジングル馬車。ドルゴッシュ精肉店の輝くアゲンダットの腸詰めの傍らを立派な尻した雌馬が駆けて行く。

> Jog jig jogged stopped. Dandy tan shoe of dandy Boylan socks skyblue clocks came light to earth.（*U* 11. 977–78）
>
> ぽこ、ぱか、ぽこっと、停止した。伊達男ボイランの伊達なタン革シューズ、空色ソック

ス飾り付きが、軽やかに地を踏んだ。

ボイランが乗る馬車の描写は陽気なリズムを刻み、人妻との情事を前にした伊達男の心理的、身体的な昂揚を文字通り体現している。この陽気なリズムがブルームの焦燥感と対置され、『ユリシーズ』の中心テーマの一つ、間男と寝取られ夫の葛藤を、言葉の音のレベルで具体的、身体的に生み出すのである。『ユリシーズ』の作品世界においては、モリーとボイランの姦通が直接描写されることはない。だが、オノマトペの効果的な反復と挿入は性行為の直接的な描写以上にエロティックな効果を読者にもたらし、その想像力を刺激する。この意味で、第十一挿話全体がモリーとボイランの姦通現場の隠喩として読めるのである。

同様なことが、第十八挿話でベッドの音について語るモリーの次のような言葉にもあてはまる。

this damned old bed too jingling like the dickens I suppose they could hear us away over the other side of the park till I suggested to put the quilt on the floor with the pillow under my bottom（*U* 18. 1130-33)

このおんぼろベッドったらすごい音でジングルいってもうあたし公園の反対側にまで聞こえるんじゃないかって思ってふとんを床の上においで枕を私のお尻の下に入れたらって言って

やった

性行為に対するこの即物的で直截な言葉は、姦通の言わば事後報告であり、モリーとボイランの姦通現場を具体的にイメージさせる数少ない箇所である。[5] ここで「公園」とはフェニックス・パークと思われるが、それはモリーのアパートから直線距離にして二キロ程度離れている。リアリズムのレベルで考えれば、ベッドの音がさらにその反対側まで聞こえるということは不可能で、これは彼女によるユーモラスな表現ということになる。

しかし、ベッドの音がボイランの馬車と同じオノマトペを共有し、その馬車がボイランの移動につれてダブリンの通りを走るという状況が、こうした表面的なリアリズムのレベルを超えたリアリティを生み出していることは否定できない。実際、既に述べたように、自責の念に駆られるブルームにとって馬車の音を聴くことは、正に姦通のベッドの音を聴くことに他ならないのであり、さらにjingleと呼ばれる二輪馬車がダブリンの交通手段として普及していたとすれば、その音は街のあちこちで聞こえたはずで、それは街中にモリーのベッドの音が溢れていたのと同じことになるからである。[6]

姦通のベッドの音がダブリンの街を覆う。それは何よりも妻の姦通を知りながらそれを止めることできない無力な夫の焦燥感が生み出す妄想であるだろう。だが同時に、それは人妻をものにする伊達男の凱歌のリズムであり、さらにはその両方を共に相対化するような女の乾いたユーモアでもある。この個人の意識の枠組みを超えたテクストの重層的（あるいは重奏的）リアリティこそ、読者が経験する『ユリシーズ』の文学空間なのであり、オノマトペはそれを読者に体感させる上で中心的な役割を担っているのである。

オノマトペと言語学

前述したように、オノマトペの語源は「名前を作る」であるが、それは耳を通して知覚された自然界の音から物の名前が作られるという意味である。このことは、名前あるいは言葉と、それが指示する対象との間に、必然的かつ内在的な関係が存在するということだが、オノマトペに限らず、言葉と世界の有縁性を認める場合、そうした言葉を一般的に音象徴（sound symbolism）と呼ぶ。ヨーロッパで最初にこの問題を扱ったのはプラトンの『クラテュロス』であった。そこでは「名前の正しさ」という観点から、言葉と世界の有縁性を主張するクラテュロスとそれに反対するヘルモゲネスの立場が比較検討され、その間に立つソクラテスが全体として前者を支持するかたちで議論を終えている。

現代言語学は一般的に音象徴の問題を言語の本質とは認めていない。周知のように、ソシュール（Ferdinand de Saussure, 1857–1913）は言語の恣意性を自らの理論の礎とし、言葉（意味するもの）とその指示対象（意味されるもの）との間には何ら必然的な関係はないとした。意味を生み出すのは個々の言葉の音や形といった物質性ではなく、それらの間の差異なのだ。オノマトペに関しては、それが全て「音韻進化の偶然の結果」に過ぎないとした上で、以下のように述べている。

本式の擬音語（glou-glou, tic-tac 型のもの）はどうかといえば、それらはただに少数であるのみならず、ある物音の近似的な・そしてすでに半ば制約的な模倣に過ぎない以上、それらの選択はすでにいくぶんは恣意的である（フランス語の ouaoua とドイツ語の wauwau とを比べてみよ）。なおまた、それらもひとたび言語のなかに導入されるや、他の語もこうむる音韻変化や形態変化などのなかにどのみち引きずり込まれる［……］これは、それらがその最初の特質のいくぶんかを失ってほんらい無縁である言語記号一般の特質を具えるにいたったことの、明白な証拠である。（100）［訳文のまま］

ここでソシュールが強調するのは、言語とは文化的かつ歴史的な慣習の産物であって、こうした制約からオノマトペも自由ではあり得ないということである。ただし、後半の部分にある「最初の特質」という言葉には注意する必要があるだろう。何故ならこの言葉は、少なくともオノマトペが生まれる現場においては、言葉とその対象との間に何らかの必然的な関係があることをソシュールが暗に認めていることを意味するからである。

ソシュールの提唱した言語の恣意性を逸早く批判し、音象徴の復権を訴えたのはイェスペルセン（Otto Jespersen, 1860–1943）と彼に言語資料を提供したサピア（Edward Sapir, 1884–1939）であった。イェスペルセンは「母音［i］の象徴的価値」という論文の冒頭で次のように述べている。

音象徴が言語の発達において担っている役割は、大方の言語学者が考えているよりもずっと大きい。私はこの論文で、前舌非円唇の母音［i］は、特にその調音点が狭いか、もしくは薄い場合、小さいか、微かか、取るに足らないか、あるいは弱いものを意味することが非常に多いということを明らかにしたい。（283）

さらに彼は、この論文の中で、音が本来的に持っている意味が、時の経過の中で常に個々の言語に活力を与え、やがて個々の言語は、今よりももっと有機的で豊かな音と意味の関係を獲得すると主張している（286）。イェスペルセンのこの進化論的言語観は、オノマトペが歴史の中で恣意的なものになるというソシュールの言語観とは正反対のものである。[7]

詩的言語の探究という観点からこの問題をより包括的に捉えようとしたのはヤコブソン（Roman Jakobson, 1896–1982）である。彼は言語による伝達を成立させる要因を、発信者、受信者、メッセージ、コンテクスト、コード、接触の六つであるとし、詩的言語の機能をメッセージ（記号としての言葉）そのものの強調であるとしたが、「この機能は記号の触知性を高めることによって記号と対象との間に根本的な二分関係を深化する」（192-93）のである。さらに失語症の研究の成果をもとに、言語行為一般にみられる基本的な配列様式を選択と結合であるとした上で、詩的言語のより具体的な機能について次のような定式化を行っている。

選択は等価性、相似性と相異性、および類義性と反義性を基礎として行われ、他方結合すなわち序列の構成は隣接性に基礎を置く。詩的機能は等価の原理を選択の軸から結合の軸へ投影する。等価性は序列の構成手段へと昇格される。詩にあっては一つ一つの音節が同じ序列中のすべての音節と等価とされる。一つの語強勢は他の語強勢と等価と見なされ、同様にして無強勢は他の無強勢に等しくなる。（194-95）［訳文のまま］

「詩的機能は等価の原理を選択の軸から結合の軸へ投影する」は、ヤコブソンの理論の根幹をなす有名なテーゼである。ここで彼が問題にするのは詩的言語の音、すなわち「記号の触知性」であるが、彼は別のところで、「音の等価性は構成原理として序列の上に投影されると、不可避的に意味の等価性を含む」（208）と述べ、このテーゼが単に音声としての記号にととまらずその意味にもあてはまると主張する。従って、詩的言語の機能を、記号（言葉）と対象（意味）の間の「根本的な二分関係」の深化と言うとき、それは両者の分離ではなく、両者のより緊密な関係性を意図したものと思われる。

しかし、初期のヤコブソンが詩的言語の記号性、すなわちその自己目的性を強調しながら、後にその指示対象との関係性を重視したことはしばしば問題となった。例えばジュネットはヤコブソンの変化は本質的なものではなく、彼の言説において両者は常に共存していたとする。

この共存は、おそらく一見して思われるほど逆説的ではない。少なくとも理論上はそうである。事実一方では「恣意的な」シニフィアンは恣意的であるがゆえに知覚可能なのであって、その動機づけの欠如そのもの、そのミメーシス的な非適合性、つまるところその突飛さ――これは異化作用（ostranenie）の一形態である――によって目を惹く。［……］だがもう一方では、ミメーシス的記号（あるいはそうしたものと見なされる記号）は、理論的にはそのミメーシス性ゆえに「透明」であるはずだが、実際はこの同じ理由ゆえに注意を惹くことができ、知覚可能なのである。（444）［訳文のまま］

こうして、日常的な言語使用における言葉の恣意性と、詩的言語における言葉の自己目的性との間の距離は、一般的に考えられている程大きくはないということになる。

重要なのは、言葉をめぐる二つの対立的な見方の両方において、実際に我々の注意を惹くのは記号の指し示す「対象」ではなくて、実は記号そのものであるということだ。換言すれば、一見記号が対象を直接指示しているように見える場合であっても、正にその「透明性」こそが、記号によって生み出された効果なのである。実際ジュネットは、ミメーシス的記号の生み出す効果を「もう一つの異化作用」と呼んでいる。この点に関してトドロフ（Tzvetan Todorov, 1939– ）は、ヤコブソンにとっての詩の指示性とは、詩が対象とする「現実」ではなく、それを提示するかのような印象を与える詩の働き、あるいは「迫真性」（plausibility）とその様式（mode of presentation）であったと述べている（275）。

言葉の三つのあり方とオノマトペ

以上の議論から明らかなように、オノマトペ及び音象徴の問題を考えることは、言葉と意味の関係を考えることに他ならないが、それは少なくとも次の三つの言語観に分けることが可能と思われる。（1）記号としての言葉＝意味（対象）を指示する言葉。（2）象徴としての言葉＝意味（対象）と一体化した言葉。（3）物としての言葉＝意味（対象）を持たない言葉。（1）はソシュールによって提唱された恣意的なシニフィアンとしての言語観であり、（2）はイェスペルセンによって代表される対象との有縁性を重視する言語観である。伝統的な意味でのミメーシスはここに含まれる。（3）の「対象を持たない」とは言葉を離れた対象あるいは意味の自立的な存在を措定せず、対象や意味は言葉そのものにおいて初めて具現するという言語観である。ジュネットのいう「もう一つの異化作用」としてのミメーシスはこれに相当するが、後期のヤコブソンが到達したのはこのような言語観であったと考えられる。文学史的な観点から見れば、それぞれリアリズム、ロマン主義、モダニズム（及びポストモダニズム）にほぼ相当する。

この三つの言語観は、言語が持つ三つの「あり方」として捉えることも可能であるが、それらは相互に分離的ではなく連続的、あるいは循環的である。(3)の場合のように言葉そのものにおいて対象が具現するとすれば、一旦対象が認識された後、言葉と対象の関係は内的な必然性を持つものと感じられるはずで、そのような言葉は(2)のような象徴となる。例えば、ある連続した音がjingleという言葉として分節されると、その言葉は対象の音そのものの忠実な反映とみなされる。このとき、あらかじめ対象が不在であったことは隠蔽され、逆に対象から言葉に向けて意味が流れ込むような倒錯した関係が作られるのである。さらに、象徴としての言葉は特定の言語体系や文化の上に成立しており、その制約を受けざるを得ない。jingleという言葉が仮にその成立の当初において必然性を感じさせるリアリティを持っていたとしても、それは英語の音韻体系等の制約から自由ではあり得ず、ソシュールが指摘したように、「その最初の特質のいくぶんかを失ってほんらい無縁である言語記号一般の特質を具える」に至る。すなわち(1)の状態である。だがこの恣意性こそが、慣習化した記号を「物としての言葉」へと再び変換する契機なのである。

事実、現在のjingleという言葉自体に、オノマトペ本来の象徴性や有縁性を感じ取ることは極めて困難である。それはもはや慣習化した記号に過ぎないからだ。従って、「セイレン」挿話において、このオノマトペが先に述べたような文学空間を読者に体験させる上で中心的な役割を担っているとすれば、それはjingleという言葉そのものによってではなく、それが執拗に反復されかつ唐突に挿入されることによって、リアリズムとは異なる次元がテクストに導入され、単なる描写を超えた新たな意味が生まれるからに他ならない。つまり記号化した言葉が、ここではコンテクストの力によって異化されることで、「物としての言葉」へと変換され、さらに新たな象徴性をも獲得するのである。

アトリッジの二分法

ジョイス研究者による「セイレン」をめぐる議論は、主に音楽と書かれた文字との対比を中心に行われてきた。この挿話の持つ音楽性を最初に指摘したのはギルバート (Stewart Gilbert) であるが、彼は「セイレン」において英語の散文が音楽の状態に最も近づいたのだと考えた (252-57)。ここで「音楽の状態」とは音と意味の一体化であり、私の分類に従えば「象徴としての言葉」がこれに相当する。しかし、構造主義的な考え方、すなわち言葉を記号とみなす言語観が文学研究に浸透すると、象徴としての言語観は徹底的に批判されることになった。上述したように、その急先鋒であったマッケイブは「セイレン」を言語の物質性 (the materiality of language) をドラマチックに体現するものと考えた。この挿話において音楽は物質的な音に解体され、音と意味の一体感は失われるが、マッケイブはこれをミメーシスの終焉と見るのである。
　同様な指摘はローレンスやアトリッジ（Derek Attridge）によっても受け継がれたが、特にアトリッジは「セイレン」が持つオノマトペの問題を包括的に分析しようとした最初の研究者である。彼はヤコブソンが問題にした詩的言語の「触知性」と「指示性」の対比を、言葉の前景化と透明性の関係として再定義し、これに基づいてオノマトペを非語彙的オノマトペ（nonlexical onomatopoeia）と語彙的オノマトペ（lexical onomatopoeia）の二つに分類した。前者の例として取り上げられるのは、「セイレン」挿話の最後に置かれたブルームの「おなら」を表すオノマトペPprrpffrrppffff である。

Prrprr.
Must be the bur.
Fff! Oo. Rrpr.
Nations of the earth. No-one behind. She's passed. *Then and not till then.* Tram kran kran kran. Good oppor. Coming. Krandlkrankran. I'm sure it's the burgund. Yes. One, two. *Let my epitaph be.* Kraaaaaa. *Written. I have.*
Pprrpffrrppffff.
Done.（*U* 11. 1286–94）

ぷるぷる
きっとバーガンディの
ふふふ！　おお。るぷる。
世界の国々が後ろには誰も。彼女は通り過ぎた。その時その時こそ。電車くらんくらんくらん。今がちょ。来たぞ。くらんどるくらんくらん。間違いないバーガン。よし。一、二の。私の墓碑名を。くらああああああ。記せ。我。
ぷぷるっぷふふふるっぷふふふふふ。
終われり。

オーモンドホテルのバーを出たブルームは、前方から馴染みの娼婦が来るのを察知し、慌てて通りに面したショーウィンドウを覗き込む。するとそこにアイルランドの愛国者ロバート・エメット（Robert Emmet, 1778-1803）の最後の言葉（イタリックの部分）が飾ってある。彼は娼婦をやり過ごすためにその言葉を読み始めるのだが、このとき昼食に飲んだバーガンディーワインのために腸内でガスが動くのを感じる。ちょうどそこへ、大きな音を立てながら路面電車が接近し、彼はその音に隠れて放屁、娼婦は彼に気付くことなく背後を通り過ぎる。引用した部分は以上の出来事を断片的な言葉とオノマトペを組み合わせることで同時進行的に描写したものである。
アトリッジによれば、非語彙的オノマトペの成否を決めるのは、その音が対象の音にどれだけ近付けるか（ミメーシス）ということではない。むしろ慣習化した言語からの逸脱によって、読み手の想像力を如何に喚起するかが重要になるのだ。逆説的になるが、これに成功するとオノマトペは読者を「魅了し喜ばせる」と同時に指示性をも獲得するのである。従って、ヤコブソンの強調した詩的言語の二重性という考え方（言葉の触知性と指示性それぞれの深化）は、非語彙的オノマトペが持つ特質ということになる。それは正に「言葉の音とその指示対象を、たとえ別々にではあっても、同時に高める」からである。但し、これは伝統的ミメーシスとは異なる何か別の作用である（Attridge, 147）。

音と意味の分離、両者の間の有縁性の欠如は言うまでもなく記号としての言語の本質であり、ジュネットの言葉を借りれば「ミメーシス的な非適合性、つまるところその突飛さ」である。従って、アトリッジによる「ブルームのおなら」のオノマトペ分析は、「記号としての言葉」と「物としての言葉」の二つの言語の「あり方」が連続していること、より正確には両者が表裏の関係にあることを改めて教えてくれる。このような非語彙的オノマトペが、伝統的ミメーシスとは異なる作用を持つと考えるのは妥当と思われる。

これに対して、語彙的オノマトペにおいては音と意味の融合が起きるとされる。

［語彙的オノマトペの音声的特性と意味的特性の融合］がもたらすのは、物理的な世界の直接的な理解でも、また言葉の音声を強調することでもなく、言葉そのものの高度な経験であ

る。この場合の言葉とは、音の単なる連続でもなく、実際の発話でもなく、まして差異の体系によって規定される音声などではなく、意味を生み出しつつある言葉であり、従って、ラングの抽象性とパロールの具体性の束の間の融合、言語体系の非歴史性と時間の中のこの一瞬という歴史性の融合、言語を成立させる共有された社会的慣習と私個人の発話実践の融合をいうのである。（152）

ここに述べられる語彙的オノマトペがもたらす「言葉そのものの高度な経験」（heightened experience of language as language）とは一体何なのか。アトリッジはその具体例として、バーメイドがボイランのためにグラスに注ぐスロージンの描写 thick syrupy liquor for his lips（*U* 11. 365）を取り上げ、それを以下のように分析する。

一方で、畳語反復的な二つの形容詞、liquid がくるという予想をはぐらかす liquor によって、さらに食事よりも性の喜びを暗示する唇に焦点が当てられることによって、我々は艶かしい身体的イメージを受け取る。その一方で、liquor と lips を介して thick と syrupy を結び付け、いわゆる「一回限りの配列」を生む音のパターンをも感じ取るのだ。しかし両者の結び付きこそが語彙的オノマトペを強力に特徴付けるさらなる効果、話し言葉としての英語の（さらには全ての話し言葉の）特質を高める効果を持っている［……］。読者が「正確さ」

を感じ取るとすれば、それは両者の相互作用によるのであって、言葉の音とスロージンの特質がぴったり重なるためではない。(152–53)

ここでアトリッジが主張するのは、読者が thick syrupy liquor for his lips という語句の連続から受け取るリアリティは、言葉が外界にある何かを「正確に」描写するためではないということだ。それはこの語句の中で融合し共働する音と意味によって初めて存在し始める何かであり、慣習化した記号としての言葉の物質性を再び目覚めさせると同時に、完全に物質化してしまう直前のところで踏み留まることによって生まれる何かである。これこそが「言葉そのものの高度な経験」の意味なのだが、とすれば、それが「一回限りの配列」であることは必然であろう。反復の可能性は慣習化への第一歩を意味するからである。

従って、もしそこに「正確さ」が感じられるとすれば、それはヤコブソンの詩学の到達点としてトドロフが指摘した、詩の作り出す「迫真性」のことであり、私の分類によれば「物としての言葉」がこれに相当する。重要なことは、ここでは一般的な描写における「透明性」が犠牲にされることによって、言葉自体と言葉の効果として現れた一度限りの「対象」との間に一体感が生まれ、それゆえに我々は言葉の「正確さ」を感じるということだ。すなわち「物としての言葉」はここで「象徴としての言葉」になるのである。

トネリコ杖の音から夜行列車の汽笛へ

アトリッジは非語彙的オノマトペと語彙的オノマトペ相互の係わりについて十分な議論をしていない。だが、先に提案した「言葉の三つのあり方」に従って考えるなら、非語彙的オノマトペは「記号としての言葉」と「物としての言葉」の二つの「あり方」によって成立しており、一方、語彙的オノマトペは「物としての言葉」であることによって独自の意味を産出し、「象徴としての言葉」へと変換されるのである。さらに既に述べたように、jingle に関しては、コンテクストの作用によって「記号としての言葉」が「象徴としての言葉」へと再生するのである。以上のことを図式化すれば次ページのようになるだろう。

理論的に考えれば、組み合わせの可能性としてこの三つを同時に充たすような場合も考えられるが（三つの円が交わる部分）、冒頭で取り上げたスティーヴンの杖の音こそ、そのようなオノマトペと思われる。再び問題の箇所を引用する。

He walked on, waiting to be spoken to, trailing his ashplant by his side. Its ferrule followed lightly on the path, squealing at his heels. My familiar, after me, calling, Steeeeeeeeeeeephen!

この言葉は杖が地面を引きずられた際に立てる音を表すオノマトペである。その少し前にこれと同じ意味内容を表す squealing という言葉があるが、それが慣習化され、透明化した記号であ

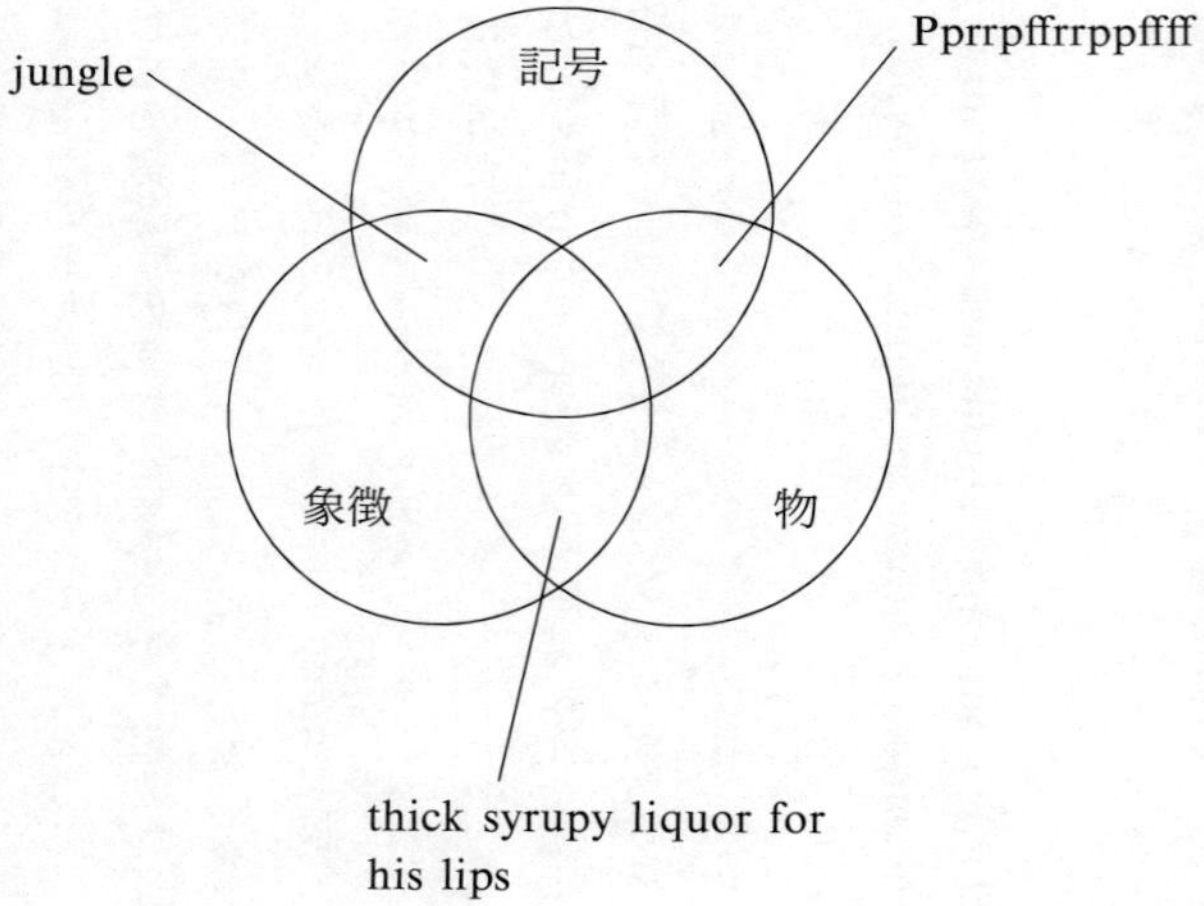
jungle
記号
Pprrpffrrppffff
象徴
物
thick syrupy liquor for
his lips

るのとは対照的に、こちらは異常に繰り返されるeの文字ゆえにその物質性が際立っている。つまりここでは「ブルームのおなら」の場合と同様、オノマトペの記号性と物質性が共に強調されているのだ。ところが、同時に、この音はスティーヴンの名を呼ぶ声でもある。杖のたてる音がその杖の持ち主の名前となることは、それが単なる記号の恣意性を超えた有縁性、すなわち言葉の象徴性を獲得していることを意味するだろう。

こうして、スティーヴンの杖の音は記号性、物質性、象徴性という言葉の三つの「あり方」を合わせ持つことになる。ジョイスは『ユリシーズ』において、オノマトペの可能性を様々な角度から探究し実験しているが、それはオノマトペに言語と世界、言葉と意味の関係が凝縮されているからである。スティーヴンのトネリコ杖の奇妙な音は、このことを我々に伝える最初のオノマトペなのである。

ただし、物語のレベルでは、あくまでもスティーヴンの意識が問題となる。少なくともこの段階では、オノマトペがもつ物質性および記号性は彼の意識において顕在化していない。重要なことは、杖の音がもつ象徴性、すなわち杖の音が杖の持ち主の名を呼ぶ「声」に（スティーヴンには）聞こえるということなのだ。それは何を意味するのだろうか。この謎を解く鍵は、オノマトペに付けられたmy familiar（使い魔）という言葉だ。『ユリシーズ』という作品世界の中で、彼を常に「スティーヴン」と呼ぶ者は限られている。同室のマリガンは彼をキンチというあだ名で呼び、またヘインズが何と呼ぶかは書かれていないが、英国人の「客」である彼はいずれにしても familiar（家族的＝聞き慣れた）ではあり得ない。そのような存在は、文字通り「家族」をおいては他にないだろう。

結論から言えば、スティーヴンを呼ぶ声とは、彼の死んだ母の声と考えるのが妥当だろう。実際、この後、彼に向かって「スティーヴン」と呼びかけるのは、第十挿話でたまたま出会う妹のディリー（*U* 10. 854）と、第十五挿話で彼に改悛を迫る母の亡霊（*U* 15. 4198）だけなのだ。父サイモンにいたっては、息子を直ぐには認識できないほど両者の間は疎遠なのである（*U* 11. 260)。第2章で述べたように、「母（へ）の愛」を克服することが物語のプロットにおいて重要な役割を担っていることを考えれば、杖の音はその持ち主の内的なドラマを象徴するオノマトペということになる。杖の音において母の声が顕現するのだ。そうであるなら、彼がなすべきことは、オノマトペが潜在的にもつ記号性と物質性を顕在化させることによって、その象徴性を解体することでなければならない。

第三挿話で波の音を聴くスティーヴンは、明確に意識することなく、その準備を行おうとする。

In long lassoes from the Cock lake the water flowed full, covering greengoldenly lagoons of sand, rising, flowing. My ashplant will float away. [...] Listen: a fourworded wavespeech: seesoo, hrss, rsseeiss, ooos. Vehement breath of waters amid seasnakes, rearing horses, rocks. In cups of rocks it slops: flop, slop, slap: bounded in barrels. And, spent, its speech ceases. It flows purling, widely flowing, floating foampool, flower unfurling. (*U* 3. 453-60)

コック潟から潮は長い投げ縄となってたっぷりと流れ込み、砂丘の干潟を金緑で覆い、わき上がり、溢れ出す。ぼくのトネリコ杖が流される。[……]耳を澄ませ。四つの単語でできた波の言葉、シースー、フルス、ルシースー、ウース。波の荒々しい息づかい、海蛇や、立ち上がる馬、岩間で。岩の窪みで波が跳ねる、ぱしゃり、ぼしゃり、ぴしゃり。樽の中で揺さぶられ。それで尽きて、波の言葉が止む。波は渦を巻いて流れ、広がって溢れ、一面に泡を浮かべ、花が開く。

「波の言葉」に耳を傾け、その音をできる限り正確に再現しようとするスティーヴン。彼の試みによって生まれるオノマトペ seesoo, hrss, rsseeiss, ooos は、一回限りの音の結びつきとなって、「物」としての存在感、物質性を高める。それはすぐに flop, slop, slap という既存の言葉に置き換えられはするが、クリシェに堕すことはなく、物質性を維持しながら、言葉と意味のあらたな一体感を創出する。投げ縄、海蛇、馬、花といった隠喩が散りばめられ波の動きは幻想的でさえある。これは一編の象徴詩なのだ。重要なことは、彼の名を呼ぶ母の声としてのオノマトペ＝杖の音によって体現される象徴性が、語のもつ物質性や記号性といった他の潜在的側面を抑圧するのに対して、「波の言葉」は象徴性が他の潜在的側面、特に物質性を少なからず保持し続けることである。

だが、スティーヴン自身はここでの「練習」を発展させることなく作品世界から立ち去る運命にある。彼の試みはブルームとモリーによって受け継がれるのだ。第3章で述べたように、ブルームは猫を始めとして、世界にある様々な「物」たちの声に耳を傾ける。先に挙げた「おなら」の音とならんで、モリーのおしっこの音（Diddleiddle addleaddle ooddleooddle Hissss. *U* 11. 984）も彼が作ったオノマトペの傑作であろう。モリーについて言えば、彼女のモノローグの中で再現される夜行列車の汽笛の音を表すオノマトペが、その物質性において際立っている。

frseeeeeeeefronnnng train somewhere whistling the strength those engines have in them like big giants and the water rolling all over and out of them all sides like the end of Loves old sweeeetsonnnng（*U* 18. 596–98）

フルスィィィィィィィフロンンンングどこかで列車の汽笛が機関車がもっている力強さは大きな巨人のようで溢れた水がその全体からあちこちへ流れ落ちて愛の懐かしくスゥィィィィトソオンンンングのようね

汽車の汽笛の音に、「愛の懐かしく甘い歌」（Love's Old Sweet Song）のタイトルが混入しているが、これはボイランとの演奏旅行で彼女が歌う予定の歌であり、同時に、ブルームにプロポーズされたホウスの丘での記憶やジブラルタルでのマルヴィーとのファースト・キスの記憶など、青春時代の恋愛の思い出を彼女に呼び覚ます歌である。この後、さらに二回夜行列車の音が彼女のモノローグに挿入されるが、最後の挿入は歌の歌詞だけでなく彼女の放屁の音にかぶせられる。

I feel some wind in me better go easy not wake him have him at it again slobbering after washing every bit of myself back belly and sides if we had even a bath itself or my own room anyway I wish hed sleep in some bed by himself with his cold feet on me give us room even to let a fart God or do the least thing better yes hold them like that a bit on my side piano quietly sweeeee theres that train far away pianissimo eeeee one more tsong（*U* 18. 903–08）

お腹にガスがたまってる静かにやるのがいいわ彼を起こさないようにまたべろべろ舐めさせてやる体をよく洗ってからお尻お腹わき腹家にお風呂があればねあるいはせめて私の部屋が彼は自分のベッドで寝てくれればいい冷たい足を押し付けてああおならしたり用を足す場所があればいいのにイエスこんなふうにわき腹にためて弱く静かにスゥィィィィィあの列車だわ遠くで極めて弱くィィィィィもう一つツォング

列車の汽笛の音に紛れて放屁するモリーの姿は第十一挿話の最後で市街電車の音に紛れて放屁するブルームの姿と響き合うが、ブルームの場合は愛国者エメットの遺書の言葉が混入したのに対し、こちらは放屁の音にラブソングの歌詞が混入する。昼間の声高でマッチョな演説と夜の静かな愛の歌が、男女のおならを媒介とし響き合い、市街電車のベルと夜行列車の汽笛が挿入される。さながら、ダブリンの街の音と男女の肉体の「楽器」からなる一種のコンチェルトを聴くようである。異常に繰り返されるeの音はオノマトペの物質性、すなわち「物」としての存在感を前景化しながら、第一挿話のスティーヴンの杖の音がもつeの反復とも響きあうだろう。この時、杖の音がもっていた抑圧的な母の声すなわち「母（へ）の愛」は解体され、男女の愛の音楽に生まれ変わるのではないだろうか。

スティーヴンは、神とはダブリンの「街の雑音」であると言ったが、第十一挿話を中心に、『ユリシーズ』の作品世界のあちこちで響く様々なオノマトペ＝「雑音」は、日常の言葉とは異なるレベルで機能しながら、そこに重層的（重奏的）意味の可能性を生み出している。それは「物」たちの語りなのだ。物語の始まりに置かれたスティーヴンの意識を反映したオノマトペ“Steeeeeeeeeeeephen!”が、最後に現れるモリーの肉体が発するオノマトペ“sweeeeeeeeeeetsong”に変容するなかで、言葉は意味の専制から解放され、その物質性を謳歌するのである。

第8章

処女のストッキングとしての語り

「ナウシカア」

夕暮れのサンディマウント海岸。女達が子守りをしながら砂浜で遊んでいる。その傍で一人物思いに耽る女。彼女の名はガーティ・マクダウエル、結婚を夢見る処女である。近くにある海の星教会では聖母マリアを讃える聖体降福式が行われ、礼拝の声は彼女の耳まで届く。少し離れた場所からこの様子をじっと伺う男がレオポルド・ブルームである。彼は妻の姦通に悩みながらダブリンの街を放浪する孤独な男なのだが、素性を知らないガーティの目には魅力的な「異国の紳士」として映る。やがて遠くで花火が上がり始め、ガーティは男の視線を感じながら徐々に身を反らして脚を露出、ブルームはそれを見ながら自慰に至る。

ホメロスの古典では、カリュプソのもとを脱出したオデュッセウスは筏が難破し、スケリエー島に漂着する。彼はそこで侍女達とボールで遊ぶ乙女ナウシカアと出会い、先ず彼女の美しさと若さを讃えたうえで、自らの窮状を訴え庇護をもとめる。心身ともに憔悴したブルームが束の間の「慰め」をガーティから受け取る姿は、この古典世界の出会いを現代に置き換えたものである。また、聖体降福式とはカトリックの儀式の一つで、化体によりイエスの体となったパンを神父が顕示し、信者がそれを礼拝するものだが、ガーティが露出する「聖体」とそれを「崇める」ブルームの行為は、浜辺の近くの教会で同時進行的に行われる聖体降福式の冒瀆的な模倣となっている。ガーティとは正に倒錯した処女マリアなのだ。

この挿話の語りの特質は、前半がガーティの意識を反映した三人称の語りと自由間接ディスコースであるのに対して、後半はブルームのモノローグあるいは自由直接ディスコースになっていることだ。ジョイス自身、前半の文体を「ひどく感傷的で、ベトベトしたマーマレード的、ズロース的」文体と呼んだように、この部分は一見安っぽいロマンス風スタイルで書かれている。[1] 一方、ブルームのモノローグは『ユリシーズ』の基盤となる「初期スタイル」によって構成され、中年男の冷めたリアリズムの視点から書かれている。二つの語りのスタイルが入れ替わるのは、聖体降福式が終わり、花火がフィナーレを迎え、男が射精し、それがブルームであることが暴露された直後であるが、その転換点はガーティの隠された「唯一の欠点」、すなわち彼女の脚に障害があることが明らかになる瞬間でもある。

彼女の露出された脚を見ながら自慰を行ったブルームにはもちろん、読者にもこの瞬間は少なからぬ驚きを与える。前半の語りはガーティの意識を反映するがゆえに、この欠点を最後の瞬間まで読者に語らないだけでなく、むしろ彼女の脚が如何に美しいかを強調し続けるからである。この「隠蔽する語り」の中心にあって、彼女の脚を魅力的に演出する言葉が「透明なストッキング」(transparent stockings) である。意中の青年との出会いを予感する彼女は、この日は特に着衣を選んで外出しており、透明なストッキングはその最も重要なアイテムなのである。

ブルームについて言えば、彼はこの日の朝、知人と街で立ち話の最中、通りの向こうにシルクの白いストッキングを履いた上流夫人を目撃し、彼女が馬車に乗る際それが露出することを期待するものの、その瞬間に市街電車に視野を遮られ失望する様が、第五挿話で語られている。ガーティの露出を見ながら自慰することで彼はその「埋め合わせ」をするのだ。つまり、透明なストッキングはガーティの語りの中心にあり、かつ彼女とブルームをつなぐ物、両者の抱く期待と失望そして慰めのフェティッシュなのである。

「受肉」する言葉

透明なものへの関心は、スティーヴンによっても共有されている。次に引用するのは第三挿話の冒頭部分で、時刻は午前十一時、場所はサンディマウント海岸、九時間後にガーティとブルームが出会うのと同じ浜辺である。

Ineluctable modality of the visible: at least that if no more, thought through my eyes. Signatures of all things I am here to read, seaspawn and seawrack, the nearing tide, that rusty boot. Snotgreen, bluesilver, rust: coloured signs. Limits of the diaphane. But he adds: in bodies. Then he was aware of them bodies before of them coloured. How? By knocking his sconce against them, sure. Go easy. Bald he was and a millionaire, *maestro di color che sanno*. Limit of the diaphane in. Why in? Diaphane, adiaphane. If you can put your five fingers through it it is a gate, if not a door. Shut your eyes and see.（*U* 3. 1–9）

目に見える世界の逃れ難きあり様。他のものはさておき、少なくともそれだけは僕の目を通して考えたこと。全てのものの特色を読み取るために、僕はここにいる。魚の卵、打ち上げられた海藻、満ちてくる潮、赤く古ぼけたあの長靴。水っぱな緑、青みがかった銀、赤錆び色。色分けされた記号。透明なものの境界。だが彼は続ける。物体の中の、と。とすれば、彼は物体の色よりも先に、物体の存在に気がついていたことになる。どうやって？　きっと、自分の頭を物体にぶつけたのさ。落ち着け。禿げ頭の上に大金持ちだった、かの「知者達の総帥」は。「中の」透明なものの限界。なぜ、「中の」なのか？　透明、非透明。そこに五本の指を通すことが出来れば、それは通路だ、もし出来なければ扉だ。目を閉じて見ろ。

スティーヴンは、世界とその認識、あるいは「物」(本質)とその「現われ方」(現象)について思索している。彼は先ず視覚から始める。視覚的なイメージは目を開けている限り一方的に飛び込んでくるものであり、その限りにおいて、それから「逃れることはできない」(Ineluctable)。しかし、このことは、視覚的に捉えられたものが確実にそこに存在しているということを意味しない。何故なら、視覚的イメージとは、目から入った信号が、脳において認識可能なもの=意味へと再構成されたものだからであり、それが世界の「ありのまま」の姿であるという保証はどこにもないからである。換言すれば、視覚的イメージの「逃れ難さ」とはこの脳による再構成の過程、そのほとんど自動化されてしまった意味化のプロセスを指すのである。スティーヴンの「他のものはさておき、少なくともそれだけは目を通して考えられたこと」という言葉はこの点を簡潔に表現したものと考えられる。

視覚的イメージが持つこの本質的な「不確かさ」を認めた上で、スティーヴンはそれを signatures と言い換える。この場合、それは「署名」という意味ではなく、個々のものが持つ独自の色や形のことであり、日本語の「特色」という言葉が相当するだろう。例えば、「魚の卵、海藻、波、古ぼけた長靴」は、浜辺を歩く彼の目に映った具体的なイメージであるが、彼は先ずこうしたものから色彩だけを抽出する。「水っぽな緑」とは魚の卵や海藻の色であり、「青みがかった銀」とは波の色、「赤錆び色」は古びた靴の色である。こうした色彩が文字通り個々のものが持つ「特色」なのである。

さらにスティーヴンは、色とは、「透明性」(diaphane) の「境界」(limits) であるという。ギフォードによれば、ここでスティーヴンが拠り所とするのはアリストテレス (引用文中では he とのみ言及される) の感覚論である。[2] アリストテレスは、「透明性」が諸物によって一般的に共有される本性または能力であると考え、色彩とはその「限界」(limit) を示すものであると考えた。つまり、透明な本性が失われる臨界点が色彩として知覚されるというのである。ただし、色は単に物体の表面にのみあるのではなく内部にもあって、透明性が失われるときそれが顕在化するとされる。換言すれば、透明性と色彩はともに物体の本性であり、空気や水においては透明性の度合が高く、その他の物ではそれが低いというのだ。スティーヴンが「物体の中の」(in bodies) という語句の前置詞 in に特にこだわるのはこのためであると考えられる。

もちろん、スティーヴンの思索をアリストテレスの理論に即して詳細に論じることは本論の目的ではないし、恐らくその必要もない。何故なら、彼の視覚に関する議論はアリストテレスだけを拠り所としているわけではなく、バークレイ (George Berkeley, 1685–1753) 等他のいくつかの思想家の理論を折衷したものであり (Gifford, 44)、また彼自ら自問自答するように、物体内部にある「透明性」などという本性をそもそも視覚的にどうやって認識することができたのかという問題にぶつかるからだ。スティーヴンは、アリストテレス自身が「透明性」を認識するためには、先ず自分の頭を物体にぶつける他なかったはずだ、と思弁的な議論の根底にある具体的な経験を看破するのである。

カトリックのエリート教育を受けたスティーヴンにとって、アリストテレスは基礎的な教養と思われるが、詩人であることを標榜する彼には、体系的な形而上学は十分に魅力的なものとはなり得ない。結局彼は視覚に頼りすぎることを否定し、「目を閉じて見ろ」と自分に命令するが、このアイロニカルな言葉には、視覚がもつ「逃れ難い」不確かさを克服しようとする若き詩人の挑戦的な態度を読み取ることができる。注目すべきは、こうして断片的に語られた視覚および透明性に関するスティーヴンの思索が、第十三挿話において極めて具体的なかたちで提示されるということである。

ガーティは、彼が片時も彼女から目を離さないでいることを見なくても分かっていた。そしてその時、オハンロン司教座聖堂参事会員が香炉をコンロイ神父に手渡し、跪いて聖体を見上げ、聖歌隊が「タントゥム・エルゴ」を歌い始め、彼女は「タントメル・ゴーサ・クラメン・トゥム」の上昇と下降に調子を合わせて足を前後に振り始めた。三シリング十一ペンスこのストッキングに支払った、ジョージ通りのスパロウの店で火曜日、じゃない月曜日、イースターの前だった、彼が見ているのは、一点の汚れもないこの透明なストッキング。(*U* 13. 495–502)

前半では三人称の語りによって、浜辺のガーティの内面と教会で行われる聖体降福式の様子が同時進行的に描写され、後半では自由間接ディスコースによって彼女の意識が提示されている。「タントゥム・エルゴ」(*Tantum ergo*)とはパンがイエスの肉体となる化体を讃える賛美歌の冒頭部分のラテン語(かくも、我は)であるが、それがガーティの耳には「タントメル・ゴーサ・クラメン・トゥム」と聞こえるのである。既に述べたように、教会内部の礼拝と浜辺のガーティの様子が何の断りもなく併置されることで、神父によって顕示される聖体が、まるで露出されるガーティの足であるかのような錯覚を引き起こすのだ。

男が自分を見つめていることは、「見なくても」分かる(見える)という彼女の内面描写は、スティーヴンの「目を閉じて見ろ」という言葉の具体的な事例と見なすことができる。また聖体(イエスの体＝body)と二重写しにされた彼女の足(肉体＝body)が透明なストッキングに包まれているのは、アリストテレスの理論でスティーヴンがこだわった前置詞 in の問題、すなわち透明性の境界としての色彩は、物体(body)の表面のみならず内部にもあるという議論を彷彿とさせる。ただし、ガーティの場合、肉体の境界を示すものが色彩ではなく透明なストッキングであるから、いわばアリストテレスの議論が裏返しにされている。アリストテレスでは透明性の限界である色彩が物体の境界をなし、かつ物体の一部とされるが、ガーティのストッキングでは透明性が彼女の肉体の境界をなし、それは物体(彼女の肉体)の一部ではなく表面を覆う被膜なのだ。

こうして、第十三挿話は、第三挿話の冒頭でスティーヴンが行う形而上的議論の「受肉」

(incarnation) として読むことができる。スティーヴンの言葉（ロゴス）が、一人の女となって現出するのだ。ガーティの露出された足は聖体降福式における化体のパロディであるにとどまらず、『ユリシーズ』の二つの挿話を「神学的」に結びつけるのである。

隠蔽する語り

被膜としての透明なストッキングは、実際には完全に透明ではなく背後にある物を隠蔽し見えにくくする。ブルームはガーティの脚に視線を集中し自慰を行うが、その間、彼女自身のことを考えることはない。透明なストッキングは彼の欲望を鏡のように映し出し、それを彼自身に投げ返すだけなのだ。ストッキングに覆われた彼女の脚の障害に、彼女が立ち上がって歩き出すまでブルームが全く気づかないことはこれを象徴している。

だが同じことはガーティ自身にもあてはまる。彼女はブルームが「他の誰とも違うことを直感し」、自分がこれまで夢見てきた「理想の夫」(dreamhusband) と決めつける。そして連れの女達が花火の方へ駆け出し一人残された時、語り手は彼女を次のように描写するのだ。

詮索したりあれこれ言う他人がやっと消えて、二人きりになったとき、彼女には彼が死ぬまで信頼できる人であること、信念のある立派な男、爪の先まで確固たる紳士であることがわかった。彼の手と顔が動いており彼女の全身は興奮に襲われた。そして彼女はずっと体を反らして花火の方を見上げ、膝を両手で抱えて見上げながら後ろへ転ばないようにした、そして彼と彼女以外には誰も見ておらず、彼女はかくも優雅で美しい脚、たいそう柔らかで可愛らしく丸みを帯びた脚を露わにした、そして彼女には彼の胸の動悸、彼の荒い息づかいが聞こえるような気がした、なぜなら彼女だって男の人のそうした情熱を知っていたから。［……］でもこれはそんなのとは全く違う、なぜなら全然違うから、なぜなら彼女はほとんど彼が彼女の顔を引き寄せて、彼のハンサムな唇の最初の熱い口付けが触れるように感じたから。（*U* 13. 692–708）

ガーティがブルームの自慰に気付いていることは明らかであるが、彼女はあえてそれを否定しようと躍起になり、語りはそうした彼女の意識に同調する。ブルームが彼女の脚の障害に全く気付かないのとは対照的に、ガーティはむしろ意図的に事実から目をそむけ、自己の作り上げた物語にとどまり続けようとするのだ。

ガーティの意識を反映した語りが、当時の女性週刊誌の広告にみられるクリシェや、ヴィクトリア朝の女流作家マライア・カミンス（Maria Cummins, 1827–1866）の『点灯夫』（*The Lamplighter*, 1854. この小説のヒロインの名もガーティ）のセンチメンタルな文体を模倣することはジョイス研究者にはよく知られている。[3] 特に際立つのはガーティの婉曲表現で、彼女は性や排泄に関する言葉を極力避けるのだ。「尻」(bottom) という言葉を聞いただけで顔を赤らめ、トイレを「あの場所」(that place) と呼び、生理は「あの事」(that thing) で、性行為は「もう一つの事」(the other thing) である。彼女自身によるこうした抑圧は、当時のアイルランド・カトリック教会によって示された性道徳と、ヴィクトリア朝英国の中産階級を中心とした紳士教育による婉曲語法の流布、さらに世紀の後半に起こった潔癖主義運動等が背景にあると思われる (Mort, 113; Mullin, 21)。

ローレンスは、こうした文体がそこに反映されたガーティ自身の言語能力をパロディにすると述べている。

> もし、ガーティの言葉が力を失うとすれば [……] それは言語的というより、むしろ社会的理由による。言葉が現実を正確に描写するだけの鋭さを発揮できなくなるのは言語の限界ではなく、むしろガーティがそれを維持する能力を持たないからなのだ。(121-22)

ここでローレンスが「社会的理由」という語句によって何を意味するのか必ずしも明確ではないが、文脈から考えて、ガーティが日々の生活において獲得した言語運用能力ということだろう。それが語りの限界として反映されるというのである。

これに対して、ヘンケはガーティのナルシシズムや虚栄心がパロディとされていることを認めながらも、それが過酷な現実に対する彼女なりの対処法であるとし、ガーティにブルームやスティーヴンに通じるような創造性を見ようとする。

傷ついた感情を隠すために、ガーティはロマンティックな虚構という心地よい場所へ避難する。彼女は自分を好きになろうと躍起になり、肯定的な自己のイメージを作り出すために、肉体的な魅力への誇張されたプライドによって、脚の障害を補おうと努力するのだ。初めはナルシシズムと見えたものも、孤立への大胆な抵抗として解釈することができる。ガーティの障害を知らされた後では、私たちは一九〇四年当時の競争的な性の市場に置かれた彼女の自己肯定的虚勢を称賛せずにはいられない。(1982, 134)

この主張は納得できるものであり、ローレンスが言及しながら曖昧なままにしたガーティをとりまく社会のあり方、すなわちコンテクストの問題が彼女の言葉との係わりにおいて明確に指摘されている。ガーティの意識を反映した語りが、当時の女性週刊誌やロマンス小説の言説によって構成されているとしても、彼女にとっては、それはハンディを背負った自分を覆う外皮であり、過酷な社会に対して身を守る盾であるということなのだ。[4]

もちろん、盾はあくまでも盾であって、彼女が晒される問題の本質を突く武器にはなり得ない。このことは既にフレンチによって指摘されている。

ガーティは、身体的暴力やアルコール中毒、排泄や生理、男女それぞれの自慰について思いを巡らせるものの、彼女がこうした話題を語る言葉で一体何を伝えたいのか理解するためには、読者の細心の注意が必要である。[……] ガーティが人生で経験することの意味は、ペチコートの紐の結び目の中でからまり、隠されている。(158)

つまり挿話の前半の語りは、ガーティの現実をブルームと読者から隠蔽するだけでなく、彼女自身からも隠してしまうのだ。この場合、現実とは、彼女の身体的障害にとどまらず、人々に類型化された男女関係やイメージを繰り返し吹き込み、いわば性愛のあり方に関して人々を洗脳する女性週刊誌やロマンス小説に代表されるメディアの実態と、そのような関係やイメージを理想として受け入れてしまうガーティを含めた多くの人々の姿である。彼女はこうしたメディアから学んだ言葉で自らを語ることで現実を直視せずに済むのだが、そこから生まれて来る自己イメージが彼女自身を制約し、それ以外の自己と社会の可能性が見えなくなるのだ。

社会に流通する心地よい言葉を安易に受け入れることで身動きができなくなる皮肉な事態は、ガーティと家族の係わりにおいても生じている。彼女の父は酒によってしばしば家庭内で暴力を振るい、彼女はそうした父を「最低の最低」と非難しながら、すぐに以下のように続ける。

可哀想なお父さん！　欠点はたくさんあるけど、彼女はそれでも父を愛していた、父が「メアリー、僕の気持ちを伝えたい」とか「ロシェルのそばの僕の愛しい人の家」を歌ってくれたとき、また二人でザルガイをシチューにして、ラゼンビーの店のサラダドレッシングをかけたレタスで夕食にしたり、「月が昇った」を歌ってくれたとき。(*U* 13. 311–15)

欠点があっても父親を愛するという一見微笑ましい言葉も、それが隠蔽する現実の重さを考えるなら安易に肯定することはできない。飲酒による父の家庭内暴力は当時のアイルランドにおいて深刻な問題であり、ジョイスはそれを『ダブリンの人々』で繰り返し描いている。実際、ここに引用した一節は「イーヴリン」の同名の主人公イーヴリンが、同じく父の暴力に晒されながらも昔の父との楽しかった記憶によって過酷な現実から目を背けようとする姿を連想させるのである。

ガーティが言及する父の歌は、当時のセンチメンタルな流行歌だが、どれも男性が女性に言い寄る歌であり、父が娘にこうした歌を唱いながら、一緒に夕食を作る光景に近親相姦への暗示があることは否めない。引用した箇所の直後に「ガーティは本当によい娘でした、ちょうど家の第二の母、救いの天使のようでした」(*U* 13. 325–26) とあるのは、父親にとっての「第二の妻」を婉曲的に意味するのかもしれない。彼女は父や周囲の人々から「救いの天使」という心地よいことばをかけられ、自らもそれを受け入れることでおぞましい現実から目を背けていると考えられるのだ。

現実とそれを語る言葉の隔たりを語りのアイロニーと呼ぶなら、それが最大限の効果を発揮するのはガーティが聖体降福式において聖母に喩えられる場面である。

あれは教区宣教師、イエズス会士ジョン・ヒューズ師によって執り行われる男性のための禁酒の静修、ロザリオの祈り、説教、そして聖体降福式。男達は階級の区別なくそこに一緒に集められ［……］無原罪なる方の足許に跪き、ロレトの聖母マリアの連禱、いにしえより親しまれた言葉、聖母マリアよ、清き処女の中の処女よ、を朗誦し彼らのための取りなしを求めているのです。ガーティの耳に、それは何と悲しく響いたことでしょう。父が誓いを立てるなり週刊ピアソンにあった飲酒癖が治ったという粉薬を飲むなりして、お酒の魔手を逃れていたら、彼女は今頃馬車を乗り回す身分となり誰にも引けを取らなかったでしょう。（*U* 13. 282-92）

聖体降福式の目的がアルコール中毒にかかった男達のためのものであることおよび聖母マリアへの慈悲を乞うことでそれが執り行われることは、ガーティの父が酒によって家庭で暴力を振るう事実を踏まえたとき、痛烈なアイロニーを帯びる。上述したように、挿話の前半の語りではガーティはマリアと重ねられるため、結果的に父の暴力の犠牲者であるガーティ（マリア）が、教会によって当の父への慈悲を求められるに等しいからである。換言すれば、ここでは当時のカトリック教会の儀式が、「犠牲者」である女性の声を封じ込めてしまう装置であることが暴露されているのだ。

こうして、語りのアイロニーは聖体降福式の偽善、あるいは慣習となった儀式がもたらす弊害を明らかにする。先に、足を露出するガーティとそれを見ながら自慰を行うブルームの姿を儀式の「冒瀆的模倣」と表現したが、取りなしを乞う男達が文字通りマリアの「足許に跪く」ことで日頃の家庭内暴力への許しを求める構図が暴かれた後では、両者の比較は儀式の冒瀆ではなく、儀式そのもののあり方を批判する辛辣なアイロニーの様相を帯び始めるだろう。

ただし、ガーティ自身が自分の置かれたこうした状況の本質を明確に理解することはない。彼女の意識を反映したセンチメンタルな語りの言葉は、彼女自身に対してはあくまで不透明な被膜であり、過酷な現実を見えにくくするからである。語りのアイロニーは読者にのみ開かれているのだ。その場合、語りの全てが彼女に還元できるとみなすなら、彼女の現実逃避だけが問題となり、彼女の置かれた構造的な問題を見失うことになる。事実、上述したようにローレンスは挿話の言葉が現実を的確に描写できていないと断定し、それをガーティの言語能力の乏しさと同一視した。

語りのもつアイロニーは、語りがガーティの意識を反映しながら、その一方で教会内部のミサの様子を詳述し、両者を併置することにおいて初めて示唆される。換言すれば、語りの言葉は読者に対しても彼女の置かれた現実を見えにくくすると同時に、隠された現実をその背後に暗示するのだ。そしてこのことは、正に彼女の「透明なストッキング」が透明でありながら透明ではなく、彼女の脚の障害を覆い隠す被膜であることによって象徴されている。ガーティのストッキングは挿話前半の語りそのものの隠喩なのである。

仮想セックス

一人の男の自慰を如何に作品化するか。『ユリシーズ』第十三挿話は、この課題に対して返された一つの答えである。言うまでもなく、自慰行為そのものが直截な言葉で描写されているわけではない。人間の生理的・性的な行為は、それ自体をみれば身体的あるいは機械的であり、それを行う人間の心理あるいは動機やそこに至る経緯こそが文学のテーマになりうるからである。従って、あえて性行為のみを描写すれば、それは扇情的なポルノグラフィーか、逆に無味乾燥な解剖学的描写になる可能性が高いだろう。第十七挿話「イタケ」にあるブルーム夫妻の性生活を総括した言葉「十年と五ヶ月十八日の間、性行為は不完全であり、女性性器内部への射精は行われなかった」(*U* 17. 2282-84) という記述はその一例である。

ブルームの自慰行為の描写が作品として成功しているのは、それがブルームを見るガーティの視点から描写されるからである。

すると、ジャッキー・キャフリーが見てと叫んだ、ほらまた一つ、それで彼女は身を反らし、ガーターは青色で透明なストッキングに合わせてあって、それを皆が見て、皆が見て見て、と叫んで、ほらきた、だから花火を見たくて彼女はもっとずっと反り返って、そしたら何か奇妙な物が空中を飛んで、柔らかな物、あちらこちらを、黒っぽい。そして彼女は見た、長い打ち上げ花火が林の向こうを上がっていくのを、上へ、上へ［……］彼女は大声で彼に叫びたかった、息を切らして、雪のように白く細い腕を彼に差し伸べて、彼を招き寄せ、自分の白い額に彼の唇を感じて、若い娘の愛の叫び、彼女から絞り出された小さな押し殺された叫び、時代を超えて鳴り響いたあの叫びを。そのとき火矢がぱっと光り爆音がドーンと響き、そしたら、おお！　花火が炸裂、おお！　と溜息のように、そしたら皆が、おお！　おお！　と喚起の叫びを上げ、それが吹き出して流れる金色の細い雨の糸となって、そして流れ落ちて、ああ！　緑がかった露のように星達が落ちる、金色の、おお、何と見事な、おお、柔らかく、甘く、柔らかく！（*U* 13. 715–40）

ここに展開する語りは「透明なストッキング」としてのセンチメンタルな語りではない。本来別々の聴覚的・視覚的イメージが融合し、花火を見る人々の歓声は、ガーティの露出に歓喜するブルームの意識と重なり区別がつかず、あたかも人々はガーティの露出とブルームの射精を観覧し、感嘆するかのようである。さらに精液の噴射は打ち上がる花火と同調し、神話的なイメージさえ帯びている。「金色の細い雨の糸」とは幽閉されたダナエと交わるために姿を変えたゼウスへの言及であろう。エルマンはウラジミール・ナボコフ（Vladimir Nabokov, 1899–1977）がこの部分を一片の詩と呼んだことにふれ、ガーティの内部に秘められた豊かな想像力を讃えている（1792, 129）。その中心にあるのは、彼女の口から今にも発せられようとする「時代を超えて鳴り響いたあの叫び」、すなわち愛の喜びの叫び、エクスタシーの声である。溢れ出すようなガーティの詩的想像力は、『ユリシーズ』を締めくくるモリーのモノローグを予感させるのである。[5]

だが、この詩的高揚は束の間のものでしかない。ブルームとガーティの「交わり」はあくまで視覚を介した仮想現実だからであり、何よりもガーティ自身が性に対する偏見と抑圧から自由ではないからである。彼女は自分の露出が一人の男を性的に興奮させたことを知りながらそれを否定し、「透明なストッキング」としてのセンチメンタルな語りによって再び自らを覆ってしまうのだ。

彼は何という獣！　またやったのね。美しく汚れのない魂が彼に呼びかけたのに、恥知らずな彼は何と答えたの。とんでもない不良！　全ての男の中の！　それでも彼女の目には慈悲の無限の蓄えがあった、彼への許しの言葉が、たとえ彼が過ちを犯し、罪を犯し、道に迷ったとしても。乙女は他言すべきだろうか。否、断じて否。それは二人だけの秘密、黄昏に包まれた彼らだけのもの、他に知る人も話す人もない、ただ、夕闇をあちらこちらと静かに飛

ぶ小さなコウモリ以外には、でもコウモリは他言しない。(*U* 13. 745-53)

彼女の詩的想像力は影を潜め、ヴィクトリア朝的取り澄ましと聖母マリアを気取った大仰な身振りが前面に回帰している。ガーティは再び不透明な外皮によって本来の自分の姿、性の欲望を隠そうとするのだ。通りすがりの男ブルームとの視線を交えるだけの仮想セックスは、彼女に束の間の「性の喜び」と想像力の解放をもたらすが、それは彼女を取り巻く当時のアイルランド社会では受け入れられない「罪」であり、そのことを一番よく知っているのは彼女自身なのである。

コウモリ

ブルームとガーティの秘密を知る者はコウモリだけである。この多分にメルヘン調の語り口によってガーティの露出は終わり、彼女の意識を反映した挿話前半の語りも終る。冒頭で述べたように、この時、それまで隠されていた彼女の脚の障害が露わになり、ブルームの「靴がきついのかな？　そうじゃない。脚が悪いんだ！　ああ！」という言葉によって、彼の意識が提示される自由直接ディスコースによる語りの世界が始まる。夕闇に舞うコウモリは、この二つの語りの世界をつなぐ生き物なのだ。ブルーム自身、コウモリについて以下のような考察を加えている。

ばっ。何が飛んでいるのだろう。ツバメかな。たぶんコウモリだ。僕を木と思っている、目が見えないから。鳥は臭いが分からないのか。輪廻転生。悲しみのあまり木に変身するとか。泣く柳。ばっ。ほら来た。おかしなちびの乞食。奴はどこに住んでいるのか。鐘楼の上の方。まず間違いない。聖なる香りの中に踵でぶら下がっている。鐘の音に驚いて出てきたのだろう。［……］小さな手をして、外套を着た小さな人のようだ。ちっちゃな骨。骨が震えるのが見えそうだ。青っぽい白。（*U* 13. 1117–32）

この一節は、様々な意味で挿話前半と対応している。まず輪廻転生であるが、悲しみのために木に変身するのは、アポロに追われて月桂樹になるギリシャ神話のダフネのことであろう。ブルームは自分が木になった場合を想像しているようだが、文脈からすれば、コウモリに変身するのは誰なのかを考えるべきで、昼間から夜へ向かう薄明かりの中で、束の間姿を現すコウモリこそ、ガーティ自身を象徴していると考えられる。そのような半透明な空間でのみ、彼女は自らの本来の姿を見せるからであり、青みがかった白い骨が透けて見えるコウモリの体は、マリアを連想させる青い服に透明なストッキングを身につけたガーティのイメージとも対応するからだ。事実、ブルームが花火を背景に射精する場面で言及される空中を舞う「奇妙な物」あるいは「柔らかな物」とはコウモリのことで、それはガーティの露出が始まるのとほぼ同時に彼女の周囲を飛び回り始めるのである。さらに既に述べた「時代を超えて鳴り響いた」愛の喜びは、「彼女から絞り出された小さな押し殺された叫び」でもあり、それはコウモリの小さな鳴き声を連想させるだろう。

カトリックのマリア崇拝に象徴される慈母としての女性観とヴィクトリア朝の抑圧的道徳が浸透した昼の世界が終われば、夜の世界が訪れるが、そこは第十四挿話「太陽の牛」と第十五挿話「キルケ」によってそれぞれ象徴されるように、産院と娼館の世界である。ガーティのエクスタシーの声は対立的な二つの世界、昼間の聖母=淑女の沈黙と、夜の産婦の呻きあるいは絶叫と娼婦の叫喚の間で、かろうじて絞り出されるのだ。コウモリの押し殺された鳴き声こそは、当時のアイルランド女性の満たされぬ愛の叫びを象徴するのではないか。ここで『肖像』において、スティーヴンがアイルランド女性の魂をコウモリに喩えていたことを思い出すこともできる。[6]

ブルームはコウモリが昼間は鐘楼の奥(Belfry up there)に潜んでいて、それが聖体降福式の終了を告げる鐘の音に驚いて飛び出してきたと考えている。事実、前半の挿話の中でそれを裏付ける記述があるが、その下敷きに、"bats in the belfry"「頭がおかしい」という慣用表現があることは、単なる言葉遊び以上の意味がある。慈悲深い聖母に喩えられる一方で、父および社会の「暴力」に晒されるガーティの生活は狂気と紙一重であるとも言えるからだ。[7]

挿話の最後で、眠気に襲われたブルームは、ダブリン湾の向こうに浮かぶホウスの丘を見ながら大口を開けて居眠りを始め、彼の周りをコウモリが飛ぶ。この時、語りは再び彼から離れ、ミサを終えた神父の司祭館の内部へ移り、そこにある暖炉の上の鳩時計がクックー(Cuckoo)と時を告げる様を描写し、さらにその音にかぶせるようにガーティが「その瞬間、岩から自分を見ていた異国の紳士が寝取られ夫（Cuckoo = cuckold）であることに気がついた」と語る。クックーというオノマトペを介して三つの場面が一つに融合するわけだが、夕闇に紛れて自由に飛翔するコウモリこそ、これを行う媒介なのかもしれない。ブルームが自慰の後でガーティの隠された障害を知るように、ガーティの分身となったコウモリが、大口を開けるブルームの体内に入り彼の隠された真実を知るのだ。それは社会の周縁に生きる二つの孤独な魂が相互に認め合った瞬間と言えるかもしれない。

第9章

「客観的語り」の主観性について

「イタケ」

　第十七挿話は「イタケ」と呼ばれる。枠組とされたホメロスの『オデュッセイア』において、オデュッセウスが故郷イタケに帰還するように、この挿話で、主人公ブルームが街で出会った青年スティーヴンを連れて自宅に戻るのだ。ただし、古典ヒーローの妻が夫の帰りを二十年間待ち続けた貞女ペネロペイアであるのに対し、ブルームの妻モリーは夫の留守の間に情事に耽った後、既にベッドの中で眠りに落ちようとしている。

　この挿話の語りは三百九の問答から成る。時刻は午前二時、二人はココアを飲みながら様々なことを話し合うが、全ては三人称の語りによる問いと答えを通してのみ記述され、彼らの言葉や意識が直接的に提示されることはない。ジョイス自身はこの挿話を「イタケの乾燥した岩」（the dry rock pages of *Ithaca*）と呼び、計画表の中では、その技法を「個人の感情を交えない教義問答」（impersonal catechism）であるとした。その背景には、彼が幼年時代に受けたジェズイット教育や、十九世紀に流布した百科全書的教科書があるという。[1] 誰のものとも判然としない奇妙な「声」によって、先行する挿話で部分的に提示された事象や人間関係が、科学的・客観的視点から整理、総括されるのである。

だが、その一方で、「イタケ」の「科学的・客観的」語りが帯びる主観性が常に問題とされてきた。例えばリッツ（A. Walton Litz）は、天体の客観的な描写には人生に対するブルームの諦念が浸透しており、それが物を介して主観を描く新たな手法であるとして、ジョイスとフランスのヌーボーロマンの親近性を指摘し（76）、ベンストックは、水の遍在性について語られる百科全書的一節について、ブルームをその機能上の起源としながらも、全てを彼の知識とみなすことは出来ないとする（105）。[2]

三人称の語りに侵入する作中人物の意識という問題は、これまで見てきたようにジョイスの小説全般に見られる問題であり、さらに、作中人物に還元できない主観性は、『ユリシーズ』の語りを特徴付けるアレンジャーともかかわる問題である。一見無味乾燥な教義問答形式に宿る主観性が必ずしも作中人物に由来するのでないなら、それはどこから来るのか。またそのような語りの意味、あるいは効果とは何なのだろうか。

帰謬法

自宅へ辿り着いたブルームとスティーヴン。ブルームは玄関の扉を開けようとするが鍵がないことに気付く。朝、別のズボンのポケットに入れたまま家を出てしまったのだ。彼はやむを得ず半地下の部分にある扉から侵入するために、通りに面した柵を乗り越え下へ飛び降りる。

彼は落下したか。

常衡十一ストーン、四ポンドという彼の既知の体重により落下した。これが確かめられたのは、北フレデリック通り十九番地、薬剤師フランシス・フレードマンの店内にある、目盛り付き定期自己体重計によってであり、前回のキリスト昇天祭の日、すなわち、西暦一九〇四年（ユダヤ暦五六六四年、マホメット暦一三二二年）閏五月十二日、太陰周期五年目、日数差十三、太陽循環期九年目、主の日文字、ローマ周期二年目、ユリウス暦六六一七年、のことである。（*U* 17. 90-99）

読者はここで初めてブルームの正確な体重を知る。メートル法に換算して約七二キログラム。この直前に彼の身長が約一七七センチとあるので、当時のアイルランド人男性としては大柄な方であろう。現代のオデュッセウスたるブルームをイメージするのに役立つ記述である。だが、これに続いて述べられる彼が体重を量った場所や日付、ユダヤ暦からユリウス暦までの様々な暦による日付の言い換えは、物語の展開上は直接必要ないものであり、明らかな逸脱である。

「イタケ」ではこうした逸脱がしばしば延々と続き、物語の進行が遅滞する。記述があまりに冗漫なため、一体何が起きているのか判然としない場合さえある。些細な内容を、「科学的」言説を用いて必要以上に分析的・数量的に記述するのは、レトリックとしては一種の帰謬法(reductio ad absurdum)であり、文学用語ではバーレスク、またはパロディと考えることができる(French, 220; Lawrence, 188)。いずれの場合もその目的は、単なる滑稽さの喚起ではなく、極端な描写を介して、対象がもつより本質的なものを明らかにすることにある。

実際、姦通した妻が寝ている自宅へ戻り、玄関から入ることもできず半地下へ落下するブルームの姿には、滑稽さと同時にペーソスが漂う。最も近しいはずの家庭から疎外されるという当人にとっての悲惨な状況と、それに不釣り合いな言説とのギャップによって、ブルーム一人にとどまらない人間の置かれた深い孤独が浮かび上がるのだ。我々人間は、細々とした日常の事象に包囲され、如何なる場合もそこから完全に自由になることはできない。全ての人間がブルームと同じ状況を大なり小なり共有せざるを得ないことが認識された時、彼の孤独あるいは主観は、読者のものとなるだろう。「イタケ」の「科学的」言説がもたらす一つの効果である。

ただし、「イタケ」の語りがもつ意味はこれにとどまらない。人間の置かれた普遍的状況とその根底にある孤独が、この語りが扱う対象の一つであるなら、もう一つの対象は、語りそのものに付与された科学性あるいは客観性である。帰謬法あるいはパロディーによって、科学的言説そのものの本質が問題とされるのだ。次に引用するのはブルームの父の死に関する一節である。

クレア州エニスのクイーンズホテルにおいて、一八八六年六月二七日の夕刻、ルドルフ・ブルーム(ルドルフ・ヴィラグ)死亡、時刻は未記述。死因はトリカブト(アコニット根)の過剰投与の結果で、クロロフォルム一に対してアコニット根二(一八八六年六月二七日の午前十時二〇分、エニスのチャーチ通り十七番地にあるフランシス・デニーの薬局にて彼が購入した)の割合で自ら神経痛塗布剤として調合したものだが、一八八六年六月二七日の午後三時十五分とびきりハイカラな麦藁のかんかん帽(前述の時間と場所で前述の毒素を購入した後のことで、ただし、その結果ではない)をエニスのメイン通り四番地、ジェイムズ・カランの洋服店にて購入した後のことで、ただし、その結果ではない。(*U* 17. 622-32)

一見、死んだ父親の検死調書のようでありながら、記述内容は後半から脱線する。特に父がアコニット根を購入した後で帽子を買ったことの詳細な記述は、通常、検死調書では省略される事柄であろう。そのようなことは彼の死と直接関係しないはずだからである。「その結果ではない」という語句の繰り返しも記述の冗漫さを加速させる。その一方で、通常の検死調書では最も優先されるべき父親の死亡時刻が「未記述」(unstated) なのだ。こうしたアンバランスあるいは恣意性は、「イタケ」の語りがもつ科学性あるいは客観性にほころびを生じさせる。何を詳細に記述し何を省略するかという判断において、語りが主観性を帯びていることが明らかになるのだ。

このような主観性はどこから来て、何を意味するのだろうか。語りの焦点がブルーム自身の関心をある程度反映していることは確かであろう。死亡時刻が「未記述」とあるのは、実際に彼が見た検死調書の記憶なのかもしれない。だが、父親が帽子を買った正確な時刻については、それがブルーム自身の記憶によるものとは考えにくい。また、こうした作中人物の意識に収まらない語りの操作の担い手を、ヘイマン=ケナーにならってアレンジャーと呼ぶとしても、主観性の出所とその意味を明らかにしたことにはならないだろう。

語りにおいて何に焦点を当てるかという問題は、ナラトロジーにおける文字どおり焦点化の問題である。そこには必ず焦点化を行う主体の主観が介在するが、それが特定の作中人物に還元できないなら、第十七挿話の「科学的」語り自体がその本質において主観的であるということになる。そして恐らく、このような主観性こそは、全ての科学的言説において免れ得ないものなのだ。なぜなら、科学的言説はその手法に関していかに精緻な数量化、客観化を行っても、それを何に対して行うかという根本的な判断においては、主観を完全に払拭することはできないからである。「イタケ」の語りは、この科学的言説の本質を問題とするのである。

同様なことは、「イタケ」の語りに混入する様々な記述ミスについてもあてはまる。以下に引用するのは、ブルームとスティーヴンの年齢差に関する記述である。

彼らの年齢には如何なる関係が存在したか。

十六年前の一八八八年、ブルームがスティーヴンの現在の年齢であったとき、スティーヴンは六歳であった。十六年後の一九二〇年、スティーヴンがブルームの現在の年齢になるとき、ブルームは五十四歳になるであろう。一九三六年、ブルームが七十歳でスティーヴンが五十四歳になるとき、初めは十六対〇であった彼らの年齢の比率は、十七と二分の一対十三と二分の一となり、将来の任意の年が加算されるのに応じて、比率は増大し差は縮小するのだが、仮にそのようなことが可能だとして、一八八三年に存在した比率が変わらないとすると、一九〇四年、スティーヴンが二十二歳のときにブルームは三百七十四歳であり、一九二〇年、スティーヴンが現在のブルームと同じ三十八歳のときには、ブルームは六百四十六歳となり、一九五二年、スティーヴンがノアの洪水後の最高年齢である七十歳に達したとき、ブルームは千百九十歳で、西暦七一四年に生まれたことになり、ノアの洪水以前の最高齢、すなわち、メトセラの九百六十九歳を二百二十一年上回る。だが、もしスティーヴンが西暦三〇七二年にその年齢に達するまで生き続けるなら、ブルームは八万三千三百歳まで生きることになり、紀元前八一三九六年に生まれていなければならない。(*U* 17. 446–61)

人間本来の寿命に関係なく、二人の年齢比の計算を不合理なまでに押し進めるのは帰謬法の面目躍如といったところだが、それ以上に問題なのは、天文学的数字の羅列に紛れ込む誤った記述である。先ず、二人の年齢が増すにつれて、その比率が増し差は縮小するなどということはあり得ない。比率は縮小し、差は常に一定でなければならない。また、スティーヴンが七十歳のとき、計算上、確かにブルームは千百九十歳になるが、生まれたのは七一四年ではなく、七六二年になるはずである。さらに、スティーヴンがこのブルームの年齢に達したとき、ブルーム自身は二万二百三十歳のはずで、八万三千三百歳などではなく、従って、生まれたのも紀元前八一三九六年ではなく紀元前一七一五八年でなければならない。[3]

科学には判断ミスや計算ミスが常に起こりうる。「イタケ」の記述は、それを極端に押し進めることによって、科学的言説が抱える宿痾《しゅくあ》をパロディーにするのだ。もちろん、科学的言説の根底には、エラーは克服されるべきものであり、それを排除することでより完全な世界認識あるいは自然の支配が可能になるという信念がある。この信念は科学を限りなく神へと近づけるが、「イタケ」がパロディーとする真の対象は、正にこの科学の神格化にあると思われる。挿話全体がカトリックの教義問答のスタイルを持つのはこのためであろう。

焦点化の場合と同様、エラーとその否定による神格化は、科学的言説がもつ主観の問題を浮き彫りにする。神が人間の内部にある絶対的なものへの渇望を外部に投影し人格化したものであるなら、現代の神である科学は、人間のもつ理性という世界認識の手法を外部に投影し、非人称化したものと言えるのだ。いずれの場合も人間は、そこにデフォルメされた自らの姿を見ることになる。「イタケ」の「個人の感情を交えない」語りが主観を帯びる理由はここにあるはずである。

重要なことは、通常、科学的言説において、この主観性が隠蔽されるということだ。三人称の語りと数値の羅列によって、語り手の「私」は希薄化し、客観的事実だけが記述されているように見えるのである。だが、実際は語り手が常に存在しており、むしろその存在が希薄化することで、語られる内容の信憑性が増し、語り手の聞き手に対する影響力あるいは支配は強化されるのだ。「イタケ」の語りは帰謬法を最大限に活用することにより、科学的言説において通常は隠蔽されるこのような「主観」に内在する政治性を暴露するのである。

精神的父子関係

オデュッセウスは長い放浪の後、妻と子が待つ故郷イタケへ帰還し、家を占拠していた妻の求婚者達を退治して、父としての、また夫としての座を回復する。古典世界における人間のあるべき姿が示され、物語も終るのである。『ユリシーズ』の「イタケ」が提示するのは、一見、これと対照的な世界である。息子の役を演じるはずのスティーヴンは、一夜の宿を提供するというブルームの申し出を断り夜の街へと旅立つ。一人残されたブルームは配置の変えられた家具に頭をぶつけ、モリーのベッドに上がり、彼女の尻にキスをすると、その傍らで頭と足の位置を彼女とは逆にして横になる。古典世界と現代の隔たりはかくも大きい。

しかし、「人間のあるべき姿」を描こうとすることにおいて、両者は見かけほど離れてはいない。「イタケ」が描くのは他者を理解することの困難さと、にもかかわらず理解するための努力を継続する人間の姿であるからだ。語りのスタイルは無機質な教義問答形式であっても、たまたま街で出会った、年齢も生い立ちも大きく異なる二人の人間が夜明け近くまで語り合うという状況に、現代の人間がなし得る一つの理想の形が示されるのである。

ココアを飲みながら暫く対話を続けた後、ブルームとスティーヴンは、それぞれ相手を以下のように理解する。

秘められた本性について、スティーヴンとブルームの準同時的、意識的、準知覚はどのようなものか。

スティーヴンの準知覚、視覚的に。伝統的神の姿、ダマスカスのヨハネ、ローマのレントゥルス、修道士エピファニウスによって、白色皮膚、身の丈六フィート、葡萄酒色の髪を持つとされる。ブルームの準知覚、聴覚的に。破局の恍惚が持つ伝統的抑揚。(*U* 17. 781–86)

「伝統的神の姿」(the traditional figure of hypostasis)とは受肉した神イエス・キリストであり、「破局の恍惚が持つ伝統的抑揚」(the traditional accent of the ecstasy of catastrophe)とはロマン主義

的ニヒリズムがもたらす詩情であろう。この一節は二人が最も接近する場面の一つとして研究者の注目を集めて来た。例えばフレンチは、スティーヴンが、親切ではあるが愚かなブルームの中に、人間の神性を見る瞬間であるとし(228)、マックギー(Patrick McGee)は、現実には未だ得られないもの——父親であることと芸術家であること——において、二人の間に父子関係が成立すると述べている(165)。

実際、ブルームは、第十二挿話で偏狭な愛国者「市民」からユダヤ人であることを理由に言いがかりをつけられたとき、イエスもユダヤ人だったと言い返し、自分とイエスを結びつける。また、「葡萄酒色」(winedark)とはホメロスが地中海を描写する常套句であるから、テクストのレベルにおけるブルームとオデュッセウスの対比も暗示されている。一方、スティーヴンは、第一挿話で自らをハムレットとして意識し、以後、それがテクストのレベルでも追認されるので、ブルームが彼の声に聞き取る「破局」(catastrophe)とは『ハムレット』的悲劇の「大詰」のこととも解釈できる。換言すれば、二人は互いに、相手が自らをイメージする姿を読み取るだけでなく、テクストが読者に提示するそれぞれの象徴性をも読み取るのである。

妻を寝取られた中年男と芸術家志望の貧しい青年。これがブルームとスティーヴンの社会的現実とすれば、二人はそれを超えた互いの象徴的価値を理解し共感するのだ。それを可能にするのは、神でありながら一人の無力な人間として処刑されたイエスの物語と、悲劇の王子ハムレットの物語、そして二十年の離別の後に再会するオデュッセウスとテレマコス父子の物語である。ヨーロッパ文化の根幹を形成するこれら三つの物語は、『ユリシーズ』において相互に結びつくことで間テクスト性を形成し、語りの隅々まで行き渡っている。社会の周縁に位置する二人を結びつけ相互理解を可能にするのは、正にこの文化的「伝統」の力であり、両者の間にもし精神的な父子関係が成立するとすれば、ここをおいて他にはあり得ないだろう。

ただし、伝統は偏見と無縁ではない。この直後にスティーヴンが歌う「ユダヤ人の娘」は、ヨーロッパ社会の反ユダヤ主義を暴露するのだ。歌の要約はこうである。一人の少年が、遊んでいたボールでユダヤ人の家の窓ガラスを割ってしまう。すると家の中から緑色の服を着た娘が出てきて、嫌がる彼を家の中へ招き入れ、ナイフで彼の首を切り取ってしまうのである。スティーヴンはこの歌を、二人に共通する歌を披露するようにブルームに乞われて歌うのだが、おそらく歌い手としては、モリーに引き合わせるために彼を自宅へ招き入れたブルームの意図をユーモラスに表現したのであろう。「緑色の服」は改宗してアイルランド社会に同化しようとするブルーム自身への当てつけかもしれないし、娘の残酷さは女性に対するスティーヴン自身の憧れと不安を暗示するのかもしれない。いずれにしても、この歌は一つの社会・文化における他者への偏見を要約したものと言えるだろう。伝統は一方で人と人を結びつけ、他方で引き離し対立させるのだ。精神的父子関係はこうした他者性の上にこそ成立するのかもしれない。

イタケとは何か

結局、スティーヴンはモリーに会うことなくブルームの家を出る。この別れの場面は第十七挿話のほぼ中間に位置し、両者の本質的な部分が対比される重要な場面でもある。

[スティーヴン]は、三段論法によって既知のものから未知のものへと進む意識的・合理的動物としての、また、不確かな混沌の上に逃れ難く打ち立てられた小宇宙と大宇宙の間の意識的・合理的被験者としての、自らの意義を主張した。[……] [ブルーム]は、鍵を持たぬ有能なる一市民として、これまで未知のものから既知のものへ、不確かな混沌の中を精力的に進んで来た。(*U* 17. 1012–20)

「既知のものから未知のものへ」至る三段論法と、自己の身体(小宇宙)と世界の秩序(大宇宙)をつなぐ己の理性を頼むスティーヴンの姿勢には、ヨーロッパの啓蒙主義的伝統と中世的世界観の奇妙な融合があり、それは彼の尊大さとなって表れている。これに対して、ブルームの「未知のものから既知のものへ」精力的に進む姿勢には、未知のものは未知のまま受け入れようとする生活者の矜持が感じられる。「鍵を持たぬ」とは、文字どおり家の鍵を持たない事実を指すが、同時に解き明かし難い世界の謎を前にした謙虚さと諦念の表れなのだ。その意味で、「有能なる一市民」というブルームの肩書きは決して単なるアイロニーではない。

続いて、二人は家の裏口から庭へ出る。

如何なる順序、如何なる儀礼をもって、束縛の家から住まうべき荒野への脱出は行われたか。

火を点した蠟燭の枝を
手にした
ブルーム
助祭の帽子にトネリコ杖を
手にした
スティーヴン
［……］

先ず家主が、そして客が、静かに、黒々と、暗闇から通路を抜けて、家の裏から庭の薄暗がりの中へと現れたとき如何なる光景が彼らを迎えたか。

濡れた青い夜の果実がたわわに実った天の木。（*U* 17. 1021–39）

ブルームの家を出るスティーヴンとそれを見送るブルーム。二人の姿はスティーヴンの意識を反映した語りによって、モーゼの導きによりエジプト（束縛の家）を出てシナイ半島を旅するイスラエルの民に比せられる。ここにはイギリスの植民地アイルランドを出て再び大陸を目指すスティーヴンの決心が重ねられているかもしれない。彼の高揚した気持ちを映すかのように、夜空に浮かぶ満天の星は、詩情あふれる「天の木」(The heaventree of stars)と表現されるが、このイメージはまた、小宇宙としての人間と大宇宙としての天体が相互に共鳴し合う中世的イメージでもある。直前の象形詩を模した二人の描写は、文字の配列が英文では横になるため、その形が木のようであるから、「天の木」を先取りする予弁法的語りとも考えられる。
だが、ブルームがこの高揚したイメージを共有することはない。彼は天体について様々な知見を述べた後、次のように結論するのだ。

それは天の木ではなく、天の岩屋でもなく、天の獣でもなく、天の人でもない。それはユートピアであり、既知のものから未知のものへ至る既知の方法は存在しないのだ。つまり、一つあるいはそれ以上の物体を並列することによって、その物体の大きさが同じ場合も異なる場合も同様に有限化できる無限であり、空間において固定され、大気中で再び動かされる、錯覚がもたらす形態の可動性であり、予想される観察者が実際の現在として存在し始める前に、たぶん現在として存在することを止めてしまった過去なのだ(*U* 17. 1139-45)

「天の木」としての天体、人間のあり方に共鳴する天体とは、人間の側が一方的に生み出した幻影に過ぎない。天体を一つの場所として固定することは不可能であり、そこに物体を置くことで一時的、相対的に固定された状態が錯覚されるだけである。さらに、物体としての一つ一つの星も、その光が地上で観察された時には、既にその位置には存在していないかもしれないのだ。その意味で、天体は文字どおりどこにも存在しない「ユートピア」なのである。

ブルームが「天の木」としての天体を否定する時、中世的かつロマン主義的天体が否定され、現代的な不在としての天体が導入される。それは、象徴的・精神的世界から現実的・物質的世界へ転落することである。このブルームの現代性は第十七挿話の語りによって共有されるものであり、その意味で、語りの少なからぬ部分がブルームに起因すると言えよう。だが、語りの全てをブルームに還元することはできない。その一部はスティーヴンの意識を反映するからであり、さらにブルーム自身の意識が指向する科学的言説が、語り自身の帰謬法によってパロディーとされるからである。

上述したように、主観の対極にあると思われる科学的言説がパロディーにされるのは、それが焦点化と無縁ではあり得ず、その意味において、客観を装った主観だからである。だが、その一方で、現代の我々にとって、科学的言説に代わりうるユニバーサルな言説がないことも事実である。他者とのコミュニケーションを可能にする媒体を大文字の「他者」と呼ぶなら、人間は「他者」あるいは「神」を必要とするのだ。残された道は、科学的言説=現代の教義問答に依拠しながら、その超越性あるいは絶対的権威を常に否定し続ける他はない。つまり、科学的言説は現代の人間にとって帰るべき「故郷」＝イタケではあるが、そこは安住の地ではあり得ないし、安住することは許されないのである。従って、第十七挿話の語りは自らをパロディーとすることで、逆説的にその客観性を得ると考えることもできるだろう。

眠りにつくブルーム

裏庭に出たブルームとスティーヴンは、二階にあるモリーの寝室の窓を見上げながら並んで放尿する。高校時代には学年一の高さを誇ったブルームのおしっこは、今では二股に分かれ勢いがない。一方、スティーヴンの方は、前日の暴飲もあって勢いがあり若々しい。それぞれの身体的、生物的差異を反映したこの放尿シーンは、両者の対比を際立たせると同時に、その逃れ難い物質的状況によって二人を根本的なところで結びつける。また、二人が見上げる対象が超越的な存在ではなく、ベッドに横たわる一人の女であることは現代社会の我々が置かれた状況を象徴するだろう。

最終的に二人を結びつけるのは宗教や文化ではなく、身体的・物質的諸条件であり、絶対的な価値への憧れと、それが得られないがゆえの落胆と不安なのだ。好むと好まざるとにかかわらず、現代の我々のコミュニケーションを可能にする基盤はこのようなものなのである。スティーヴンが去った後、ブルームは一人居間に戻る。語りは彼の視線と意識を反映し、書棚に並んだ本のタイトル、一日の収支決算、ドリーム・ハウスとそれを得るために必要な条件、収入を増やすための様々な方策、引き出しの中にある細々とした物の描写、老後の不安、と際限なく続く。気の滅入るような細事の羅列は我々自身の生活の鏡像であり、同時に、他人の私生活を覗き見る我々の週刊誌的欲望を極限まで突き詰めたものである。

こうした日常的な細事から我々を解き放つもの、それは眠りと死だけである。事実、「イタケ」の最後の語りは眠りに陥って行くブルームの意識のあり方を象徴する。

彼は眠る。彼は旅をした。

誰と？

船乗りシンドバッドと仕立屋ティンバッドと看守のジンバッドとクジラ捕りウィンバッドと釘打ち人ニンバッドと敗北者フィンバッドと舟垢取りビンバッドと手桶人ピンバッドと郵便屋ミンバッドと歓呼者ヒンバッドと罵倒者リンバッドと八百屋のディンバッドと臆病者ヴィンバッドとイェイラーリンバッドとプテイラージンバッドと。

いつ？

暗きベッドへの道すがらありました四角く丸い船乗りシンドバッドのロック鳥のオオウミガラスの卵がブライトデイラーことダーキンバッドのロック鳥の全てのオオウミガラスのベッドの夜の中に。

何処へ？

●（*U* 17. 2320–26）

ブルームの意識は現実世界を離れ、王のための夜伽『アラビアン・ナイト』の世界へと入って行く。言葉は彼の主観を離れ、シンドバッドの名前を機械的に組み替え、それを繰り返すことで意味の軛から解放されるのだ。ロック鳥とはシンドバッドがその脚につかまって、流された島から脱出する巨大怪鳥であり、眠りの世界への逃避を暗示するだろう。また、オオウミガラスは十九世紀に絶滅した海鳥であり、ロック鳥の卵とともにあり得ないものの象徴である。昼から夜にかけてダブリンの街を放浪したブライトデイラー（Brightdayler）かつダーキンバッド（Darkinbad）ブルームは休息を得、彼の物語は大きな終止符によって終わるのだ。だが、最後に置かれたこの黒い大きな丸は正にロック鳥の卵であり、ここから『ユリシーズ』を締めくくるモリーの夜の語りが生まれ出るのである。

第10章

モリー　語りのトリニティー

『ユリシーズ』は、ベッドに横たわるモリーの長いモノローグ、より正確に言えば彼女の自由直接ディスコースによって終わる。夫ブルームとの生活をはじめボイランとの情事や過去の男性たちとの様々な記憶が直截な言葉でとめどなく描写される様は、正に堰を切って溢れ出す川の流れを思わせる。第四挿話で夫を顎で使う「女神カリュプソ」として読者の前に姿を見せた後、物語の表舞台からほぼ完全に姿を消していたモリーが、小説の最後に置かれた第十八挿話「ペネロペイア」に至ってその秘められた内面を明らかにするのである。

モリーの解釈をめぐっては、作品が出版された当時から様々な議論がなされてきた。スコットが指摘するように、ジョイス自身が残した言葉がその一因であった。いわく「人間以前あるいは以後の地球」または「大地の女神」(Gea-Tellus)、いわく「全てを受け入れる肉体」。[1] 前者はモリーが個人を超えた象徴であるとする立場の根拠となり、後者はモリーを娼婦のような堕落した女とみなす立場の根拠となった（157-58）。ここに枠組としてのペネロペイアという役割が加えられるが、彼女は一人の女であると同時に、オデュッセウスが回復すべき場所と秩序を象徴する存在でもある。ただし、貞女ペネロペイアに対して、夫の留守中にボイランとの情事に耽るモリーは一見したところ彼女とは対極的な位置にある。

一九七〇年代後半以降は、ラカン（Jacques Lacan, 1901-1981）およびクリステヴァ（Julia Kristeva, 1941-）の精神分析的言語理論を背景に、モリーが男性社会のイマジネーションの産物であり、彼女のモノローグに彼女自身の声を聞くことはできないと主張される一方、男性社会の周縁にある「他者の声」として、社会を変革する可能性も指摘された。前者は、作者ジョイスの内部にある「女性的なもの」がモリーに投影されており、従って彼女のモノローグは作家による「腹話術」であるとする説を生むが、「女性的なもの」とは、いわゆるエクリチュール・フェミニン（écriture feminine）という考え方に通じ、それは広義の「他者の声」とも係わる。[2]

エクリチュール・フェミニンとはクリステヴァのいう「セミオティク」、すなわち言語習得以前の幼児が体験する母親との身体的一体感を、書かれた文字によって模倣する行為である。それは言語の指示性を支える分節化と同一化（抽象化）の作用を意図的に破綻させることによって可能となる。ヘンケによれば、句読点がなく特定の意味を決定できないモリーの（書かれた）意識の流れはそのような行為に他ならない（127）。

モリーの語りが小説の外部に対する指示性を持たないという考え方は、ローレンスの『ユリシーズ』とは「小説を書くことの物語である」(207)という主張や、リクルムの「語られるのは語る行為である」(225)という考え方と軌を一にする。ボヒーメン=ザーフ(Christine van Boheemen-Saaf)はこうした議論を踏まえ、「ペネロペイア」をストリップショーに喩える。ダンサーの身体から着衣が一つずつ剝がされるプロセスそのものによって彼女の身体がファラス(欠如としての自己完結)となるように、書く行為そのものを目的にする自己言及によって、「ペネロペイア」のテクストが、さらには『ユリシーズ』という作品全体が、ファラスとなるのだ(**Devlin and Reizbaum, 279**)。

こうして、モリーのモノローグは、限りなく「物」に近づけられる。だが、その結果モノローグが外部に対する指示作用を完全に喪失すると考えるのは早計だろう。例えばアンクレス(Elaine Unkeless)は、モリーの語りが家庭に閉じ込められた主婦のステレオタイプであるとし、その限界を指摘するが(164)、エクリチュール・フェミニンを提唱するヘンケ自身、モリーは父権性社会が押し付ける性的な役割(ジェンダー規則)に捕えられており、当時のポルノグラフィーに描かれる妖婦の言葉を無意識のうちに真似るとする(138)。換言すれば、指示性をもたない「物」としての特質はモリーのモノローグの一面であって全てではないのだ。

モリーをめぐる批評の多様性は、彼女のモノローグが多様な側面をもつことの反映である。一人の主婦の語りであると同時に神話性を帯びた象徴であり、父権性社会に対する「他者の声」であると同時に抑圧された女性のステレオタイプである。さらにそうした何らかの指示性から解放された物質性をも体現するのだ。こうした多様性は一見雑多なようにも見えるが、第7章のオノマトペ分析で導入した言葉の三つのあり方、すなわち記号、象徴、物というカテゴリーによって相互の関係をある程度整理することができる。その場合、「一人の主婦の語り」はステレオタイプを免れ得ないと思われるので、これを「記号」的語りとしてまとめ、「他者の声」を個人のレベルを超えた「象徴」的語りと捉えたい。これにジョイス自身による「大地の女神」、「全てを受け入れる肉体」およびペネロペイアの三つの側面を加えて図式化すると次ページのようになる。「全てを受け入れる肉体」とは堕落した女のステレオタイプ=娼婦としての側面を持つが、それは後で見るように代名詞heの曖昧性および句読点の不在によるモノローグの流動性によってもたらされる。このような曖昧性と流動性はテクストの指示性を希薄化し、エクリチュールそのものを前景化することで、テクストの物質性を際立たせる。よって記号としての側面と物あるいはエクリチュール・フェミニンとしての側面が重なる部分である。「大地の女神」も同じくモノローグの流動性を共有するが、文字どおり人間のレベルを超えた象徴的存在であり、物と象徴の二つの面を備えている。ペネロペイアは通常「貞女」というステレオタイプを意味するが、ヒーローが帰還すべき「故郷」という象徴性を持ち、かつ潜在的な「他者の声」にもなりうる。よって象徴と記号が重なる部分と言える。[3] 三つの円が重なる中心部分がモリーのモノローグである。

これを「語り手」の観点から捉え直すと、記号的語りは、姿を消した透明の語り手によるモリ

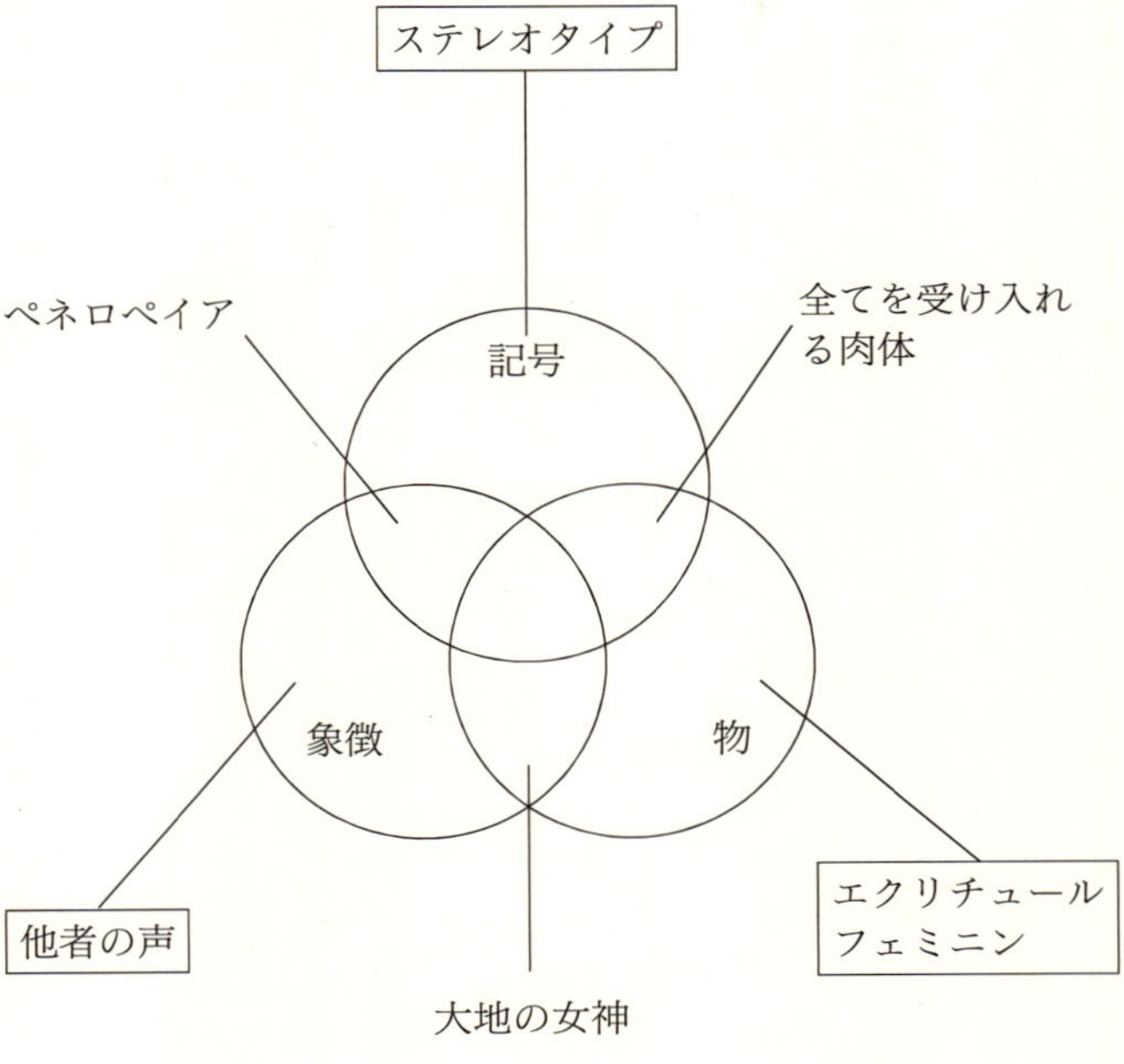
ステレオタイプ
ペネロペイア
記号
全てを受け入れる肉体
象徴
物
他者の声
大地の女神
エクリチュール
フェミニン

ーの意識の引用とみなすことができ、三人称の語りによるリアリズム小説の語りと本質的に同じものである。象徴的語りは、モリーの意識を超えた意味や機能が語りにおいて現前するため、作者自身の「声」が語りに色濃く反映する。例えばリクルムは、「ペネロペイア」において物語と語りが融合し、女性作中人物モリーと男性作者ジョイスが合体するのだと言うが、そのような状態は象徴的語りと呼べるだろう(226)。物としての語りは、書かれたテクストそのもの(textuality)が問題となるため、原則として作中人物のみならず作者の存在も排除される。ただしテクスト自体を生み出すのは作者の「ペン」であるので、自らの関与を最小限に抑えるため最大限の努力をするという一点において作者が内在すると言うこともできる。

重要なことは、モリーの語りが持つこのような三つの側面=語りのトリニティーがストーリー及びコンテクストと如何に係わるかである。

モノローグの私的レベル

間男と女衒

モリーのモノローグは意外性に満ちている。先行する挿話によって提示された様々な情報が、モリーの言葉によって語られることで全く異なる様相を呈するからである。恐らくその最たるものは、ブルームと彼女の性生活である。第四挿話で「寝取られ夫」としてのブルームの姿が強く印象付けられること、また彼の下敷きとなるオデュッセウスがトロイ戦争後十年間も妻のもとへ帰還できないこと等により、読者はブルームとモリーの間に性的な関係が全く失われていると考えがちである。そのため、第十七挿話「イタケ」の終わり近くで、「十年と五ヶ月十八日の間、性行為は不完全であり、女性性器内部への射精は行われなかった」（*U* 17. 2282-84）という記述に出会っても、少なくともこの小説を初めて読む場合、「不完全」という言葉の本当の意味を十分理解することなく読み進んでしまうのだ。

そのような場合、読者はモノローグの極めて早い段階で語られる次の一節に驚かされるだろう。

彼が最後に私のお尻で果てたのはいつだったろうボイランが私の手を強く握った夜だトルカ川に沿って歩きながら［……］だって彼は彼と私のこと感づいていて彼はそんな馬鹿じゃない［……］質問と答え君はこれやあれや別のこと石炭売りとするのイエス司教とはイエスします誰が君の心にいるのさあ言ってごらん誰のことを考えているの誰か名前を言ってごらん誰なのドイツの皇帝かいイエス僕が彼だと思って彼のことを考えて彼を感じるかい私を淫売みたいにしようなんていい年なのだからあんなこと止めるべきだどんな女だってもううんざりそれが好きな振りしても満足なんてない彼が果てて私もなんとか切り上げて唇が青ざめる

（*U* 18. 77-99）

モリーはブルームとの最後の性行為を思い出している。トルカ川の近くでボイランが彼女の手を握ったのは、五月二九日のダンスパーティーの帰りで、ほんの半月ほど前のことである。この日ブルーム夫妻はパーティーに参加し、モリーは初対面のボイランと急速に親密になったのだ。ブルームはそれに気付いていて、モリーも気付かれていることに気付いている。

ここで明らかになるのは、十年以上性行為が不完全であったという「イタケ」の記述の正確な意味である。モリーの言葉を信じるならルーディの死後も夫婦の性行為は明らかに継続していた。実行されなかったのは文字通り「女性性器内部への射精」であり、それを「不完全」と呼ぶのは「イタケ」がカトリックの教義問答の形式によって書かれていることと、この一節がモリーの言葉を反映しているためであろう。カトリックとして育てられたモリーにとって、膣外射精が十年以上続く夫婦の交わりは「不完全」であったのだ。[4]

ブルームが「完全」な性行為を避ける理由は、彼がモリーとボイランの姦通を容認することと無関係ではない。彼は、ルーディの夭折と父親の謎の自殺によって罪の意識に苦しみ、「寝取られ夫」を演じることで自らを罰するのであった。同時に、二人の死はブルーム自身における男性性＝父権性の欠如、すなわちファラスの欠如というトラウマとなって彼の生活および性行動に大きな影を落としている。その結果、彼はモリーとの関係において妊娠と出産という新たな生命創造に向けた行為、つまり「完全な」性行為を恐れ躊躇するのである。

ブルームの性行動が「異常」であることはしばしば指摘される。引用部においてもそれは示されている。行為中のモリーの意識の中で自分以外の男がイメージされていることを前提とし、彼はむしろそれを積極的に妻に促すことによって自らも性的満足を得るのである。間男になって妻を満足させる自分を想像し、同時に、それを夫としてのもう一人の自分が眺める窃視症的喜びである。だがこの「異常さ」は単に彼の特殊な性的嗜好というよりも、トラウマによるものと考えるべきであろう。自らのファラスの不在に悩む彼は、妻に別の「強い」男性を想像させ、自身もそれを演技することで共にエクスタシーを得ようとするのだ。イメージの対象がドイツの皇帝、すなわち権力=ファラスの象徴であることがそれを端的に示している。

だが、モリーのモノローグは、このようなブルームとの性生活が彼女に満足を与えないどころか、むしろ苦痛であることを「唇が青ざめる」という言葉で率直に訴えている。「私を淫売みたいにしようなんて」という言葉が鍵である。確かに、たとえ想像の世界においてであっても、他の男との性行為を夫自らが妻に強要することは、ブルーム自身が女衒となり妻を娼婦とすることであろう。「いい年なのだからあんなこと止めるべきだ」というモリーの言葉から想像すると、ブルームはこの「間男プレー」を既にかなり以前から妻に強要していたことが考えられる。彼のこの倒錯した性行為こそ、ボイランとモリーの姦通を容認する素地とみなすことができるだろう。「間男プレー」は本番としての姦通のいわばリハーサルであり、夫自らが妻にその「演技指導」

を日々の性生活で行ってきたのである。

ブルーム自身、自らの行為のもつ潜在的な意味を全く意識していないわけではない。ボイランの訪問時間である午後四時を過ぎ、姦通が行われたことがほぼ確実となった頃、ブルームは「仮に奴が金を払ったら」と考え、モリーなら一ポンドの値打ちはあるはずだとし、「タダでやらせるなんて」（*U* 13. 841-43）と嘆息するのである。だが、彼の秘められた欲望がより鮮明に現れるのは、彼が見る夢の中である。

昨夜夢を見た？　待てよ。何かが混乱している。彼女は赤いスリッパを履いてた。トルコ風。ズボンを履いて。もし彼女が履いたら。パジャマを着る方がいいかな。［……］モリーにはペチコートが似合う。そこに入れるものを何か持っている。何だろう。お金かもしれない。
（*U* 13. 1240-45）

ブルームは昨夜見た夢を思い出そうとしている。夢の中でトルコ風の衣装を身にまとう女は娼婦のようであり、それがモリーの姿に重ねられる。「何かが混乱している」という部分は両者の区別が彼の頭の中で判然としないことへの言及であろう。先に引用した「タダでやらせるなんて」の部分とこの夢の引用の間には、「入って、準備は出来ています。僕は夢を見た」（*U* 13. 878）というブルームの意識内の言葉があり、娼婦となったモリーが屋内で客を待っている場面が夢の内容であることが暗示される。実際のモリーとは対照的に、夢の中の彼女は客から金を受け取っているようだ。

ただし、この夢にはもう一つの「混乱」がある。夢の中でブルーム自身が演じる役割がはっきりしないのだ。単純に考えれば彼は客であり、その場合「入って、準備は出来ています」という言葉は彼を招き入れるモリーの言葉ということになる。だが、夢のコンテクストは別の解釈の可能性を持っている。ブルーム自身がこの言葉を発したとも考えられるのだ。その場合、彼は客引きあるいは女衒ということになり、最初の解釈と立場が逆転する。「何かが混乱している」という謎めいたブルームの言葉は、この夢の曖昧性に彼自身がとまどっているためとも解釈できるだろう。

娼婦を買う客であり女衒でもある。夢の中のブルームがもつこの二重性はモリーに対する彼の欲望を明確に反映している。トラウマに苦しむ彼は、現在の自分以外の誰か、ファラスをもった別人になって、客としてモリーに迎え入れられることを夢想する。このときファラスの欠如に悩む現在の自分自身が、この別の自分を彼女に引き合わせるのである。

このように考えると、ブルームがモリーとボイランの姦通を容認する理由のより重要な側面が見えてくる。罪の意識が彼に姦通を容認させるという説明は、彼の複雑な心理の一面しか語っていない。モリーのモノローグが暴露するブルームの「間男プレー」および彼の夢解釈が明らかにするのは、ボイランこそ、現在のブルームに代わってモリーを「買う」ことができる客であり、彼の存在そのものが妻を満足させる男性性の隠喩として機能しているということだ。換言すれば、間男ボイランはブルームが夢の中で演じるもう一人の自分あるいは分身であり、彼の欲望を代行する心理的ダミーなのである。

このブルームの潜在的欲望は、第十五挿話「キルケ」という文字通り夢のような空間で、卑猥なパントマイムとなって現出する。

ボイラン　（肩越しにブルームに向かって）鍵穴に目を当てても構わんよ、俺が彼女を何度か貫く間、あんたは自分で楽しめばいい。

ブルーム　有り難いことです、旦那。そうさせて頂きますよ。二人のダチを連れてきて、行為を拝見し、記念写真を撮ってもいいでしょうか。（軟膏の瓶を差し出して）ワセリンはいかがですか。オレンジの花の香で……？　暖かなお湯は……？　［……］

ブルーム　（彼の目は獰猛に見開かれ、自分で握りしめて）見えた！　隠れた！　見えた！　掘り返せ！

もっとだ！　発射！（*U* 15. 3787-816）

女衒となったブルームは鍵穴から姦通現場を覗いて自慰に耽る。一義的には単なる窃視症とも考えられるが、このパントマイム全体がブルームの潜在意識を劇化したものとすれば、自らの男性性の欠如ゆえに、モリーとの交わりをダミーとしてのボイランによって代行させるブルームの屈折した欲望が浮かび上がるだろう。

もちろん、モリーはブルームのこうした欲望を見抜いている。次に引用するのは娘ミリーを遠くの写真館へ就職させたことへのモリーの言葉である。

あの子に写真をやらせにあんなところへ追いやるなんて［……］彼でなければやらないいやっぱり私とボイランのためにやったんだ全て彼が筋を書いて計画することはお見通し（*U* 18. 1004-09）

年頃の娘がいては姦通の邪魔になる。ブルームの言葉を読む限りこれだけ直截な表現は出てこない。モリーははからずも「彼が筋を書いて」（he plots）という言葉を使っているが、彼女はブルーム自身が十分に意識していない潜在的な欲望のありかを的確に見抜いている。

続けて、モノローグの終盤からの一節を引用する。

私は知的で教養のある人と長く話がしたい素敵な赤いスリッパを買わないと帽子をかぶったトルコ人が売っていたような黄色でもいいわそれに素敵な半透明のモーニングガウン［……］彼にもう一度チャンスをやろう朝早く起きてコーヘンの古いベッドにはもううんざり［……］私はとっておきのシュミーズとズロースを身に着けて彼の目を釘付けにして息子を立たせてやる彼に教えてやる知りたがってること自分の妻がファックされたってイエスそれも最高にファックされた彼とは別の男に首のところまで五回も六回も立て続けに彼の精液のシミが新しいシーツについててもアイロンがけなんかしないそれで彼も満足でしょう信じないなら私のお腹を触ってそれでも彼を立たせて私の中に入れられないなら私にも考えがある彼に細かなことまで全部話して私の目の前でやらせるの自業自得だ私が不貞な妻ならそれは彼のせいだ［……］彼が私のお尻にキスしたいならズロースを引き下げて実物大のお尻を顔の前に突き出してやる彼は突っ立つたまま私の肛門に七マイルも舌を突き入れるそしたら私言ってやる一ポンド頂戴ってそうね三十シリングにしようかな下着を買いたいのってそれでお金をくれたら彼も捨てた物ではない（*U* 18. 1493–524）

ここには、ブルームの夢や欲望と対応する部分がいくつかある。先ず注目すべきはモリーが買いたいというトルコ風の赤いスリッパである。ブルームの夢に現れたモリーらしき女はトルコ風の衣装に赤いスリッパを履いていた。この引用に先行する部分で、モリーはスティーヴンを自宅に下宿させた場合を想像しており、「知的で教養のある人」とは一義的には彼のことを念頭においた言葉である。彼女はトルコ風の衣装で若き詩人を魅了したいと考えるのだ。

モリーが娼婦となり、スティーヴンが客となるわけだが、この組み合わせはブルームの欲望のバリエーションとして解釈できる。ボイランがブルームに欠如する男性性を彼に代わって代行するとすれば、スティーヴンはブルームがもたない知的教養を体現するのだ。実際、ブルームはモリーの相手として粗野なボイランよりも知的なスティーヴンが好ましいと考え、第十六挿話「エウマイオス」でスティーヴンにモリーの写真を見せ、興味を引こうとする。前章で見たようにスティーヴンは深夜ブルームの家へ招き入れられ、ココアを飲みながら彼と様々な話題について話すのだが、モリーと会うことなく再び夜の街へと一人旅立つのだ。モリーがスティーヴンとの関係を夢想するのは夫がこのことを彼女に話したからであり、いわばブルームは自分の身代わりとしてボイラン以外にもう一人の男性を妻の心に導き入れるのである。

さらに『ユリシーズ』のストーリーを考える上で興味深いのは、同様な娼婦の場面がスティーヴンの夢の中にも現れることである。

彼に昨夜起こされた後で、同じ夢だったか。待てよ。開け放たれた通路。娼婦街。思い出せ。ハルン・アッラシード。もう少しだぞ。あの男が僕を導いて、言った。怖くはなかった。メロンを持っていて、僕の顔の前に差し出した。微笑んで。クリームフルーツの香り。規則

です、と言った。中へ。入って。敷きつめられた赤いカーペット。誰か分かりますよ。(*U* 3. 365–69)

スティーヴンの夢はブルームの見た夢と内容が極めて似ており、モリーの意識とも対応する。もちろん、リアリズムのレベルで考えればこうした対応は偶然の結果でしかないが、女衒となって妻を客に紹介しようとするブルームの欲望、あるいはテクストの潜在的なストーリーを補完する効果があることは疑えない。[5]

ブルームの帰還

妻に他の男を紹介し、その関係を想像したり覗き見たりすることによってしか性的な興奮を得られない夫。モリーはそんなブルームに苛立ちながらも、もう一度チャンスを与えるという。「コーヘンの古いベッド」とは夫婦の寝室にあるベッドで、バネが壊れているため寝返りを打ったり、性行為の際に大きな音を立てるのであるが、この壊れたベッドは二人の結婚生活の危機的状況を表す換喩だろう。危機を克服するためにモリーが考える手段は、ボイランとの性行為を詳しく語り彼の嫉妬をかき立てることである。しかも夫にその見返りとして金を請求するとすれば、正に彼女を娼婦として演出するブルームの台本に、モリー自ら積極的に協力することになる。

モリーが求めるのは「完全な」性行為であり、その結果としての妊娠と出産である。そしてその相手は夫ブルームでなければならい。彼女にとってボイランとの姦通はあくまで一時の気晴らしであり、彼によって妊娠することは避けなければならないと考えている。

あれはずっと突っ立ってて鉄かバールか何かみたい彼は牡蛎を何十個も食べたに違いない彼は歌うような大きな声であんな大きなのを持っている男は見たことがない私ははちきれそうな感じだった羊を丸ごと一頭食べたにちがいない女の体のまん中に大きな穴を開けたりあれを種馬みたいに女のなかに突っ込むなんてどういうつもりかしらだって男が女に求めるのはそれだけだ脇目も振らぬやらしい目つきで私は薄目を開けてなくちゃいけなくてでも彼それほど大量の精液じゃなかった引き抜いて私の上にやらせたとき大きさの割にはちゃんと洗い流せなかった場合を考えるとそのほうがよかった（*U* 18. 147–56）

鉄のバールのようなペニスを女の体に突き入れること。モリーがボイランとの性行為をこのように戯画化するとき、そこにはペニスのサイズが女性の満足と比例するという男性社会の通念とそれが内包する暴力性への告発がある。正にモリーの語りは父権性社会のファラス信仰を揺さぶる「他者の声」なのだ。サイズの割には精液が少ないというコメントは、自己のファラスを誇示するボイランへのとどめの一撃である。彼女がこの少し後で「ポールディーの方が精液は多い」

していいるのだ。

（*U* 18. 168）と付け足すのは言わば駄目押しで、彼女の中でブルームとボイランの勝敗は既に決していいるのだ。

こうしてモノローグが終わりに近付くにつれて、彼女の意識の中心にブルームが回帰することになる。その前段階として、先ずスティーヴンによってボイランが彼女の意識から追い出される。彼女は、若くて知的な詩人の方が「女の尻を平手打ち」し「キャベツと詩の区別も知らない礼儀知らずの無骨者」（*U* 18. 1368-71）より好ましいと考えるからである。

モノローグのフィナーレは、ダブリン近郊にあるホウスの丘でブルームが彼女に求婚し、彼女がそれを受け入れる場面である。

太陽は君のために光り輝くと彼は言った私たちがホウスの頂きでシャクナゲの花の間で横になっていたとき彼はグレーのツイードとストローハット彼にプロポーズさせた日イエス先ず彼に口移しでシードケーキを少しあげた今年と同じ閏年十六年前だ嗚呼あの長いキスの後で私はほとんど息が出来なかったイエス彼は言った私が山に咲く花だとイエス私たちはみんな花女の体はイエスあれは彼がこれまでに言った一つの真実それから今日太陽は君のために輝くイエスだから彼が好き彼は女がどういうものか分かっているというか感じているからそれにいつだって言うなりだとわかっただからすっかり思いをかなえてやったイエスといってくれって頼むまでリードしながら私は最初は答えなくてただ海の方と空を見ていた彼の知らな

いとってもたくさんのことを考えていたマルヴィーのこと［……］イエスそして彼がムーア人の壁のところで私にキスをしたこと彼や他の男のこともいっしょに考えたそれから私はもう一度言ってと目で言ったイエスそれで彼はそうよイエスと言ってくれとイエス私の山の花よ私は先ず彼に腕をからませてイエスそして自分の方へ引き寄せた私の胸すべての香りを感じるようにイエスそして彼の心臓は早鐘のようにイエス私は言ったイエスいいわイエス。

（*U* 18. 1571–609）

求婚を受け入れると同時に、人生そのものを肯定する「イエス」の言葉が、打ち寄せる波のように繰り返されることで有名なこの部分には、ジブラルタルでのマルヴィーとのキスの記憶をはじめ、他の男たちに係わる記憶や想像が織り込まれている。彼らは全て「彼」（he）と言及されるため、「全てを受け入れる肉体」としてのモリーを強く印象付ける部分である。だが基盤となるものがブルームとの関係であることに変わりはない。口移しでモリーからブルームへ与えられるシードケーキはイヴがアダムに与える禁断の木の実を彷彿とさせる。ホウスの丘の交わりは、ブルームのみならずモリーにとっても忘れ難い「原初の」記憶なのだ。

ボイランもスティーヴンも、ブルームとモリーの結婚生活を修復するための媒介として導入されるのである。ブルームは自らの潜在意識によって姦通の台本を書きその舞台を設定し、モリーはブルームの台本を知りながらも、敢えて舞台に上がりそれを実演するのだ。しかし、彼女の長いモノローグが明らかにするのは、この姦通ドラマがより重要なドラマのための幕間狂言的なものでしかないということである。モリーにとって、ボイランとの姦通も、またスティーヴンとの精神的な交流への夢想も、ブルームとの新しい関係を再び作り上げるための準備、彼をもう一度ベッドへ迎え入れるためのリハーサルとしてある。彼女が求めるのは、トラウマによって間男と窃視症的寝取られ夫に分裂したブルームが再び一人の男となり彼女を抱擁することである。この時、モリーは一見対極的な位置にあるかに見えたペネロペイアに接近する。ダブリンの「不貞な妻」が神話的象徴性を帯び始めるのだ。

だが、もちろん、モリーは古典的なステレオタイプとしての貞女ではないし、夫婦関係の修復は単純なファラス（父権）への回帰ではない。何故なら、ファラスを持つことは、それを失う恐怖、フロイト流に言えば去勢の恐怖に常に怯えることだからであり、何よりもファラスを求めかつそれを行使することが暴力を不可避的に生み出すからである。ボイランとの姦通を通して、モリーはそのことを再確認している。ブルームは「女がどういうものか分かっている」という彼女の言葉は、彼女が求める男がファラスを誇示する「男らしい男」ではなく、ファラスの欠如を受け入れた「新しき女らしい男」であることを示唆する。モリーの語りが持つ他者性によって、古典テクストの貞女ペネロペイアもまた新たな生命を与えられるのであり、ホウスの丘は新しいイタケとして意味付けられるのだ。ここに、モリーのモノローグが持つ象徴としての力がある。

モノローグの歴史的レベル

ボーア戦争とアイルランド

作中人物としてのモリーが『ユリシーズ』という小説空間の中で行う行為は、ブルームに比べると極めて限られている。その理由は、彼が広告取りとしてダブリンを歩き回るのに対し、モリーが自宅から一歩も外へ出ないからである。彼女の注目すべき行為は恐らく二つしかない。一つ目は言うまでもなくボイランとの姦通であるが、二つ目は第十挿話で家の前を通りかかった「片足の船員」に施しのコインを投げることである。この一見取るに足りない行為を通して、彼女の過去とアイルランドの歴史が結びつくのである。

中心にあるのは一八九九年に始まり一九〇二年に終ったボーア戦争（南アフリカ戦争）である。イギリスが南アフリカに最初の足場を築くのは十九世紀初頭ナポレオン戦争の時代で、戦後のウィーン会議によってケープタウンを獲得する。一八八六年にトランスヴァール共和国で金鉱が発見されると、領有権をもつイギリスと現地のオランダ系移住民ボーア人との間に緊張が高まり、一八九九年十月両者は戦争に突入する。開戦とほぼ同時にイギリスでは好戦的な愛国心いわゆるジンゴイズムが盛り上がり、戦場の英国兵のための資金集めとして、キプリング（Rudyard Kipling, 1865–1936）が作詞しアーサー・サリバン（Sir Arthur Sullivan, 1842–1900）がメロディーをつけた「うかつな乞食」（The Absentminded Beggar）が大ヒット、この曲を演目に含めないミュージック・ホールはなかったという（Schneider, 84）。[6]

だが、この曲の人気は好戦的な熱狂とともに、一年もしないうちに衰えてしまう。当初圧倒的な優位にあるとされたイギリス軍がボーア兵のゲリラ戦に苦戦し戦費と兵員の消耗が予想を超えただけでなく、捕虜収容所におけるボーア人女性への非人道的な処遇をめぐってイギリス国内で激しい意見の対立が生まれたのである。実際、開戦当初から反戦を訴える人々があり、彼らは「ボーア支持者」（pro-Boers）と呼ばれ冷笑されたが、その中心的人物であった自由党党首キャンベル＝バナマン卿（Sir Henry Campbell-Bannerman, 1836–1908）は収容所を文明国に相応しくない「蛮行」（barbarism）と糾弾したのである（Koss, 216）。[7]

アイルランドでは、「ボーア支持者」は、イギリスによる植民地支配への反感から多くの支持を集めており、イギリス政府はそれを「官憲の鉄の踵によって押さえ込む」（Koss, 179–80）必要があった。例えばモード・ゴーン（Maud Gonne, 1866–1953）は、当時ヨーロッパに派遣されていたトランスヴァール共和国の代表に対して、「これはあなた方の戦争であると同時に、アイルランドの戦争でもあります。アイルランドとトランスヴァール共和国はともに独立に向けて戦っているのです」（283）と語った。

ゴーンはまた、ダブリンが前線へ送られるイギリス兵の中継基地として機能することで風紀が乱れることを懸念していたが、第五挿話「食蓮人たち」のブルームの言葉はこうした当時のアイルランドが置かれた複雑な状況を反映している。

トウィーディー爺さんのいた連隊はどこだろう。［……］ほら、これだ。ロイヤルダブリン小銃歩兵連隊。赤い軍服。派手すぎる。だから例の女達が追いかける。制服。徴兵し教練するのに都合がいい。モード・ゴーンは手紙で、夜はオコンネル通りへの彼らの立ち入りを禁止するように訴えた。我がアイルランドの首都への侮辱である。（*U* 5. 66–71）

ブルームは立ち寄った郵便局で、新兵募集のポスターを見ている。トウィーディーはモリーの父親で、既にボーア戦争の時には退役したことになっているが、彼の所属していたロイヤルダブリン小銃歩兵連隊はボーア戦争に送られている。[8] 当時、イギリス軍はダブリンに駐屯する兵士の士気を高めるため、門限をおくらせることで兵士が夜の街を楽しめるようにしたが、ゴーンはそれを批判したのである（Gifford, 86）。換言すれば、イギリス政府はゴーンに象徴されるような「ボーア支持者」を弾圧する一方で、アイルランドにおいて兵員の募集を行い、かつ前線へ送る兵士を「慰安する」場所としてダブリンを位置づけていたのだ（Ellmann 1982, 367）。

十九世紀後半から特に顕著になる政治的・文化的ナショナリズムにもかかわらず、アイルランドが大英帝国の重要な構成員であり、帝国の植民地経営にとって少なからぬ人的貢献を行っていたことは歴史的な事実である。一九〇七年、亡命先のトリエステでジョイスが行った「アイルランド、聖人と賢者の島」（Ireland, Island of Saints and Sages）という講演において、彼はボーア戦争におけるアイルランド人の功績を彼には珍しく直截な言葉で表現している。

当時、南アフリカでのボーア人に対するイギリス軍の大敗は、ヨーロッパの新聞から一斉に嘲笑されました。イギリス軍が、その脅かされた威信を持ち直すのに、ロバーツ卿とキッチナー卿（二人ともアイルランド生まれのアイルランド人でした）という二人の総司令官の天才を要したとすれば［……］戦場においてその勇名を馳せるのにアイルランドからの補充兵や義勇兵を要したのです。（*CW* 164）

ロバーツ卿とキッチナー卿がアイルランド人であるか否かは議論の余地があろうが、[9] この一節にはイギリスが帝国主義戦争を遂行する上でアイルランドが重要な役割を担っていたことへのジョイスの関心の高さが示されている。

ただし、『ユリシーズ』では、この作者の直截な言葉はブルームのアイロニーを交えた言葉となって現れる。ボーア戦争当時、ソールズベリー卿内閣の植民地担当相を務め、開戦の責任者でもあったジョゼフ・チェンバレン（Joseph Chamberlain, 1836–1914）が、一八九九年十二月十八日、学位を受けるためにトリニティー大学を訪問した際、これに反対するジョン・オレアリーやゴーンといった急進的な反英闘士たちが学生らとデモを組織、大学正門前で警官隊と揉み合いになった（Gifford, 168）。その現場に居合わせたブルームは騎馬警官に踏みつぶされそうになったことを回想し、それに続けて、デモに参加した学生たちが、「二、三年もすればこの半分は行政長官や公務員さ。戦争になれば、昔反対した連中が我先に軍隊へ」（*U* 8. 438–40）と考えるのである。

さらに「キルケ」では、スティーヴンに殴り掛かったイギリス兵に向かって「南アフリカでは、我々はあなた方のために戦った。アイルランド銃砲隊が。これは歴史じゃありませんか。ダブリン小銃歩兵連隊。国王の栄誉も賜っています」(*U* 15. 4606–07) と言う。ブルームは同様のことを「エウマイオス」でも繰り返している。「アイルランド兵はイギリスと戦う一方で、イギリスのためにも戦ったのです。実際はその方が多かった」(*U* 16. 1041–42)。ギフォードによれば、イギリス兵として闘ったアイルランド人と、ボーア軍の側で闘ったアイルランド人はほぼ同数であった (524)。[10]

モリーは何故「うかつな乞食」を歌ったか

ボーア戦争が終わってから一年後の一九〇三年、モリーは植民地総督府の置かれたダブリン城から目と鼻の先にあった聖テレサ・ホールで「うかつな乞食」を歌った。彼女はそれを次のように回想する。

私が歌った最後のコンサートはどこだったか一年以上前いつかしらクラレンドン通りの聖テレサ・ホールだったいまでは小娘たちに歌わせているキャサリン・カーニーやその類い父が軍隊にいたし私はうかつな乞食を歌ってロバーツ卿のためにブローチをつけて全身で支持を

表明していたしポールディーはアイルランド人らしく見えないから（*U* 18. 374–79）

聖テレサ・ホールは一九〇二年四月にイェイツの愛国的ドラマ『フーリハンの娘キャスリーン』が初演された場所で、この時主役のキャスリーンを演じたのがモード・ゴーンであった。イギリスの帝国主義戦争であるボーア戦争に植民地アイルランドが否応なく巻き込まれていったこの時期、アイルランド国内では、文芸復興運動が国民演劇協会およびアベー劇場設立へ向けて佳境を迎えていたのである。キャスリーン・カーニーは『ダブリンの人々』の「母親」に登場するカーニー夫人の娘であるが、この短編では娘の名前がイェイツのドラマの主人公と同じであることを利用して、彼女をダブリンの音楽シーンへデビューさせようと画策する母親の姿が描かれている。

モリーのモノローグは、彼女が文芸復興運動のブームに乗り遅れたことを嘆き、その理由として、自分がかつて親英的な「うかつな乞食」を歌ったことと父親がイギリス軍にいたこと、自分がボーア戦争でイギリス軍の総司令官だったロバーツ卿を支持したこと、さらに夫のブルームの容姿がアイルランド人らしく見えないことを挙げている。帝国主義とナショナリズムの間で翻弄される一般市民の現実がここにある。だが、反英的なボーア支持がアイルランドのナショナリズムによって国民の広範な支持を受けていたとすれば、ブルームは何故わざわざそれに逆行するような歌をモリーに歌わせたのだろうか。しかもボーア戦争が終結してからすでに一年余りが経過した時点で。

ローリーは、ブルームが戦争中の自らの反英的行動を償うために、戦後になってモリーにコンサートで「うかつな乞食」を歌わせたのだと述べている（182）。実際、ブルーム自身、戦争中はイギリスではなく大半のアイルランド人と同様ボーア人側を支持していたようで、例えば第十四挿話「太陽の牛」では十八世紀英国王を批判した正体不明の人物ジュニアスの文体で、敵の攻勢に乗じて「おのが意志にて属する帝国に向けて鉄砲撃つ機会をとらえんとはなさざりしや」（*U* 14. 911）とブルームを批判する一文があり、また第十五挿話「キルケ」ではブルームを糾弾する謎の声が「裏切り者！　ボーア人よ、立て！　ジョー・チェンバレンを野次った奴は誰と思う」（*U* 15. 791）とある。

鍵となるのはブルームの「反英的行為」の中身である。イギリスの官憲にとって彼の行為が看過できないレベルのものであったとすれば、戦後になっても彼は監視の対象となったはずで、ブルームは目に見えるかたちで自らの過去を「償う」必要があったろう。例えばチェンは、チェンバレンが学位を受けるためにダブリンを訪問した際、ブルームはそれに抗議する群衆の一人であり、馬に乗った警官に追われ逮捕されかけたことに今でも怯えているとする（213, 227）。「キルケ」でブルームを弾劾する謎の声も、このときの彼の行為を反映する彼自身の内面の声なのかもしれない。問題となるシーンは以下の一節である。

ジョー・チェンバレンがトリニティー大学で学位を与えられた日の騎馬警官ときたら、奴はすっかり元を取ったよ。いやはや全く！　奴の馬の蹄が猛烈な音を立てて、アビー通りの僕たちを追いかけてきた。動転しないでマニングの店に飛び込めたのは幸運だった、でなければ潰されていた。［……］警官の警笛がまだ耳に残っている。皆一目散に逃げた。奴はなぜ僕に目を付けたのか。逮捕するため。正にここで始まったのだ。

ボーア人よ、立て！

——ド・ウェトに万歳三唱！

——酸っぱいリンゴの木でジョー・チェンバレンを絞首刑にしてやる。（*U* 8. 423–36）

ブルームはトリニティー大学の前を通過しながら、当時のことを回想している。ド・ウェトとはボーア軍の名将である。だが、この一節からはブルームがデモに最初から積極的に参加したのか、たまたまそこにいて巻き込まれたのかはっきりせず、それを決定するような他の材料も作品の中には見つけることができない。「ボーア人よ、立て！」やチェンバレンに対する野次も、ブルーム自身が口にした言葉というより、彼が耳にしたものである可能性が高い。結局、彼の「反英的行為」については憶測の域を出ないのである。

ブルームがモリーに、ボーア戦争を支持するような親英的な歌を歌わせたことには、何かもっと別な理由があったと考えざるを得ない。先に論じた、ブルームが心的トラウマによってモリーに娼婦のような役割を演じさせることがこの問題を解く鍵であると思われる。ボーア戦争が終った後でも、ダブリンは大英帝国の要の都市として、イギリス軍への人材供給地であると同時に軍事力で支配された植民地都市であることに変わりはなく、依然としてヨーロッパ有数の「夜の街」を抱えていた。ゴーンが憂いたように、イギリス兵とアイルランド女性の「恋愛」は公然の秘密であったろう。事実、『ユリシーズ』の中で最も長い挿話は「夜の街」を舞台とした第十五挿話「キルケ」であり、挿話終盤の山場はイギリス兵の連れの女が原因でスティーヴンが兵士から殴打されるシーンである。

ブルームの潜在意識において、こうした当時のアイルランド社会が抱える苦悩、あるいは歴史的トラウマが、ファラスの喪失という彼自身のトラウマと重なるのである。寝取られ夫の孤独な生活が、イギリスに主権を奪われたアイルランドの隠喩となるのだ。その結果、ブルームは、自分の妻を娼婦に見立て、彼女にファラスを持った客を取らせるように、イギリスの植民地政府に対しても「慰安婦」として妻を差し出すのではないか。モリーに親英的な歌を歌わせる彼の行為は、ボイランとモリーの姦通を促す女衒としての彼の潜在意識によるものと思われるのだ。

第十五挿話「キルケ」で、ブルームの犯した罪がユーモラスに列挙される一節があるが、その一つに「五つの公衆トイレに、彼は、自分の妻を全ての強い性器を持った男性に献上すると鉛筆書きした」(*U* 15. 3034–35) というものがある。もしこれがブルームの潜在意識を表すなら、「全ての強い性器を持った男性」とはボイランのみならずイギリスの植民地政府も含意するだろう。

事実、第6章で述べたように、植民地支配を視覚的に象徴するネルソン塔は、ダブリンの中心部に巨大な男根のごとく聳えていたのである。

一方、モリーについて言えば、彼女がこの歌を歌ったのは、単にブルームがそれを求めたからばかりではないだろう。彼女自身にも「うかつな乞食」を歌う理由があったはずである。モリーにとってこの歌は、ボーア戦争で命を落としたかつての恋人イギリス陸軍中尉ガードナーと結びついており、それゆえに彼女はそれをコンサートのプログラムに入れることをブルームに提案したのではないか。二人の関係がいつ始まっていつまで続いたのか明確な記述はないが、一八九九年から一九〇一年頃で、ボーア戦争の最中と思われる。(Raleigh, 174)

モリーはガードナーが南アフリカへ出征する場面を以下のように回想する。

戦争が終わった後政治の話は聴きたくないプレトリアだのレディスミスだの東ランカシャー第二連隊第八大隊スタンリーGガードナー中尉が赤痢で死んだブルームフォンティンだの彼はカーキー色の軍服がすてきで私よりちょうどいいだけ背が高くてそれにきっと勇敢だった私がきれいだといった運河の水門で別れのキスをした夜僕のアイルランド美人だと出征する興奮で顔が青ざめていた（*U* 18. 387–92）

「カーキーの軍服がすてき」(a lovely fellow in khaki) という言葉は、恐らく「うかつな乞食」の中の歌詞「カーキーの軍服着た紳士」(a gentleman in khaki) の言い換えであろう。本歌は次のようになっている。

どうか私の小さなタンバリンに、一シリング入れて頂けませんか、南へ出征するカーキーの軍服きた紳士のために〔……〕彼が気軽に付き合った娘たちは、彼が行ってしまって悲しむだろう〔……〕イギリスの兵隊さんが後に残した娘を助けてあげよう。(Bauerle, 309–14)

仮に、ガードナーがこの歌にある「イギリスの兵隊さん」であるなら、モリーはさしずめ彼が「後に残した娘」に相当する。チャーリー・ヘル (Cherly Herr) は、当時のミュージック・ホールで歌われた歌が一般大衆に絶大な影響力をもっていたことを指摘し、「ホールで提示される男と女、愛と結婚、また家庭や仕事の人間関係が、ジョイスの作中人物たちの規範となっていた」(195) と述べている。キプリングの「うかつな乞食」はその好例と言えるだろう。モリーは知らず知らずのうちにこの歌の歌詞に影響され、帝国主義戦争に出征する兵士を見送る女の役割を演じたのである。

モリーがボイランの来訪を待ちながら、片足の船員にコインを投げる場面も「うかつな乞食」の歌詞と関連づけて解釈することができる。彼女は船員の姿に、ボーア戦争で命を落としたガードナー中尉の姿を垣間見たと思われるのだ。もしガードナーが失ったものが命ではなく、どちらかの足であったなら、彼は「片足の船員」となって彼女のもとへ帰還したかもしれないのである。ウィリアムス（Trevor L. Williams）は、キプリングの歌にある「カーキーの軍服着た紳士」が現実の生活では「片足の船員」のような傷痍軍人となって施しを乞うはめになっただろうと述べている（390）。モリーはコンサートで「うかつな乞食」を歌い、さらに片足の船員に施しを行うことで、ボーア戦争で死んだガードナーへの哀悼の気持ちを彼女なりに表現しようとしたと思われるのだ。

モリーとガードナー中尉の関係は、出征する兵士と後に残される女性の関係が多様であることを示唆する。キプリングの歌にある「イギリスの兵隊さんが後に残した娘」は英国娘とは限らず、娼婦や植民地の女性たちかもしれない。しかもモリーの場合は単純にアイルランド人とさえ言い切れない。彼女は父トウィーディーがイギリス兵としてジブラルタルに駐屯していたとき、現地のスペイン系ユダヤ人女性ルニータ・ラレードとの間に生まれたのであった。

この母の詳しい素性とモリーが生まれた後の彼女の消息はモノローグの中で明らかにされることはなく、モリーの母がイギリス兵相手の娼婦であった可能性も否定できない。モリー自身、自らの混血性（hybridity）、あるいは人種的・民族的多様性（multiple ethnicity）に引け目を感じ、「［ガードナー］は、初めは私のアクセントが気に入らなかったかもしれない、彼はとってもイギリス的だから」（*U* 18. 889）と語るのである。さらに、アイルランド同様イギリスの植民地であったジブラルタルでは、モリーの言葉を借りれば、男たちは「好みに応じて既婚女性も身持ちの悪い後家も娘も選り取り見取り」（*U* 18. 1389-90）であった。

重要なことは、ジンゴイズムを鼓舞する流行歌が、こうした帝国と植民地が抱える人種的・民族的差異を隠蔽し、人々の間に想像上の統一をもたらすことである。この時、姦通や性的搾取といったタブーや不都合な事実も同時に隠されるのである。出征兵士が全て帝国の大義に忠実であり、故郷に残した妻や恋人を裏切らなかったと考えることが偽善的であるように、後に残された女性が全て貞節なペネロペイアであったと考えることも非現実的であろう。モリーとガードナーの関係はボーア戦争に際して作られたセンチメンタルな流行歌の背後にある帝国と植民地の隠された人間関係を表象しているのだ。

死者の追悼と記憶の言葉

片足の船員の正体が明らかになることはない。彼はあくまで『ユリシーズ』という「物・語り」世界に束の間現れるマイナーキャラクターである。だが、彼が「ネルソン提督の死」を吟唱し、モリーからコインを施される場面には、モリーが歌う「うかつな乞食」に劣らぬ社会的・歴史的コンテクストが秘められている。「ネルソン提督の死」は十九世紀初頭に作られた愛国的な歌で、一八〇五年のトラファルガー海戦における提督の勝利と死をドラマチックに唱い上げる。

イギリスは今日、誰もが最善を尽くすことを期待する［……］英雄の胸は、遂に致命傷を受け、絶望が広がった。「神は我らの側にあり！ 勝利は我らがもの」と彼は叫んだ！「もはや十分に生きた！ 名誉ある大義のため我が生涯は過ぎ、名誉ある大義のため遂に我は倒れる、美しき故郷イギリスのために」(Gifford, 265)

ネルソンの勝利はナポレオンの東方への野望を打ち砕き、以後一世紀以上にわたってイギリス海軍にグローバルな制海権を保証、大英帝国の繁栄をもたらすことになった。南アフリカのケープタウンをイギリスが獲得するのはナポレオン戦争後のウィーン会議においてであり、後のボーア戦争の遠因は既にここに見出すことができる。片足の船員に関して、チェンは彼を「イギリスが行った戦時動員による犠牲者」とした上で、次のように述べている。

片足の船員が［ネルソン提督の死］を歌うことは大変な皮肉である。なぜなら、「美しき故郷イギリス」への奉仕によって彼は片足を失うのだが、イギリスは彼の「故郷」でも祖国でもなく、むしろその抑圧者であるからだ。(226)

片足の船員が、イギリスの行う帝国主義戦争に従軍し負傷したアイルランド人であるというこの指摘は、アイルランドが大英帝国によって支配される植民地であると同時に、それを支える人材の供給源であったことを改めて浮き彫りにする。
モリーのモノローグに関して言えば、彼女が回想するハリー・マルヴィーとの関係にこの問題が反映されている。マルヴィーは、ジブラルタルでの少女時代、モリーが初めてのキスを経験した中尉で、第十七挿話「イタケ」では「英国海軍軍人」(*U* 17. 870)と言及されている。だが、彼女のモノローグは、マルヴィーがイングランドではなく、アイルランドの出身であることを示唆するのだ。

モリーかわいい人と彼は私を呼んだ彼の名前は何といったかジャック・ジョー・マルヴィー彼は中尉でどちらかといえば金髪で笑っているような声だった[……]僕は帰ってくるよと私に言った嗚呼まるで昨日のことみたい[……]たぶん彼は死んだか殺されたあるいは大佐か大将もう二十年近くになる[……]もし彼が後ろに来て両手で私の目を覆って誰か当ててごらん私なら彼とわかるかもしれない彼はまだ若い四十くらいたぶんブラックウォーターでどこかの娘と結婚してすっかり変わっている(*U* 18. 817–26)

ブラックウォーターはアイルランド中南部ウォーターフォードを流れる川の名前で、この引用の直前、彼がこの川に面したカッポキンの出身であることへの言及がある(*U* 18. 779)。モリーはマルヴィーがもう戦死したかもしれないし故郷に戻って家庭をもっているかもしれないと考えている。彼の階級が本当に中尉だったのか、あるいはモリーが彼とガードナーの階級を混同しているのかは分からない。彼はモリーとの短い関係の後インドへ派遣され、その後十五年近く経ってから、今度はガードナーが南アフリカへ出征したのである。二人の男性はモリーにとって等価であったようで、彼女はマルヴィーから贈られた指輪を南アフリカへ出征するガードナーに与えている（*U* 18. 867）。

以上のことを踏まえるなら、モリーは片足の船員に施しをすることで、イギリス人のガードナーだけでなく、アイルランド人マルヴィーに向けた哀悼の意を表しているとも考えられる。事実、彼らはモリーのモノローグの中で融合してしまうのだ。両者の国籍の違いは少なくとも彼女の言葉のレベルにおいてほとんど消滅するのである。しかし、この融合はジンゴイズムを鼓舞する流行歌が作り出す帝国内の統一とは全く異質である。帝国内の統一が父権的イデオロギーによって成立し、戦争遂行に不都合な様々な差異、すなわち、人種的、民族的、階級的差異を抑圧し隠蔽するとすれば、モリーのモノローグはむしろそうした差異をそのまま受け入れる。その上で、ガードナーとマルヴィーは代名詞 he によってスティーヴンからブルームへと収斂していくのである。

モリーのモノローグは帝国主義戦争で倒れた男たちを哀悼し、彼らを記憶の言葉で結びつけるのだ。それはファラスあるいは他者を支配する力をめぐる戦いから彼らを解放することである。ガードナーとマルヴィーが共に軍人であったことは、戦争に明け暮れる人間の歴史を反映するが、モリーが彼らを愛したのは、彼らがファラスを体現していたからではないだろう。モリーを「僕のアイルランド美人」と呼んだガードナーは「出征する興奮で顔が青ざめて」おり、彼女を「かわいい人」と呼んだマルヴィーは「笑っているような声」をしていた。モリーが彼らの記憶を大切に持ち続けるのは、恐らく彼らが彼女の前で示した「弱さ」や「寄る辺なさ」のためであり、彼らが彼女の魅力を自分なりの言葉で彼女に伝えようとしたからであろう。彼らのモリーへの呼びかけは、ブルームの「私の山の花よ」という呼びかけに連なっている。彼女は男たちから名を呼ばれ、語りかけられることを欲しており、それが彼女に活力を与え彼女は花となって輝くのだ。

既に述べたように、代名詞の融合はモリーのモノローグが持つ象徴としての力を引き出すが、戦争による死者たちを記憶の言葉で結びつけ、彼らに永遠の命を与えようとするのは作者ジョイス自身の「声」でもある。彼は自身の内なる女性（他者）に呼びかけ、「彼女」がそれに応答するのだ。正に作者と作中人物がモリーのモノローグにおいて融合するのである。モノローグの最後で繰り返される「イエス」はその歓喜の声であろう。その一方で、書かれた文字としての「イエス」は自らのコンテクストを曖昧にし、指示すること、表象することから逃れ、充溢した「物」へと変容する。読者がモリー＝ジョイスの歓喜を共有できるのはこのためである。

終章

「物・語り」の世界

「物」に語らせることと、「物」に代わって語ることの境界線は、暴力の有無によって決まる。代弁する行為は、「物」を僭称することであり、「物・語り」を既存の物語へと回収してしまう暴力である。従って、「物」に語らせるとは、その「声」を聞くための術を得ること、そのための努力を惜しまないことと同義でなければならない。『ユリシーズ』は、読者にそのような努力を要求する。もし、この作品が「読めない」とすれば、それは我々が既存の物語の暴力性にあまりに馴らされているからに他ならない。

『ユリシーズ』において否定される物語は、ホメロスの『オデュッセイア』、シェイクスピアの『ハムレット』、そしてキリスト教の神が持つ超越性である。これら三つの物語はヨーロッパの精神生活と文化の背骨であり、また『ユリシーズ』を成立させる上でも中心的な役割を担っている。

共通するのは父権的秩序回復のプロットと、それを支える単一の語り（『ハムレット』の場合は亡霊の声）である。『ユリシーズ』はこの二つを作品の枠組として提示しながら、それらを徐々に変容させ、最終的には全く異なる世界、「物・語り」の世界を生み出すのである。

物達の語りは一様ではない。ゴーストのように三人称の語りに寄り添い、そこにアイロニーを持つ「声」を響かせることもあれば、作中人物達の会話をあからさまに歪曲し、揶揄することもある。社会の中心にある者達の自己欺瞞を暴露する一方、周縁に追いやられた者達のつぶやきや罵声あるいは歓喜、さらには身体から発せられる様々な音となる。こうした多様な「声」＝「街の雑音」こそが『ユリシーズ』を満たす神々であり、それらを統括する超越的な声は存在を許されないのである。換言すれば、「物・語り」の世界とは徹底したデモクラシーの世界であり、批判するものは常に批判されることを覚悟しなければならず、作者自身もその例外ではないのだ。

アレンジャー2に代表されるような語り手による作品世界への露骨な関与は、読者に作者の存在を意識させずにはおかないだろう。だが、彼の存在は自己否定によるパラドクスによってもたらされるのであり、語りが露骨に介入するのは、テクストが特定の意味に置き換えられることを避けるためである。語りの背後に作者の存在が暗示されるとしても、彼は自らの意図を徹底的に排除すること、言葉が本来的に持っている力を最大限に引き出すためにだけ存在するのである。

既存の物語と作者に続いて否定されるのは、三人称の語りとそれによって作られる「客観性」である。何故なら、客観性こそは現代の「神」、すなわち科学の存在理由だからである。『ユリシーズ』の語りの特質は、しばしば言われるような、三人称の語りを基盤とした「初期スタイル」で始まり、それがアレンジャーによって取って代わられることにあるのではない。三人称の語り自体がアレンジャーの一つの変化形に過ぎないのだ。従って、「客観性」はアレンジャーの介入によって失われるのではなく、むしろアレンジャーが「客観性」というパフォーマンスを止めるのである。客観とは主観の対立概念ではなく、その一形態であることが明らかにされるのだ。

こうして、『ユリシーズ』は絶対的な権威を全て否定する。全ては主観であり、全ては批判されなければならない。恐らく、現実の世界では、こうした立場はニヒリズムあるいはアナーキズムというレッテルを貼られるだろう。デモクラシーの陥る隘路《あいろ》である。事実、『ユリシーズ』にそのような影が付きまとうことは否定できず、とりわけ、スティーヴンにおいてニヒリズムとアナーキズムが最も強く感じられる。彼は、自らのまたアイルランド社会の閉塞状況（麻痺）を打ち破るものは詩的想像力をおいて他にないと考え、それをもって歴史を書き換えようとするが、結果的に暴力に訴え、自らも暴力によって打ち倒されるのである。

『ユリシーズ』のプロットにおいて、スティーヴンが求めたものは、ブルームとモリーによって体現される。ファラスを持たないブルームは徹底した非暴力者であり、日常の行為において、時に卑俗であり時に愚かであるとしても、全般的には柔軟な思考と他者への飽くなき想像力に溢れた希有な「凡人」として造形されている。彼の妻モリーはブルームの持つ欠点と困難、そして欲望の有り様をよく理解している。ボイランとの姦通は複合的なトラウマに苦しむブルームの潜在意識が生み出した「台本」であり、モリーはそれをあえて「演じる」のである。その結果、姦通は暴力性を脱した男女の性のデモクラシーへと至る幕間劇となる。

「イタケ」において、客観的な語りが主観を免れ得ないことが示された後、モリーのモノローグは読者を再び主観のただ中へと招き入れる。彼女の語りはそれまでの十七の挿話において語られた様々な事柄を語り直すことにおいて、先行するテクストに対する他者の声なのだ。その真価は句読点の不在と代名詞およびシンタクスの曖昧性がもたらす語りの流動性と物質性にある。「物・語り」は限りなく物に近付くことによって、意味の支配を逃れ、美しいフォルムを獲得する。彼女の語りは対立する人々を相互に結び付け記憶のタペストリーとなり、一つ一つの声は消されることなく相互に連なり響き合うのだ。この時、モリーの主観は彼女の意識の枠組を超えた「自然」あるいは新たな「客観」となる。記号から象徴へ、象徴から物へと変容するモリーの語りに、読者は耳を澄まさずにはいられない。

『ユリシーズ』が持つ万華鏡のような語りの世界に足を踏み入れ、そこを彷徨することは一つの希有な「経験」となって読者を変質させずにはおかないだろう。彼あるいは彼女は、社会の大きな声にかき消された微かな声に、支配的な言説に憑依《ひょうい》したゴーストの声に、また「物」たちが発する色々な音に、敏感な「耳」を獲得し、自分の住む世界を新たに「発見する」に違いない。そうした読者が増えることは愉快なことである。この世界が多様な「声」に満ち溢れていることに気付くことは、それだけで一つの喜びであり、未来への希望であるはずだから。

注

序章

1　ここで「イタケの岩」とはオデュッセウスの妻と息子が待つ故郷であり、放浪に対する安住の地の象徴である。また、Kenner 71 および Lawrence 43 を参照のこと。「初期スタイル」については本書第1章を参照。

2　Edmund Wilson 168-74 を参照。また邦訳は、エドマンド・ウィルソン、土岐恒二訳、『アクセルの城—一八七〇年から一九三〇年にいたる文学の研究』(筑摩書房、一九八五) 166-70 を参照。

3　邦訳は『ドラキュラ・ホームズ・ジョイス—文学と社会』(新評論、一九九二) 316-17 を参考にし、論旨に合わせて変更を加えた。尚、同様の指摘としては French 90 および川口 426 を参照。

4　ロシア・フォルマリストの物語の構造分析に端を発する物語論は、ツヴェタン・トドロフ (Tzvetan Todorov 1939-) によってナラトロジー (narratology) と命名されて以来半世紀近い歴史をもつ。ナラトロジーと並んで物語論または物語理論 (narrative theory) という言葉も広く用いられている。物語を二つのレベルで捉える手法は、ロシア・フォルマリストの fabula/sjužet にその起源がある。ジュネットはこれにソシュールのラングとパロールの考え方を加味して、histoire/récit/narration の三層構造を導入したが、それぞれ深層構造、準深層構造、表層構造に相当する。これを英語の story/text/narration に翻訳したのがリモン＝キーナン (Shlomith Rimmon-Kenan) である。一方、ブルックス (Peter Brooks) は、二つのレベルをストーリーとプロットと呼ぶ。彼は *Reading for the Plot: Design and Intention in Narrative* (1984) において、静的な構造主義ナラトロジーを批判し、ストーリーに一定の方向性と意味を与えるダイナミックなコンセプトとしてプロットを捉え直そうとした。この目的のために、ブルックスはフロイトの言う「死の欲動」をアナロジーとして用い、テクスト自体が持つ結末に向けた運動をプロットとして再定義したのである。ただし、英語におけるストーリーとプロットの区別が曖昧であるため、最近では、ストーリーとディスコースとするのが一般的である。私見であるが、ディスコースは広く語り全般を扱うのには便利な言葉であるが、小説を分析する場合には依然としてプロットというコンセプトが有効であると思われる。よって、本書では、ディスコースとプロットを使い分けることにした。尚、ナラトロジーの変遷をまとめたものとしてはHerman & Vervaeck および Phelan & Rabinowitz が有用であった。ジョイスとナラトロジーの関係を簡潔にまとめたものとしては Norris, "Narratology and *Ulysses*," Gillespie and Fargnoli 35-50 がある。

5 マッケイブが指摘したミメーシスの終焉という問題、すなわち、「『ユリシーズ』や『ウェイク』の目的は、言葉によって経験を再現することにあるのではなく、再現を破綻させることで言葉そのものを経験することにある」(MacCabe 4-5) もこれと係わる問題である。

6 「物語性」とは物語を成立させる特質で、人が持つ既知の物語のパターン(スクリプト)を活性化させる合図(きっかけ)の有り様である。一連の出来事において、物語性の度合は変化する。物語性の度合を左右する変数として、言語の形式や世界についての知識(コンテクスト)等がある。詳しくは David Herman を参照。

7 プロットについては、この章の注 4 を参照。

第 1 章　語りの形式と語り手

1 序章の冒頭に引用したウィーヴァー宛の手紙にある言葉。

2 チャットマンは、語り手の言葉の中に作中人物の言葉が侵入する問題を、語りの「声」(voice)と作中人物の「視点」(point of view)を区別することで説明するが(153)、後述するように、これはジュネットの言う「声」と「法」の問題として見るべきである。また、こうした「声」の主を特定することを重視した構造主義ナラトロジーに対して、バフチン(Mikhail Bakhtin 1895-1975)は小説における声の多重性を「対話的語り」(dialogic narrative)あるいは「ポリフォニー」(polyphony)と呼んだ(Herman & Vervaeck 97-100)。

3 「提示」と「語り」の区別は、古くはプラトンのミメーシス(mimesis)とディエゲーシス(diegesis)の区別に由来する(Chatman 146)。また、川口は、『ユリシーズ』の語りが両者の区別が曖昧で、「二つのモードを合わせ持った新しいモード」であるとする(17)。ただし、この曖昧性の問題は単に『ユリシーズ』に限らず、自由間接ディスコースが持つ特質である。

4　SOCは通常「内的独白」の下位範疇として位置づけられる（Prince 45）。従って、両者をまとめて自由直接ディスコースの中に含めることも可能であろう。ただし、例えば、「内的独白」が統語的形態を維持しているのに対して、SOCはそれが破綻し、断片化しているとして対比的にとらえる場合もある（Chatman 188-90）。本論では後者に従った。

5　Rimmon-Kenan 112-14を参照のこと。

6　ケナーによれば、ルイスは、おじさんが物置小屋に行くことを、わざわざ「赴く」という言葉で表現する点に、「卑しい階級」に属するジョイスの「見栄」を読み取っている（1978, 17）。しかし、オックスフォード英語辞典（OED）を始めとした辞書的な定義を見る限りそのような意味はない。

7　通常、反映者としての語り手はその存在を全く読者に意識させず、そのため読者は作中人物の視線や意識に直接的に接しているように感じる。

第2章　スティーヴン　永遠の「息子」と語りの欠落

1　デヴィッド・ロイド（David Lloyd）は、アイルランドのナショナリズムが、画一的なアイデンティティを押し付けることにおいてイギリス帝国主義の映し鏡であり、いずれの場合も差異の顕在化を抑圧したとする。一八四〇年代の青年アイルランド運動はアイルランド独自の民族的なアイデンティティを生み出そうとする試みであったが、世紀末の文芸復興運動はイギリス帝国主義によって作られた文化発展のナラティヴ（imperial narratives of cultural development）に依存していたのである。Lloyd x-xiを参照。

2　こうした「犠牲者」としての母のイメージは、「イーヴリン」においても示されている。また、ジョイス自身はこうした問題をノラに宛てた一九〇四年八月二九日付けの手紙の中で以下のように率直に語っている。

僕の心は、今の社会秩序の全てとキリスト教を拒否する。家、公認された徳目、階級、それに宗教の教義。どうして家なんてものを好きになれるだろう。僕の家は浪費癖によって破産した中産階級の事例に過ぎないし、僕もその癖を受け継いでいる。僕の母は時間をかけて殺されたのだと思う。父のひどい仕打ち、長年の苦労、そして僕のあからさまにシニカルな態度によって。棺に横たわる母の顔、癌のために灰色でやつれた顔を見ていたら、それが犠牲者の顔であることが分か

り、僕は母を犠牲者にした社会の有り様を呪った。（*LII* 48）

3　ディージーによる様々な曲解や失言に関しては、Gifford 39、及び浅井 118-25 を参照。

4　教養小説はドイツ語の ***Bildungsroman*** を日本語に訳したもの。教養小説の根底にあるのは、「普遍的人間性」（universal humanity）を措定し、社会の中での個人の「成長」においてそれが実現されるとする啓蒙主義的立場と、「成長」を安易に信じることが歴史的には中産階級の自己満足を生み出したことへのロマン主義的批判である。ここから教養小説のアイロニーが生まれる。ジョイスの『肖像』はこうした教養小説の特質をよく反映している。『肖像』で描かれる理想の女性との出会いによる詩人としての自己完成を夢想するスティーヴンの姿は、『ユリシーズ』でも繰り返される。理想の女性像が母親と重なる教養小説の例としては、ジョイスとほぼ同世代のヘッセ（Hermann Hesse 1877-1962）の『デミアン』（一九一九）がある。また、教養小説の歴史的限界を論じたものとしては、池田及び Moretti, 1987 を、また、教養小説をめぐる最近の議論としては Hardin を参照。

5　ブルックスはフロイトの「死の欲動」をアナロジーとして用い、プロットをテクストの無意識として再定義した。本書の序章の注 4 を参照。

第 3 章　ブルーム　寝取られヒーローと語りの予弁法

1　ブルームを形容する「新しき女らしい男」という言葉は、第十五挿話「キルケ」の "Professor Bloom is a finished example of the new womanly man"（*U* 15. 1798-99）に由来する。また、Brown 107 を参照。

2　ジョイスが生まれた頃、ロシア系ユダヤ人が大量にアイルランドへ流入した（Gibson 49）。

3　語りの分析において、古くからあるレトリックの用語「予弁法」（prolepsis）を用いたのはジュネットである（40）。ただし、彼の場合、これから生起する出来事に前もって言及する場合を指すが、本書では作中人物の言葉を語りが先取りする場合を含める。よって、両者の区別を明確にするため、予弁法的語り（proleptic narration）とした。

4　第一挿話で、イギリス人ヘインズは黒豹の夢にうなされ、それを撃ち殺すと寝言を言い、スティーヴンはそれを気味悪がって塔を出る決意をする。第二挿話ではプロテスタントのディージー校長がイギリスの中枢部がユダヤ人の手に落ち、古き良きイギリスが死につつあると嘆く。こうしたことから、黒豹はユダヤ人の隠喩であり、よってブルームが作品世界へ登場することへの「予告」と考えることもできる。

5　長女ミリーが親元を離れ、写真館に就職することも夫婦生活に一つの転機をもたらす原因とする説もあるが（Scott 177）、本論第10章で詳しく見るように、モリーはミリーの就職をブルームが仕組んだものと考えている。

6　ブラウン（Richard Brown）は、ブルームがベラの娼館で示すマゾヒズムが、父権性社会において当時のアイルランド女性が受けていた搾取を映し出す鏡であるという（111）。そうであるなら、ブルームは自分が搾取する側にいることに、潜在的な罪の意識を感じているとも言えるだろう。

7　『亡命者たち』のリチャードとマーサの関係が、ブルームとモリーの関係の基礎にあることはしばしば指摘される。Gillespie 121–23を参照。

8　スコットは、第四挿話でブルームがモリーの誤った語法 "It must have fell"（*U* 4. 326）をさりげなく正す部分と、語りが "The book, fallen, sprawled against the bulge of the orange-keyed chamberpot"（*U* 4. 329–30）と正しい語法を用いることを指摘するが（1984, 166）、ここからも語りがブルームの意識を色濃く反映することが分かる。

第４章　ゴースト・ナレーション「ハデス」

1　ホメロスの古典では、冥界の支配者はハデスであり、ジョイス自身が残した計画表によれば、『ユリシーズ』においてハデスに相当する人物は、墓地の管理人で、カトリックの解放に尽力したダニエル・オコンネルの子孫とうわさされるジョン・オコンネルである。だが、この挿話の真の「支配者」はケラハーである。彼はダブリンの表の世界（現世）と裏の世界（冥界）を自由に往来する人物なのだ。

2　結城149を参照のこと。

3　この論考は、日本ジェイムズ・ジョイス協会第十七回大会（二〇〇五年六月十八日、青山学院大学）において行われた、『ユリシーズ』第六挿話に関するシンポジウムでの発表から発展したものである。コメンテーターとして参加したダブリン大学教授アン・ホガティ（Dr. Anne Fogarty）からも、葬儀に妻の姿が描かれないことは極めて不自然であるとの同意を得た。

4　スコットも、カニンガムの妻がアル中である原因が、夫婦関係の稀薄さにあるのではないかとし、シニコウ夫人の死と関連づけている。Scott 170を参照のこと。

5　ローレンス及びソントンについては第1章で述べた。

6　デヴリンはこれをブルームの意識とする（70）。

7　フルーダニクは、現代小説の「語り」における特定の作中人物に換言され得ない空虚な中心を問題とし、それは具体的な身体や心を背後に持たないという意味で非人称であるが、言葉のレベルにおいて対象指示語（nowやhereなど語り手の位置を示す言葉）が用いられることで語り手「私」を構築すると言う。読者はこの非人称化された語り手の位置に自らを置き、言葉が行う創造のプロセスそのものを体験するのだ。今回、私が提示した枠組みで言えば、正に「非人称化された語り手の位置」において、ゴースト・ナレーションが機能すると言えるだろう。ただし、フルーダニクは、ここで体験される言葉が具体的な指示対象から切り離された「純粋な言葉」、すなわちコンテクストを持たない言葉であるとするが、ゴースト・ナレーションは社会的・歴史的なコンテクストなしには成立し得ない。Fludernik 394-95を参照のこと。

8　ホメロスとの関連については、Gilbert 173を、キリストとの関連は、小田・米本112を、ダフィーおよび死との関連では、川口101を、またマッキントッシュの男の曖昧性については、Kumar 100-01およびBenstock 204-12を、それぞれ参照。

第5章　「作者の死」と揶揄する語り手　「スキュレとカリュブディス」

1　例えば、エルマンはスティーヴンとブルームの出会いが若きジョイスと熟年のジョイスの出会いであり、作者が自らの父になるのだと述べている（1982, 299）。また第九挿話との関わりではEllmann 1972, 81-89および結城218を参照のこと。

2　哲学者らによる「作者の死」以降の「作者の再生」をテーマとした論文集として、William Irwin, ed., *The Death and Resurrection of the Author?* (Connecticut: Greenwood, 2002)がある。また作者の意図を重視する立場としてはE. D. Hirsch, "Meaning and Significance Reinterpreted" (*Critical Inquiry*, Vol. 11. December 1984)を参照。

3　ベネットによれば、「作者の死」は一九六七年に最初に英語で出版され、翌年、フランス語で出版された（Bennett 9の脚注を参照）。英語原文では「語るのは言葉であって作者ではない」（[I]t is language which speaks, not the author.）となっているが、バルトは「書くこと」（writing）と「言葉」（language）をほぼ同じ意味で用いており、また「書くこと」はフランス語起源の「エクリチュール」が日本語訳として定着していると思われるので、本論文では論点を明確にするため、エクリチュールという言葉を使用した。尚、英語原文はMark Gottdiener, Karin Boklund-Lagopoulou & Alexandros Ph. Lagopoulos eds., *Semiotics* Vol. III に再録されたもの（仏語からの再訳）を、また邦訳は花輪光訳を参考にした。フーコーの「作者とは何か」は、アメリカでの講演をもとに、一九七九年にアメリカで出版されたJosue V. Harari, ed., *Textual Strategies* に収められたものを使用した。邦訳は、清水徹・根本美佐子訳を参考にした。

第６章　断片化とマイナーキャラクターの声「さまよえる岩」

1　アレンジャーがその活動を露骨に始めるのは第七挿話であるが、各挿話の執筆の順に従えば、この第十挿話が先に書かれており、実質的にはここからジョイスの語りの大胆な実験が始まるとされる（Kenner 1980, 65）。

2　様々な場所で同時進行する出来事を鳥瞰する語りの視点は、それ自体としては新しいものではない（Rimmon-Kenan 78）。実際、それだけなら、全知の語り手と見なすこともできる。第十挿話の語りの斬新さは、断片をコラージュする手法にある。多くの場合、何の前触れもなく別々の時空間で起きている事が併置されたり、突然挿入されたりするのである。また、一見全てを見通して語るようでありながら、実際にはあえて表面的なことだけを描写し、それがどんな意味を持つのか明らかにされない場合も少なくない。フレンチはこうした語り手の曖昧性に触れ、それが全知であると同時にそうではないという（125）。また川口201を参照。

3　ただし、ローレンスは、片足の船員が常に不定冠詞aによって言及されることを重視し、それが必ずしも同じ人物であるとは言えないとする（85）。しかし、これはあまりに杓子定規な解釈と言わざるを得ない。彼が移動する方向や彼の動きの描写、また彼が歌う歌等を総体的に考慮すれば、同じ人物とするのが妥当であろう。

4　片足の船員のモデルは、ディケンズの *Our Mutual Friend*（1864-1865）に登場する片足の行商人サイラス・ウェッグとする研究者もいる。Berrone 78を参照。

5　Scott 1987, 98を参照。

6　Osteen 34を参照。また、ボイランが女店員を見る目と、ブルームのそれを比較することは両者の作品世界における役割を理解する上で意味のあることであろう。ブルームは精肉店で見かけた近所の女中の尻に引きつけられる一方で、彼女の手が洗濯の石鹸でひび割れていることを見逃さない（*U* 4. 147）。またモリーは、ボイランが「粗野でマナーも何もない」（*U* 18. 1368–69）という。

7　もちろん、「イースター 一九一六」におけるイェイツの姿勢も、蜂起への単なる支持表明ではない。作品の内容とスタイルまた人生においても極めて対照的なこの二人の作家は、少なくとも武力による問題解決と熱狂的なナショナリズムに対しては、同じ方向を向いていた。ジョイスが否定的であるのに対して、イェイツが懐疑的という差異はあったとしても。

8　こうした語りの重層性（重奏性）は、バフチンのいうポリフォニーとして捉えることもできるだろう。

第7章　オノマトペと語る「もの」たち　「セイレン」

1　French 127 およびその注を、また、結城 254–55 を参照せよ。尚、作品全体のテーマ、あるいはその断片が冒頭部分でコラージュとして提示される手法は、『フィネガンズ・ウェイク』の構造へと発展的に継承されるとも考えられる。

2　日本語に訳すに際しては、コリン・マッケイブ、『ジェイムズ・ジョイスと言語革命』、加藤幹郎訳、107 を参考にした。

3　ヘンケは、このブルームの罪の意識が、第十五挿話で男性化する女将ベロを生み出すと指摘している（1990, 113）。また、ブルームの罪の意識およびトラウマについては、本論第3章を参照のこと。

4　第十一挿話の言葉の断片が読者に与える効果を、音楽のライトモチーフと同等であることを最初に指摘したのはギルバートである。Gilbert 243 を参照。

5　モリーとボイランのもう一つの性描写は *U* 18. 586–88 にある。

6　当時のダブリンの交通手段については、結城 237 を参照。

7　この議論に関しては、ジュネット『ミモロジック』603–04 を参照。

第8章　処女のストッキングとしての語り　「ナウシカア」

1　バッジェンの回想録にある言葉。原文は以下のとおり。“Nausikaa is written in a namby-pamby jammy marmalady drawersy (alto la!) style with effects of incense, mariolatry, masturbation, stewed cockles, painter’s palette, chitchat, circumlocution, etc. etc." (210).

2 Gifford 45. この部分の邦訳は、山本光雄編『アリストテレス全集 6』(岩波書店、一九六八) に収められた副島民雄訳『自然学小論集』の「感覚と感覚されるものについて」191-92を参照。

3 Gifford 384. また、カミンスの『点灯夫』との比較分析としては、Henke 1982, 134を参照。

4 同様の問題は、『ダブリンの人々』の「土くれ」においても指摘できる。語りは孤独な女性マライアの、センチメンタルで自己肯定的な言葉を反映するのだ。

5 ガーティとモリーの「近さ」は、研究者らによってしばしば指摘されてきた。最近の例としては、John Bishop, "A Metaphysics of Coitus in "Nausicaa." Devlin and Reizbaum 208を参照。

6 ナショナリストの友人デイヴァンの話に登場する農夫の妻からの連想。スティーヴンは、行きずりの男をベッドに誘う女がアイルランド女性の一つのタイプであるとし、それをコウモリのような魂 (a batlike soul) と呼ぶ (*P* 186)。

7 当時のアイルランドの社会的状況が女性に狂気をもたらすという視点は、『ユリシーズ』に散見される。ガーティについてブルームは「処女は最後は気が狂う」(*U* 13. 781) と言い、一方ガーティはブルームが妻を精神病院 (madhouse) に監禁しているのではないかと想像する。実際、モリーは家に一人でいるのは「監獄や精神病院に閉じ込められているようだ」(*U* 18. 995-96) と言う。

第9章 「客観的語り」の主観性について 「イタケ」

1 ジョイス自身の言葉はウィーヴァー宛一九二一年十月七日の手紙にある (*LI* 173)。また、挿話の背景についてはLitz 74を参照のこと。

2 ローレンスはこの問題を文体と作中人物の二項対立として捉えている (202)。

3 語りに組み込まれた誤った記述の詳細な分析については、McCarthy 605-10及びThornton 114を参照のこと。

第10章　モリー　語りのトリニティー

1　「人間以前あるいは以後の地球」は、ジョイスがウィーヴァーに宛てた一九二一年二月八日の手紙に（*LI* 180）、また「全てを受け入れる肉体」はバッジェンに宛てた一九二一年八月一六日の手紙にある（*LI* 170）。「大地の女神」は第十七挿話にある言葉（*U* 17. 2313）。

2　モリーが男性社会のイマジネーションの産物であるという指摘は、French 258-59及び、Friedman 55を参照せよ。彼女の声を「他者の声」とする指摘は、Scott 161, 169, 183及び、McGee 192を参照。また、「腹話術」説については、Boone 208及び、Boheemen 269を参照。

3　もちろん、古典世界におけるペネロペイアにおいて、「他者の声」が顕在化することはない。ジョイスがそこにある潜在的な可能性を引き出すのである。

4　実際、ブラウンはこの記述を避妊に対する批判として解釈している（63）。

5　川口は、この点に関して次のように書いている。「ブルームもスティーヴンも互いの夢を知るはずがない。それを知る立場にあるのはもちろん読者である。テキストはわれわれが両者の夢を突き合わせ、そこからもう一つの別な世界を構築することを要求している」（385-86）。私はそれを、『ユリシーズ』の（ディスコースに対する）ストーリーと位置付ける。

6　ビクトリア朝末期のイギリスでは民主化の進行による労働者階級の社会的躍進と、かれらの嗜好を満たすタブロイド紙（例えば一八九六年創刊の『デイリー・メイル』紙）がいわゆるニュー・ジャーナリズムと呼ばれる現象を引き起こしており、ジンゴイズムの担い手は労働者階級であった（Krebs 144）。

7　ボーア戦争に関する文献としては、以下のものを参考にした。L. C. B. Seaman, *Victorian England: Aspects of English and Imperial History 1837-1901* (London: Methuen, 1973) 416-34; Stephen Koss, *The Anatomy of an Antiwar Movement: The Pro-Boers* (Chicago: University of Chicago Press, 1973); Simon C. Smith, *British Imperialism, 1750-1970* (Cambridge: Cambridge University Press, 1988) 84-95; Paula M. Krebs, *Gender, Race, and the Writing of Empire: Public Discourse and the Boer War* (Cambridge: Cambridge University Press, 1999)、J・A・ホブソン、『帝国主義』、矢内原忠雄訳（岩波書店、一九五一）、岡倉登志、『ボーア戦争——金とダイヤと帝国主義』（教育社、一九八〇）、市川承八郎、『イギリス帝国主義と南

アフリカ』(晃洋書房、一九八二)。

8 *U* 18. 402 および Gifford 614 と Krebs 88 を参照。

9 ロバーツ卿(Frederick Sleigh Roberts, the first Earl Roberts 1832-1914)の両親はアイルランド生まれのアングロ・アイリッシュであったが、彼自身は東インド会社ベンガル・ヨーロッパ連隊の軍人であった父の赴任地インドで生まれ、イングランドで教育を受けている。キッチナー卿(Horatio Herbert Kitchener, first Earl Kitchener of Khartoum 1850-1916)はケリー生まれだが、父はアングロ・アイリッシュではなく、軍を退職してからアイルランドに土地を購入したイギリス人。キッチナー自身はスイスで教育を受けている。*Oxford Dictionary of National Biography* を参照。

10 イギリスの帝国主義戦争へのアイルランド将兵の貢献をどう位置づけるかは現在でも議論がある。例えばリンダ・コリーは帝国主義がイギリス諸島内の差異を隠蔽し、統一的な英国のアイデンティティを形成したとしながらも、アイルランドのもつ他者性を指摘している。「アイルランド人が、イギリス軍において常に重要な構成要員であり、マッカートニーのようなスコットランド系アイルランド人や、ウェルズリー一家のようなアングロ・アイリッシュが外交官や将軍、また植民地総督のような帝国内の重要な役割を担ったとしても、帝国に対するアイルランドの関係はいつも極めて曖昧なものであった」(327)。

本書で使用したジョイスの作品、エッセイ、手紙

James Joyce, *Dubliners*. Ed. Robert Scholes. 1967. London: Jonathan Cape, 1982. 引用の際はページ数に略号 *D* を付した。訳文は結城英雄訳『ダブリンの市民』（岩波文庫、二〇〇四）を参考に、必要に応じて変更を加えた。

——. *Exiles*. Introd. Padraic Colum. 1952. London: Jonathan Cape, 1974. 引用の際はページ数に略号 *E* を付した。

——. *A Portrait of the Artist as a Young Man*. Ed. Richard Ellmann. 1964. London: Jonathan Cape, 1985. 引用の際はページ数に略号 *P* を付した。訳文は大澤正佳訳『若い芸術家の肖像』（岩波文庫、二〇〇七）を参考に、必要に応じて変更を加えた。

——. *Ulysses*. Ed. Hans Walter Gabler, et al. London: The Bodley Head, 1986. 引用の際は挿話番号と行数で示し、略号 *U* を付した。訳文は丸谷才一、永川玲二、高松雄一訳『ユリシーズ』Ⅰ・Ⅱ・Ⅲ（集英社、一九九七-九七）を参考に、必要に応じて変更を加えた。

——. *The Critical Writings of James Joyce*. Ed. Ellsworth Mason and Richard Ellmann. 1959. Ithaca: Cornell University Press, 1989. 引用の際はページ数に略号 *CW* を付した。

——. *Letters of James Joyce*. Vol. I. Ed. Stuart Gilbert. 1957. New York: The Viking Press, 1966. 引用の際はページ数に略号 *LI* を付した。

——. *Letters of James Joyce*. Vol. II. Ed. Richard Ellmann. New York: The Viking Press, 1966. 引用の際はページ数に略号 *LII* を付した。

主要参考文献

Attridge, Derek. *Peculiar Language: Literature as Difference from the Renaissance to James Joyce*. Ithaca: Cornell University Press, 1988.

Barthes, Roland. "The Death of the Author" in *Semiotics* Vol. III. Ed. Mark Gottdiener, Karin Boklund-Lagopoulou and Alexandros Ph. Lagopoulos. London: SAGE Publications, 2003.

Bauerle, Ruth, ed. *The James Joyce Songbook*. New York: Garland Publishing, 1982.

Bennett, Andrew. *The Author.* New York: Routledge, 2005.

Benstock, Bernard. *Narrative Con/Texts in "Ulysses."* London: Macmillan, 1991.

Berrone, Louis, ed., trans. *James Joyce in Padua*. New York: Random House, 1977.

Boheemen-Saaf, Christine van. *Joyce, Derrida, and the Trauma of History: Reading, Narrative, and Postcolonialism*. Cambridge: Cambridge University Press, 1999.

——. "Molly's Heavenly Body and the Economy of the Sign: The Invention of Gender in 'Penelope'." Devlin and Reizbaum 267–81.

Boone, Joseph A. "Staging Sexuality: Repression, Representation, and 'Interior' States in *Ulysses*." Friedman 190–221.

Brooks, Peter. *Reading for the Plot: Design and Intention in Narrative.* 1984. Cambridge: Harvard University Press, 1992.

Brown, Richard. *James Joyce and Sexuality*. Cambridge: Cambridge University Press, 1985.

Budgen, Frank. *James Joyce and the Making of "Ulysses" and Other Writings*. 1960. Oxford: Oxford University Press, 1989.

Chatman, Seymour. *Story and Discourse: Narrative Structure in Fiction and Film.* Ithaca: Cornell University Press, 1978.

——. *Coming to Terms: The Rhetoric of Narrative in Fiction and Film*. Ithaca: Cornell University Press, 1990.

Cheng, Vincent. *Joyce, Race, and Empire*. Cambridge: Cambridge University Press, 1995.

Cobley, Paul. *Narrative*. London: Routledge, 2001.

Colley, Linda. "Britishness and Otherness: An Argument." *Journal of British Studies* 31 (1992): 309–29.

Devlin, Kimberly J., and Marilyn Reizbaum, eds. *"Ulysses": En-Gendered Perspectives*. Columbia: University of South Carolina Press, 1999.

Devlin, Kimberly J. "Visible Shades and Shades of Visibility: The En-Gendering of Death in 'Hades'." Devlin and Reizbaum 67–85.

Ellmann, Richard. *James Joyce*. 1959. New York: Oxford University Press, 1982.

——. *Ulysses on the Liffey*. New York: Oxford University Press, 1972.

Fludernik, Monika. *The Fictions of Language and the Languages of Fiction: The Linguistic Representation of Speech and Consciousness*. London: Routledge, 1993.

Foucault, Michel. "What is an Author?" *Textual Strategies: Perspectives in Post-Structuralist Criticism*. Ed. Josue V. Harari. London: Methuen, 1980.

French, Marilyn. *The Book as World: James Joyce's "Ulysses."* 1976. New York: Paragon House, 1993.

Friedman, Susan Stanford, ed. *Joyce: The Return of the Repressed*. Ithaca: Cornell University Press, 1993.

Genette, Gerard. *Narrative Discourse: An Essay in Method*. Trans. Jane E. Lewin. 1972. Ithaca: Cornell University Press, 1993.

Gibson, Andrew. *Joyce's Revenge: History, Politics, and Aesthetics in "Ulysses."* Oxford: Oxford University Press, 2002.

Gifford, Don and Robert J. Seidman. *"Ulysses" Annotated: Notes for James Joyce's "Ulysses."* Rev. ed. Berkeley: University of California Press, 1988.

Gilbert, Stuart. *James Joyce's "Ulysses."* New York: Vintage Books, 1955.

Gillespie, Michael Patrick. *Reading the Book of Himself: Narrative Strategies in the Works of James Joyce.* Columbus: Ohio State University Press, 1989.

—— and A. Nicholas Fargnoli. *"Ulysses" in Critical Perspective.* Gainesville: University Press of Florida, 2006.

Gonne, Maud. *The Autobiography of Maud Gonne: A Servant of the Queen.* 1938. Ed. A. Norman Jeffares and Anna MacBride White. Chicago: University of Chicago Press, 1994.

Hardin, James, ed. *Reflection and Action: Essays on the "Bildungsroman."* Columbia: University of South Carolina Press, 1991.

Hayman, David. *"Ulysses": The Mechanics of Meaning.* 1970. Madison: University of Wisconsin Press, 1982.

Henke, Suzette A. "Gerty MacDowell: Joyce's Sentimental Heroine." Henke and Unkeless 132–49.

——. *James Joyce and the Politics of Desire*. New York: Routledge, 1990.

—— and Elaine Unkeless, eds. *Women in Joyce*. Urbana: University of Illinois Press, 1982.

Herman, Luc and Bart Vervaeck. *Handbook of Narrative Analysis.* Lincoln: University of Nebraska Press, 2005.

Herr, Cheryl. *Joyce's Anatomy of Culture.* Urbana and Chicago: University of Illinois Press, 1986.

Iser, Wolfgang. *The Implied Reader: Patterns of Communication in Prose Fiction from Bunyan to Beckett*. 1974. Baltimore: Johns Hopkins University Press, 1987.

Jespersen, Otto. *Linguistica: Selected Papers in English, French and German*. Copenhagen: Levin & Munksgaard, 1933.

Keane, Patrick J. *Yeats, Joyce, Ireland, and the Myth of the Devouring Female*. Columbia: University of Missouri Press, 1988.

Kenner, Hugh. *Joyce's Voices*. Berkeley: University of California Press, 1978.

——. *"Ulysses."* 1980. London: George Allen & Unwin, 1982.

Kiberd, Declan. *Inventing Ireland: The Literature of the Modern Nation.* Cambridge: Harvard University Press, 1996.

Koss, Stephen. *The Anatomy of an Antiwar Movement: The Pro-Boers*. Chicago: University of Chicago Press, 1973.

Krebs, Paula M. *Gender, Race, and the Writing of Empire: Public Discourse and the Boer War*. Cambridge: Cambridge University Press, 1999.

Kumar, Udaya. *The Joycean Labyrinth: Repetition, Time, and Tradition in "Ulysses."* Oxford: Oxford University Press, 1991.

Lawrence, Karen. *The Odyssey of Style in "Ulysses."* Princeton: Princeton University Press, 1981.

Litz, A. Walton. "Ithaca." *James Joyce's "Ulysses": Critical Essays.* 1974. Rpt. in *Bloom's Modern Critical Interpretations: James Joyce's "Ulysses."* Ed. Harold Bloom. Philadelphia: Chelsea House Publishers, 2004.

Lloyd, David. *Nationalism and Minor Literature: James Clarence Mangan and the Emergence of Irish Cultural Nationalism*. Berkeley: University of California Press, 1987.

MacCabe, Colin. *James Joyce and the Revolution of the Word*. 2nd ed. Palgrave: New York, 2003.

McCarthy, Patrick A. "Joyce's Unreliable Catechist: Mathematics and the Narration of 'Ithaca'." *ELH* 51 (1984): 605–18.

McClintock, Anne. *Imperial Leather: Race, Gender and Sexuality in the Colonial Contest*. New York: Routledge, 1995.

McGee, Patrick. *Paper Space: Style as Ideology in Joyce's "Ulysses."* Lincoln and London: University of Nebraska Press, 1988.

Mahaffey, Vicki. *States of Desire: Wilde, Yeats, Joyce, and the Irish Experiment*. New York: Oxford University Press, 1998.

Manganiello, Dominic. *Joyce's Politics*. London: Routledge & Kegan Paul, 1980.

Miller, J. Hillis. *Fiction and Repetition: Seven English Novels*. Cambridge: Harvard University Press, 1982.

Moran, Sean Farrell. *Patrick Pearse and the Politics of Redemption: The Mind of the Easter Rising, 1916*. Washington, D.C.: Catholic University of America Press, 1994.

Moretti, Franco. *The Way of the World: The "Bildungsroman" in European Culture*. London: Verso, 1987.

——. *Signs Taken for Wonders: Essays in the Sociology of Literary Forms*. 1983. London: Verso, 1988.

Mort, Frank. *Dangerous Sexualities: Medico-moral Politics in England since 1830*. London: Routledge & Kegan Paul, 1987.

Mullin, Katherine. *James Joyce, Sexuality and Social Purity*. Cambridge: Cambridge University Press, 2003.

Newman, Robert D. "Narrative Transgression and Restoration: Hermetic Messengers in "*Ulysses*." 1992. Rpt. *Bloom's Modern Critical Interpretations: James Joyce's "Ulysses*." Ed. Harold Bloom. Philadelphia: Chelsea House Publishers, 2004.

Nolan, Emer. *James Joyce and Nationalism*. London: Routledge, 1995.

Osteen, Mark. "Female Property: Women and Gift Exchange in *Ulysses*." *Gender in Joyce*. Ed. Jolanta W. Wawrzycka and Marlena G. Corcoran. Gainesville: University Press of Florida, 1997.

Peake, C.H. *James Joyce: The Citizen and the Artist*. 1977. London: Edward Arnold Publishers, 1980.

Phelan, James, and Peter J. Rabinowitz, eds. *A Companion to Narrative Theory*. Malden: Blackwell Publishing, 2005.

Prince, Gerald. *Dictionary of Narratology*. Rev. ed. Lincoln: University of Nebraska Press, 2003.

Raleigh, John Henry. *The Chronicle of Leopold and Molly Bloom: "Ulysses" as Narrative*. Berkeley: University of California Press, 1977.

Rimmon-Kenan, Shlomith. *Narrative Fiction: Contemporary Poetics*. 1983. London: Routledge, 2004.

Riquelme, John Paul. *Teller and Tale in Joyce's Fiction: Oscillating Perspectives*. Baltimore: The Johns Hopkins University Press, 1983.

Said, Edward W. *Culture and Imperialism*. London: Chatto and Windus, 1993.
Schneider, Ulrich. " 'A Rollicking Rattling Song of the Halls': Joyce and the Music Hall." Bauerle 67–104.
Scott, Bonnie Kim. "Diversions from Mastery in 'Wandering Rocks.' " Devlin and Reizbaum 136–49.
——. *James Joyce*. Brighton: The Harvester Press, 1987.
——. *Joyce and Feminism*. Bloomington: Indiana University Press, 1984.
Simpson, Paul. *Language, Ideology and Point of View*. London: Routledge, 1993.
Singh, Jyotsna. *Colonial Narratives/Cultural Dialogues: "Discoveries" of India in the Language of Colonialism*. London: Routledge, 1996.
Spoo, Robert. *James Joyce and the Language of History: Dedalus's Nightmare*. Oxford: Oxford University Press, 1994.
Sullivan, Kevin. *Joyce among the Jesuits*. New York: Columbia University Press, 1958.
Thornton, Weldon. *The Antimodernism of Joyce's "Portrait of the Artist as a Young Man."* Syracuse: Syracuse University Press, 1994.
——. *Voices and Values in Joyce's "Ulysses."* Gainesville: University Press of Florida, 2000.
Todorov, Tzvetan. *Theories of the Symbol.* Trans. Catherine Porter. Ithaca: Cornell University Press, 1982.
Toolan, Michael. *Narrative: A Critical Linguistic Introduction*. 2nd ed. London: Routledge, 2001.
Unkeless, Elaine. "The Conventional Molly Bloom." Henke and Unkeless 150–68.
Williams, Trevor L. " 'Brothers of the Great White Lodge': Joyce and the Critique of Imperialism." *James Joyce Quarterly* 33 (1996): 377–97.
Wilson, Edmund. *Axel's Castle: A Study in the Imaginative Literature of 1870–1930*. 1931. London: Flamingo, 1984.
浅井学『ジョイスのからくり細工』アポロン社、二〇〇四。
バルト、ロラン『物語の構造分析』花輪光訳。みすず書房、一九七九。
ファーグノリ、A・N&M・P・ギレスピー『ジェイムズ・ジョイス事典』ジェイムズ・ジョイス研究会訳。松柏社、一九九七。
フーコー、ミシェル「作者とは何か」『ミシェル・フーコー思考集成III―歴史学/系譜学/考古学』清水徹・根本美佐子訳、

蓮實重彦・渡辺守章監修。筑摩書房、一九九九。

ジュネット、ジェラール『ミモロジック』花輪光監訳。みすず書房、一九九一。

池田浩士『教養小説の崩壊』現代書館、一九七九。

ヤーコブソン、ローマン『一般言語学』川本茂雄監修。みすず書房、一九七三。

ジョイス、ジェイムズ『ユリシーズ』I・II・III。丸谷才一・永川玲二・高松雄一訳。集英社、一九九六-九七。

川口喬一『「ユリシーズ」演義』研究社、一九九四。

マッケイブ、コリン『ジェイムズ・ジョイスと言語革命』加藤幹郎訳。筑摩書房、一九九一。

モレッティ、フランコ『ドラキュラ・ホームズ・ジョイス――文学と社会』植松みどり・河内恵子・北代美和子・橋本順一・林完枝・本橋哲也訳。新評論、一九九二。

小田基編、米本義孝注釈『読解「ユリシーズ」』研究社、二〇〇二。

ソシュール、フェルディナン・ド『一般言語学講義』小林英夫訳。岩波書店、一九四九。

米本義孝 編注『読解「ユリシーズ」』下 研究社、二〇〇四。

結城英雄『「ユリシーズ」の謎を歩く』集英社、一九九九。

あとがき

日々の生活に疲れた時、『ユリシーズ』を開くと癒されると言ったら信じてもらえるだろうか。ただの中毒と笑われるかもしれない。確かに、学部の卒業論文で『ユリシーズ』を扱って以来、時に別の作家や作品に係わることはあっても、折に触れて『ユリシーズ』を読み続けてきた。「私はこの作品にたくさんの謎を入れたので、学者達は今後何百年もその謎解きに忙しいでしょう」とは、作者ジョイスが残したとされる有名な言葉である。その真偽のほどはおくとして、何かが隠されているという感触は『ユリシーズ』が読者を引き付ける力の大きな部分であることは間違いない。本書ではこうした謎のいくつかに、私なりの答えを出したつもりである。

だが、本書を書き終えて改めて強く感じるのは、『ユリシーズ』が近代以降の物質文明を生きるべく運命付けられた我々人間の徹底した観察と分析であるということと、その徹底さ故に、それを読む者にある種の開放感がもたらされるということである。ブルームをはじめとして、この作品に登場する様々な人物の多くは、日常の細事に翻弄され一喜一憂する「凡人」である。ジョイスは精錬された言葉と目も眩むばかりの斬新な語りのフォルムによって、彼らの生を肯定し、彼らが歴史の主人公たりうることを示したのだ。もし、『ユリシーズ』から何らかの癒しが得られるとすれば、その秘密はこの辺りにあるのではないかと思う。物質文明の終わりの始まりが見えてきた現代にあって、『ユリシーズ』の真価が発揮されるのは正にこれからだろう。

ここまで辿り着くのには、多くの方々の支えがあった。学部時代からの恩師、原田純先生には、『ユリシーズ』研究の仕事をまとめるよう背中を押されただけでなく、テキストを一緒に読み、草稿にも丹念に目を通して頂いた。先生の励ましとアドバイスがなければ本書を書き上げることはできなかった。本書の元になった学位請求論文の審査では、大学院時代の恩師である植木研介先生はじめ広島大学文学部の諸先生、また、学外審査員として加わって下さった大阪市立大学名誉教授で、現在は龍谷大学文学部教授の山崎弘行先生から貴重なコメントと励ましを頂いた。特に植木先生には、御退職前の多忙な時期に主査を快くお引き受け頂いたことに改めて感謝を申し上げたい。カバーデザインには、ニューヨーク州ロッチェスター工科大学ガラス工芸科のマイケル・ロジャース氏の作品「言葉の海」を、キルト作家であるロジャース夫人が撮影したものをご好意により使わせて頂いた。この作品は数年前に氏が名古屋で個展を開かれた時展示されたもので、その際、作品の発想がジョイスの『ユリシーズ』であること、またガラスの表面にこのテキストの一部が刻まれていることを伺っていた。今回、このような形で氏の作品をお見せできることは無上の喜びである。なお、本書をまとめる上で大変お世話になった南雲堂の原信雄氏には、この場を借りて厚くお礼を申し上げる。最後に、妻規子に、いつも支えてくれて本当に有り難う。

二〇〇九年三月八日

道木一弘

索 引

ブルームやスティーヴンといった作中人物名や、アイルランド、カトリックといった頻出する言葉は省略した。注の中の項目は数字の後に n を付した。

I 人名、作品（著作）名、地名

II　事項、ナラトロジー用語、文学理論用語

ア

カ

サ

タ

ナ

ハ

マ

ヤ

ラ

著者について

道木一弘（どうき・かずひろ）

一九五九年愛知県生まれ。一九八五年広島大学大学院文学研究科博士課程前期修了。比較文学修士（イリノイ大学）、文学博士（広島大学）。現在、愛知教育大学教授。共著『英文学の内なる外部―ポストコロニアリズムと文化の混交』（松柏社、二〇〇三）、共訳A・N・ファーグノリ＆M・P・ギレスピー『ジェイムズ・ジョイス事典』（松柏社、一九九七）。

物・語りの『ユリシーズ』　ナラトロジカル・アプローチ

二〇〇九年六月十七日　第一刷発行

著　者　道木一弘
発行者　南雲一範
装幀者　岡孝治
発行所　株式会社南雲堂
東京都新宿区山吹町三六一　郵便番号一六二―〇八〇一
電話　東京（〇三）三二六八―二三八四
振替口座　東京〇〇一六〇―〇―四六八六三
ファクシミリ（〇三）三二六〇―五四二五
印刷所　壮光舎
製本所　長山製本

乱丁・乱丁本は、小社通販係宛御送付下さい。
送料小社負担にて御取替えいたします。
〈IB-310〉〈検印廃止〉

ISBN978-4-523-29310-1　C 3098